与凤行

九鹭非香

著

湖南文艺出版社
HUNAN LITERATURE AND ART PUBLISHING HOUSE
博集天卷
CS-BOOKY

目录

CONTENTS

大王饶命

与凤行

YU FENG XING

『你且听好，我要通知你一件事。』

『我约莫是看上你了。』

楔子

一

雷声沉闷，乌云之上气氛更为沉重。

"魔君有令，着碧苍王速与我等回宫！"

被金色发带高束起来的长发随风而舞，衣袂翻飞间，被唤为"碧苍王"的女子缓缓道："本王不回。"她的束身黑袍上绣着张扬的牡丹，一如她的音色，有着女子少有的英气和魄力。"谁的令也没用。"

"如此，王上休怪我等得罪。"为首的灰衣男子手一挥，两道人影自他身后蹿出，呈三角之势将沈璃围在其中。

"敢拦本王，有胆色。"沈璃目光一凛，一杆红缨银枪在掌中一转，枪刃划出银色弧线，杀气自她周身澎湃而出，震荡衣角。"尽管来战！"

为首的男子与另一人互望一眼，显得有几分忌惮，而立在沈璃右后方的人却倏地拔剑出鞘，携着凌厉的攻势而去。"墨方休要冲动！"为首之人一声大喝，但哪儿还唤得住。沈璃眉一挑，手中银枪没半分犹豫，迎上前去，只听"叮咚"一声，兵器相接的脆响携着激荡而出的法力撼动四方。

余下两人一咬牙，唯有提刀跟上，对沈璃形成围攻之势。

此三人中的任何一位都是能在魔界叫得出名号的人，但他们与沈璃对敌仍觉吃力。可到底是双拳难敌四手，沈璃又无法下狠手杀了他们，以致她的法力虽强过三人，但在合围之中难免落了下风，不一会儿便露出破绽，墨方毫不留情地执剑刺去，竟是向着她心脏的方向！

一人大喝："墨方！不可伤王上性命！"

墨方不理，剑尖破开衣袍，扎入血肉，劲力大得径直将沈璃的身体推出三人合围的阵势。沈璃大怒："你小子出息！不愧是我带出来的兵！下得了狠手！"墨方不言，只是身子微微一偏，在背后两人都看不见的角度，主动将颈项往沈璃的枪刃上一送，鲜血在空中飘散，湿腻的血水之间，沈璃瞪大眼不敢置信地问他："作甚？想吓死本王?！"

"王上。"墨方声音低沉，"墨方仅能助你至此。保重。"言罢，他用尽全力推了沈璃一把。偏离了心脏的剑被拔出，鲜血喷涌之际，她的身体急速坠下云端。而伤重的墨方却被另外两人接住，他不知与他们说了什么，三人身影一闪，消失了踪影。

电闪雷鸣之中，沈璃明了，原来墨方是在帮她。或许他知道，此时此刻，她宁死也不愿回魔界地宫。

好小子！真不愧是她带过的兵，够义气！

第一章

作为一只秃毛鸡，沈璃压力很大

黑云突如其来欲摧城，云中雷霆滚滚，城镇中，人们皆足不出户，唯有城西一处普通民宅的主人推开后院的门，院中修竹与藤架被大风吹出簌簌声响，他的发丝与衣摆如同飘落的竹叶一样随风飞舞。

"天气……变得糟糕了啊。"他仰望天空，唇角扬起一丝弧度，但见黑云之处有一点银光慢慢坠下，消失在城外山野之间，"有变数。"

第二日，行云身着青衣白裳走过热闹集市，嘈杂中仿佛有一个声音在召唤着他，让他不由自主地脚步一顿。"卖鸡了，肥鸡啊！"摊贩招呼的声音在行云耳中格外响亮，他脚尖一转往那个方向走去。

鸡篓之中，十几只鸡挤在里面，其中有一只无毛的鸡格外醒目。只是它的精神看起来极其不好，低眉垂眼，一副快死了的模样。行云目不转睛地盯了它许久，然后笑道："我要这只。"

摊贩应了一声："唉，这只鸡太丑，要的话我就给你算便宜点……"

"不用，"行云摸出钱放在摊贩手中，"它值这个价，卖便宜了它会不高兴。"

鸡还会生气？摊贩挠头，目送他走远，转头摊开手掌一看，愣了许久，忽然大喊道："欸！公子你给的这些钱不够买那只肉鸡啊……欸！那位公子！欸！喂！哎呀！小混蛋你给老子站住！你钱给少了！"

而行云早已不见了踪影。

世界混沌一片，迷迷糊糊之中，沈璃看见满脸胡楂的粗壮大汉向自己走来，他毫不客气地将她拎住，奸恶地一笑。

与凤行

"狗胆包天的家伙！放开本王！"沈璃的皮肤火辣辣地疼起来，她拼命挣扎，用尽全力想要逃跑，可太过虚弱的她还是被人从背后紧紧地扭住胳膊，绑住双腿，然后……拔光了浑身的羽毛。

混账东西！有胆解开绳索与她一战，她定要戳瞎这没见识的凡人的一双狗眼！

被噩梦惊醒，沈璃粗粗地喘着气，缓了好一会儿，她才在青草地上慢慢抬起头，左右一打量，这好似是哪户人家的后院，有用石子砌出来的小池塘，有刚发了嫩芽的葡萄藤，藤下还有一把竹制摇椅，上面懒懒地躺了一个男子，不是满身横肉的猎人，也不是一脸猥琐的鸡贩，而是一个青衣白裳的白净男子，他闭着眼，任由透过葡萄藤的阳光斑驳地落他一身。

沈璃不适时地呆了一瞬，即便见过不少美男子，但拥有这般出尘气质的人，即便是天界的神仙也没有几个吧……沈璃转开目光，现在可没时间沉迷于美色，沈璃知道，若她在一个地方待久了，必定会被人发现，她得赶快走。

"啊，起来了。"沈璃还没站起身来，便听见男子带着初醒的沙哑道："我还以为会死掉呢。"沈璃转过头，只见男子坐在摇椅上，连身子也没挪一下，望着她一笑，随手将手里的馒头屑往她这个方向一撒，然后嘴里发出了贱贱的逗鸡声："咯咯哒。"

逗……逗鸡！

沈璃霎时僵住，她原身虽是凤凰，但自打出生便是人形，且衔上古神物碧海苍珠而生，自幼便极受关注，在她五百岁时第一次立战功之后，魔君便封她为碧苍王，此后她更是殊荣加身，放眼魔界，谁敢轻慢她一句?！今日……今日她这魔界一霸竟被个凡人当家禽调戏！简直是奇耻大辱！

沈璃咬牙努力地想站起来，但她不承想，墨方在她心脏旁扎的那一剑竟是如此厉害，让她到现在也无法动弹。她躺在地上抽搐了好一阵，愤恨之余又无奈至极，但她抬头一望，男子眉眼弯弯，又对她招了招手。

"鸡来鸡来。"

来你大爷！沈璃暴怒而起，拼命往上一蹿，蹦跶起来，可扑腾了不到一尺的高度便狠狠摔在地上，尖喙着地，刚好戳在一块馒头屑上。

"莫急莫急，这儿还有。"男子说着，进屋拿了一个大馒头出来，在她面前蹲下，递给她，温和一笑，"给。"

"谁要你施舍了！"沈璃恨得咬牙切齿，但形势逼人，她只有双眼一闭，用喙在地上戳了个洞，将脑袋塞进去，恨不得把自己埋在里面，死了算了。

男子盯着她光秃秃的头顶，倏地唇角一勾，笑道："不吃吗？那先洗个澡好了。"说着，将她两个翅膀一捏，拎着她便往池塘那边走去。

"咦……等等！什么情况！洗澡？谁说要洗澡了！混账东西！放开本王！只要你敢动本王一根毫毛！一根毫毛……"沈璃愣愣地望着池塘倒影中的自己……真是一根毫毛……也没有了……

昨日她被墨方那一剑扎回原形，落入山野林间，被猎人捡到，她知道自己那一身金灿灿的毛被人拔了去，但万万想不到的是那糙汉子一样的猎人竟如此过分地心灵手巧啊！这是将她拿到滚水里去烫了一遍吧？！浑身上下一根毛也没有了啊！一根也没了啊！他到底是怎么做到的啊？！沈璃欲哭无泪，她恍然记起前些日子自己还在笑朝中一个文臣谢顶，她那时糊涂，不明白他为何会哭，现今真是恨不能把那时的自己戳成筛子，是她嘴贱，今日遭了报应了……

"洗澡喽。"还不等沈璃将自己的造型细细品味一遍，男子突然手一甩，径直将她扔进池塘里。

一落下去，沈璃便呛了几口水，生存的欲望让她两只没毛的翅膀不停地扑腾，男子本还在笑她胆小，但见沈璃扑腾得实在厉害，眉头一皱，苦恼地问道："咦，你不会水吗？"

沈璃心道："你家鸡会水吗？！你到底是多没有常识啊！"

重伤在身，没有法力，这般折腾了一会儿，她已经撑不下去了，就在她以为自己今日会被一个凡人玩死在手里的时候，一根竹竿横扫而来，忽地把她挑起，捞到池塘边上，男子蹲下身意思意思地按了按她光溜溜的胸脯。"保持呼吸，不要断气，这样你就能活下来了。"

湿漉漉的身体不受控制地抽搐着，昏迷之前，沈璃目光死死地瞪着他。这家伙是故意折腾她的吧？绝对是故意的吧！

眼瞅着沈璃两眼一翻晕死过去，他只是淡淡一笑，戳了戳她光秃秃的脑门道："做人得礼貌，吾名行云，可不是什么'家伙'。"

沈璃再醒过来时，已是第二日的清晨了，在晨曦的光芒中，她正好瞅见那人正趴在池边掐馒头喂鱼，他好似喜欢极了这一池鱼，衣袖浸在水中也全然不知，侧脸在逆光之中竟有几分难以描绘的神圣。

神圣？一个凡人？

被他折腾的记忆铺天盖地而来，沈璃使劲眨了眨眼，甩掉眼中的迷茫，换以戒备的眼神。

许是她的目光过于专注灼人，行云倏地扭头瞥了她一眼，淡淡道："我叫行云。"就像是故意强调的一样。沈璃一怔，却见行云拍了拍衣袍站起来，一边捶着麻掉的脚，一边嘀咕着："啊，该喝药了。"然后一瘸一拐地进了屋，姿态甚至别扭得有些滑稽。

沈璃觉得她之前眼神肯定是出了什么问题，这种人哪儿来的神圣出尘，他明明就……普通极了。

懒得继续在一个凡人身上花心思，沈璃动了动脑袋，试着站起身来，她本以为照着昨日的伤势来看，现在肯定站不起来，然而这一试却新奇地发现自己经过那般折腾，体力竟恢复得比往常还快些！

沈璃没有细想，当即便用气息往体内一探，她失望叹息，果然法力是不可能恢复得那么快的……不过这样也好，魔界的人暂时无法探出她的气息。但依魔君的雷霆手段，找到她只是迟早的事，到时候她若还没恢复法力……

"咯咯哒，来。"

沈璃正想着，忽听得背后这声召唤，她怒而转头，却见青衣白裳的男子坐在青石板阶上，向她递出了一个白面馒头。"吃饭喽。"

沈璃心中一声冷哼，扭头不理，但恍然记起她昨日受的罪好似皆因不肯吃饭而起。她身子一僵，琢磨了半晌，终是一咬牙，梗着脖子极不情愿地迈着高傲的步伐走到男子跟前。

嗅到他身上飘散出来的淡淡药香，沈璃这才仔细看了行云一眼，见他唇色隐隐泛乌，眼下略有黑影，乃是短寿之相。

甚好！沈璃心想，这凡人虽看到她许多丑态，但好在命短，待他死后轮回忘却所有，她依旧是光鲜的碧苍王，不会有任何污点。如此一想，她心一宽，伸脖子便啄了一口馒头，软糯的食物让沈璃双眼倏地一亮，这……这馒头，好吃得一点也不正常！

没等男子反应过来，沈璃张着大嘴将馒头抢过，放在干净的青石板上便狼吞虎咽起来。

魔族不比天上那帮不需要吃喝也不会死的神仙，他们和人一样，也需要食物。但沈璃素来只爱吃荤，半点素也不沾，能让她吃馒头，着实不易。

将馒头屑也啄食干净，沈璃这才抬头看了行云一眼。却见身旁的人以手托腮，目光轻柔，似笑非笑地望着她，其实这本是极正常的一个瞅宠物的眼神，但沈璃一时不慎，竟被这平凡眼神瞧得心口一跳，她有些不自在地扭开了头。

魔族的文臣怕她，武将敬她，别的男人离她三步远就开始哆嗦，谁敢这样看她。可悸动也只有一瞬，沈璃毕竟是一个见惯了风雨的王爷，她迅速拔出了心口冒出的小芽，给予它不人道的毁灭，然后用光秃秃的翅膀毫不客气地拍了拍行云的膝盖，又用喙戳了戳刚才吃馒头的地方。

"嗯？还要一个？"行云一笑，"没了，今天只做了这么多。"

言罢，他起身回屋。沈璃一愣，急急地跟着他走到屋子里去。真是放肆，竟妄想用一个馒头打发她！说什么也得拿两个！

她跟在行云脚边追，可她现在体力不济，光爬个门槛便喘个不停，唯有眼巴巴地望着行云拎上包袱走过前院，推门离去，只留下一句淡淡的："咯咯哒，好好看家，我卖完身就回来。"

混账！竟敢将她当看门狗使唤！不对……等等，她愕然盯住掩门而去的男人的身影，他刚才说卖……什么？

沈璃趴在地上将屋子里打量了一番，这人生活过得不算富裕，但也并不贫穷，他堂堂一个七尺男儿，好手好脚，什么不能做？竟要……啊，对，说不准人家偏好这口。沈璃恍然了悟，但望了望外面的天色，她不由得皱了眉头，这种生意在白天做真的好吗……罢了，架不住人家喜欢。她也就在这里养几天伤，随他去吧。

沈璃将脑袋搭在后院门槛上休息，院里的阳光慢慢倾斜到下午的角度，耳朵里一直有葡萄藤上的嫩叶被风摇晃的声音，这样舒坦的日子已阔别甚久，沈璃一时竟有些沉迷了，脑子里那些繁杂的事几乎消失不见，正当她快睡着之时，一声细微的响动传来。

久经沙场的人何其敏感，沈璃当即一睁眼，双眸清冷地望着传来声响的地方，只见一个布衣姑娘从院墙外探出个头来，左右一瞅，动作笨拙地爬上墙头，但她骑在墙上又不知该怎么下来，最后急得没法，身子一偏，重重地摔了下来。

摔得结实。沈璃心想，这么笨还做什么贼啊？东西没偷到，能将自己先玩死。

那布衣姑娘揉揉屁股站起来，径直往屋里走，沈璃悄悄退到暗处。却见她找出了扫帚和抹布，沉默又利落地打扫起屋子来，待将屋子收拾得差不多了，她又开始擦桌子，然而擦着擦着，她的眼泪便开始啪嗒啪嗒地往下掉，最后她趴在桌上大声哭了起来。

沈璃费了很大力气才隐约听到她呜咽着说什么"再也见不到了"之类的话，这约莫是喜欢行云的姑娘吧。沈璃心里正琢磨着，却见那姑娘哭够了，用抹布将落在桌子上的眼泪一抹，转身欲走。

其时，过于专心打量她的沈璃还没来得及找地方躲起来，两人便打了个照面，对视了许久，沈璃本想着，如今自己被打回原形，应当不会引起什么不必要的误会，哪承想那姑娘竟径直冲她走来，嘀咕道："行云哥真是的，拔了毛的鸡怎么还放出来跑呢？可得赶紧炖了。"她一抹泪，"也算是给你做顿告别饭吧。"

"做你大爷啊！谁要你多管闲事啊！"沈璃闻言大惊，她现在法力全无，要真放锅里炖了，那还了得！她扭身就往屋外跑。姑娘也不甘示弱拔腿就追。"哎呀，跑脏了不好洗！"

沈璃此时真是恨不得喷自己一身粪，她愿意脏到死好吗！

沈璃体力不济，好在那姑娘动作也挺笨，她仗着一些格斗技巧，险避过几次夺命手，然而两只爪始终跑不过脚，眼瞅着身后的姑娘追出了火气，要动真格了。沈璃扑扇着翅膀欲飞，但没毛的翅膀除了让她奔跑更艰难以外，根本什么作用也没有！沈璃是连钻狗洞的心都有了，偏偏行云这院子修得该死地扎实，墙根处别说洞了，连条缝也没有！

她从没感觉这么难堪、悲伤和绝望过，她发誓！血誓！若今日她被当鸡炖了，她必成厉鬼，杀上九十九重天，劈头盖脸吐天君一身血！若不是那门婚事，她岂会落到这个下场！

沈璃脑中的话尚未想完，翅膀一痛。布衣姑娘大力地将沈璃拎了起来，双手扣住她的翅膀，任凭沈璃两条腿如何挣扎也没有松手。

"哼，你这野鸡，看我不收拾你。"姑娘逮了沈璃便往厨房走去。

沈璃快把骨头都挣断了，被摁到案板上的那一刻，沈璃恍然忆起以往在战场上她对敌人刺出银枪之时，原来……弱者是这样的感受……

"嗯？这是在做什么？"

男子平淡的声音不适宜地出现在此刻。

沈璃不经意地一扭头，在生死一线之际，青衣白裳的男子倚在门边，背后的光仿若在他身上镀了一层慈悲的光晕，菜刀在沈璃的眼前落下，嵌入菜板，也隔断了她的视线。

布衣姑娘一反方才凶悍的姿态，双手往后一背，扭捏地红了脸。"行云哥……我……嗯，我就是想来看看你。这只鸡拔了毛，再不炖就死了，到时候不好吃。"

沈璃连抽搐的力气也没有了，真如死了一般躺在菜板上。

"这只不能炖。"随着话音落下，沈璃被抱进了一个暖暖的怀里，淡淡的药香味灌满了鼻腔，她竟恍然觉得这味道好闻极了。

"啊……呃，对不起，我不知道。我只是想在临走时给你留个什么东西……"布衣姑娘的手指在背后绞在一起，眼眶微微泛红，"明日我便要随爹南下经商，可能……可能再也不会回来了。以后再也见不到行云哥……"

"嗯，平日里我也没怎么见过你。"行云声音平淡。布衣姑娘的眼泪积聚在眼眶，脸颊也红得与眼眶一样。"不是的！我每天都能看到你！每天都能看见，悄悄地……"她的声音颤抖，沈璃听罢也不忍心再怪她什么，不过是个痴儿。

"哎呀，那真是糟糕，我一次都没看见过你，一次都没有，唉。"

沈璃骇然张开嘴，哑口无言。这是一个男人在这种时刻该说的话吗?! 还特意强调一遍，他与她是有多大的仇。

姑娘果然脸色煞白，只见行云笑容如常。"你这是来要饯行礼的吗? 嗯，我也没什么好送你的，如果你不嫌弃……"

"不用。"姑娘忙道，"不用了。"她捂住心口，神色惨淡，踉跄而去。

行云挥了挥手："慢走。"紧接着便毫不留恋地转身，扔了沈璃，一边鼓捣着锅碗瓢盆，一边挽袖子道："做饭吧。"

沈璃趴在地上，眼瞅着那姑娘走到门口仍旧依依不舍地回头张望，终是抹了把鼻涕，埋头而去。沈璃一声叹息，这姑娘笨是笨了点，性子也太过执着，但却是专一的，怎生就喜欢上了这么一个做皮肉生意又不解风情的男人呢?

鼓捣锅碗瓢盆的声音一顿。"嗯？做什么生意？"

这不是才卖完身回来吗，还能做什么生意？

沈璃心里刚答完这话，惊觉不对，她猛地扭头一望，行云正挑眉盯着她，沈璃讶异，他……他在和她说话？

"哎呀。"行云一愣，倏地摇头笑了起来，"一个不注意，被你识破了。"他蹲下身来，直视沈璃的眼睛，"我卖身怎么了？"

沈璃哪儿还有心思搭理他，只顾愕然，他真的在和她说话！沈璃惊得浑身抽了三抽，这家伙难道从一开始就能读出她的心声吗？还是说他一开始就知道，她不是鸡？那他其实是在玩她对吗……

"没错。"行云眯眼笑，"在玩你。"

沈璃浑身一震，面对这么坦然的挑衅，她一时竟愣住了。

"还有，吾名行云，好好称呼我的名字。另外，我卖身又如何？"

卖……卖身又如何，玩她又如何！这家伙把贞操和节操全都吃了吗！居然能这么淡定地说出这种话！何方妖孽啊！

"不过就卖卖身玩玩你，竟是如此罪大恶极的事吗？"行云一副息事宁人的态度，"好吧好吧，下次不让你察觉到就好了。"言罢，他轻轻戳了戳沈璃的脑袋，站起来继续做饭。

沈璃却拼尽全力往厨房外爬去，这人太危险了，她必须得换个地方养伤，不然照这趋势养下去，非死不可啊！

奈何沈璃如今体力消耗殆尽，费力爬了许久，只爬到前院就全然没了力气，大门近在咫尺，她却怎么也无法够到。黄昏的光惨淡地洒在她光秃秃的背上，只听行云一声吆喝："吃饭喽。"然后她便被一把拎到后院，放到一碗烩饭前。

罢了……先吃饱了再说吧。

这夜月色朗朗，沈璃好似做了一个梦，她恢复了人身，躺在葡萄架下，寒气伴着月光融进不着寸缕的肌肤，她忍不住抱住自己赤裸的手臂。其时，一条被子从天而降，盖在了她身上，随之而来的温暖和淡淡的药香让她忍不住翘了翘唇角，她拽住被子的边缘蹭了蹭，陷入更深的梦乡中。

"嗯。"行云帮沈璃盖上了被子，在她身边坐下，伸手拽住了她披散在地的黑色发丝，笑道："毛发倒是旺盛。"他目光往下，停留在她的五官上，细细一打量："容貌也还算标志，倒是个不错的姑娘。"

三月天，夜犹长，公鸡报晓时天仍未亮，沈璃却猛地自梦中惊醒，只因察觉到了细碎的脚步声，然而她睁眼的一瞬却发现自己不知什么时候被一块布罩了起来，她大惊，这莫不是魔君的乾坤袋将她擒了吧！

一阵惊慌的挣扎后，她终于呼吸到了外界的空气，没有魔君，也不是追兵来了，她仍旧睡在葡萄架下，也仍旧是没毛的野鸡样。空气中露气正浓。有细微的声响从前院传来，沈璃戒备地往前院走去。

院门微开，外面有嘈杂的响动，沈璃偷偷将脑袋从门缝中探了出去，火把的光照亮巷陌，两辆马车停在巷里，昨日见到的布衣姑娘正和她娘站在一起，家里的男丁正在往马车上装放东西，而行云正在其中帮忙，待东西都装放好后，别的人都陆陆续续上车，只有那姑娘和她娘还站在外面。

"行云，你爹娘去得早，这些年虽为邻里，但我们也没能帮得上你什么忙，现在想来很是愧疚，此一去怕是再无法相见，你以后千万多多保重。"

"大娘放心，行云知道。"他笑着应了一句，中年女子似极为感怀，一声叹息，掩面上车。独留小姑娘与行云面对面站着。

姑娘垂着头一言不发，火把上跳跃的光芒映得她眼中一片潋滟。

"此时南行，定是遍野桃花。"行云望向巷陌的尽头，忽然轻声道，"我非良人。"这四字微沉，沈璃闻言，不禁抬眼去望他，在逆光之中的侧颜带着令人心动的美，但他眼中却没有波动，不是无情，是真的生性寡淡。沈璃愣愣地打量着他，忽然觉得，这人或许比她想象的还要复杂很多。

那姑娘听罢这话，倏地眼眶一红，两滴清泪落下，她深深鞠躬道别："行云哥，保重。"

这一去，再无归期，从此人生不相逢。沈璃一声喟叹，但见行云目送马车行远，辘辘车轮声中……

辘辘车轮声中她跑路的声音也不会那么明显是吧？

沈璃眼眸倏地一亮，左右一张望，四下无人，只有行云仍在目送旧邻，沈璃挤出门缝，向着小巷延伸的方向发足狂奔而去。

奔至街上，其时，大街上已有小贩摆出了早点。沈璃往后一望，没见行云跟来，她长舒一口气，这个行云太过神秘，听得懂她说话，但却半点也不害怕她，她现在重伤在身，又要躲避魔界追兵，实在没有精力与他磨，等等……重伤在身？沈璃奇怪地抬了抬翅膀，就昨天那一番折腾来说，现在是哪儿来的力气支撑她这一路狂奔的？

仔细一想，好似昨日早上醒来的时候也是这样，体力恢复得极快。难不成是那个行云对她做了什么？还是因为吃的东西有问题？想起那个好吃得不正常的馒头和昨晚那碗太香的烩饭，沈璃不自然地伸了伸脖子，咽了口唾沫。

"哪里来的怪鸡！"背后忽然传来一个汉子的粗声，"跑到道中央来，是要我拎了去打牙祭吗？"

沈璃一扭头，看见背后的彪形大汉伸手要拽她的翅膀，有了昨天的经验，她岂会那么容易被人捉住，当即脖子一扭，狠劲啄了伸过来的大手一口。大汉一声痛呼，怒道："鸡！看我不折了你脖子！"

沈璃身形一闪，往街旁摊贩的桌下钻去，大汉怒而追来，撞翻了小摊，摊贩不依，与他吵闹起来，沈璃趁此机会在各个小摊下穿梭，前方被木板挡了路，她不过停了一瞬，脖子便被捏住，然后整个身子都被拎了起来。"别吵啦别吵啦，这只鸡在这里。"另一个小贩拎着沈璃便往那边走。

与凤行

沈璃憋了一口气，爪子一抬，在那人的手背上拉下三道血痕。"啊！好野的肉鸡！"那人吃痛，倏地松手，沈璃落在地上，哪儿还有工夫理他的喝骂，就地一滚，箭一般地拐进一条小巷中，直到身后没人追来她才停下来，趴在地上喘气。

做一只凡鸡，真是太不容易……

她正想着，背后的院门"吱呀"一声打开，一盆夹带着泥沙和菜叶的水"哗"地泼了她满身。"今天街上好热闹啊。"女人的声音响起，沈璃感觉到烂菜叶从自己头顶滑下，"啪嗒"掉在地上，她愕然中带着即将喷发而出的愤怒，慢慢扭头望向背后的年轻妇人。

这往她身上泼的是什么玩意……

真是……放肆极了！

两只眼睛对上妇人的眼瞳，高度差让沈璃倏地反应过来自己如今的身份，结合昨日与今日的遭遇，沈璃心中刚道一声"糟糕"便被妇人拎住了翅膀。"谁家养的鸡啊？这毛都拔了怎么还放出来？"

沈璃蹬腿，死命挣扎，却见一个男人从家里走出来。"隔壁没人养鸡啊，不知从哪儿跑来的就炖了吧，正好今天活儿多，晚上回来补补。"

"炖你大爷啊！"沈璃怒得想骂天，"不要一看到鸡就想吃好吗！好歹是条命，你们怎么人人都说得这么轻巧啊！"

男人理了理衣服要出门，妇人将他送到门口，出门前，男人伸手摸了摸妇人的头。"娘子今日又该辛苦了。"

妇人脸一红，手一松，沈璃抓住机会回头咬了她一口，妇人一声惊呼，沈璃挣脱束缚落在地上，然后亡命一样往外奔逃而去，留那夫妇俩继续情意绵绵。

一路奔逃，直至午时，行至城郊，沈璃至少遇见了十个要捉了她吃掉的家伙，她实在跑不动了，又累又饿，一屁股甩在河边草地上坐下，脑袋搭在河里喝了两口水，然后静静望着阴云密布的天空，眼瞅着一场春雨就要降下。

"你是想玩死我是吧？"她这样问苍天，声音凄凉。

春雷响动，雨点淅淅沥沥地落下，沈璃费力地撑起身子，想去找个避雨的地方。一转头，却见那个青衣白裳的男子背着背篓站在河堤上，四目相对，沈璃一时间竟情不自禁地有些感动。就像在地狱十八层走过一遭，恍然间又见到了阳光下的小黄花那般被抚慰了心灵。尽管堤上那人远胜小黄花，尽管这一人一鸡的对视让画面不大唯美。

隔着越发朦胧的雨幕，行云盯着一身尘土的沈璃许久，倏地埋下头，不厚道地掩唇笑了起来。

这……这绝对是嘲笑！

"笨鸡。"行云如是嘀咕着，却从背后的背篓里拿出了一把油纸伞撑开，然后一步一步慢慢向沈璃走来。沈璃已无力逃跑，也无心逃跑了，虽不知这行云到底是个什么东西，但对现在的沈璃来说，最坏的结果不过是被炖了，在行云这里，好歹死前她能吃点好的。

油纸伞在头顶撑出一片晴朗。"咯咯哒，我还以为你跑了就不会回来，原来，你竟是在这里等我归家吗？"沈璃耷拉着脑袋不理他。行云不嫌脏地将她拎起来放进自己的背篓里，"你还真是有本事，仅半天时间竟能将自己弄得如此狼狈，好功夫。"

"咯！走你的路吧！"沈璃忍不住呵斥道，"咯！"废话真多。

行云闷笑，不再开口。一把油纸伞将头上的雨水完全遮挡，没有一滴落在沈璃光溜溜的身上。

累了大半天，沈璃随着他背篓的颠簸，没一会儿就睡着了，然而没睡多久便被一股凉意惊醒，她下意识地浑身一抽，爪子一伸，张嘴就要咬人。

"你这肉鸡好生彪悍。"行云拿着瓢微微往后退了一步。

沈璃甩了甩两只肉翅上的水，戒备地瞪着他。"作甚？"

"能作甚？"行云笑着问她，"你脏得和土里刚挖出来的东西没两样，我把你和它们一起洗洗干净，不然，你还是比较喜欢去池塘戏水？"

与凤行

沈璃往旁边一瞅，发现自己正与一堆野山参待在大木盆里，她用爪子刨了刨土疙瘩一样的野山参，行云一把抓住她的爪子道："轻点，破了相卖不上价。"

"你……卖的是这种参？"

"不然是哪种？"行云将她的爪子拉住，用一旁的丝瓜网搓了搓，洗干净后又抓住了另外一只，仿佛想到了什么，他动作一顿，笑眯眯地望着沈璃，"你以为是哪种？"

过近的距离，太美的面容，让沈璃的心脏倏地漏跳了一拍，看着行云唇边的笑容，沈璃竟一时有种被调戏了的感觉。碧苍王恼羞成怒，大喝一声："放肆！"尖喙往前一戳，径直啄在行云的鼻头上，行云毫无防备，被戳得往后一仰，退了好几步才稳住身子，捂着鼻子好一会儿没抬起头来。

沈璃心中本还存着一股恼怒的气，但见行云一直垂着头，她又琢磨着是不是自己下嘴重了，要是把他戳出个好歹来该如何是好？而且……如果他要对付现在的自己……沈璃默然。

沈璃正茫然之际，行云的肩却微微颤动起来。沈璃莫名其妙地看着他，竟是听到他的笑声，沈璃愈发愕然，她的喙有毒吗？这是把他啄傻了？

行云放下手，顶着红肿的鼻头，不怕死地走过来，轻轻拍了拍她的脑袋。"好功夫啊。"他半点不气，拿了丝瓜网继续在一旁刷野山参。

沈璃奇怪地在木盆里坐下，第一次这么看不懂一个人……

"笨鸡。"伴着这声低语，沈璃一抬头，一团湿答答的泥团"啪"地甩了她一脸。泥浆流下，堵住了沈璃不大的鼻孔，她忙张嘴呼吸，但泥沙又钻进了嘴里，沈璃咳得在盆里打滚。

行云继续坦然地洗野山参。

这家伙……这家伙就是一个小孩啊！报复心超重的小屁孩啊！

　　沈璃决定在行云家暂住下来，原因有二：其一，在这里她的体力恢复得极快，不过两三日的时间，墨方在她身上留下的伤对她的行动全然没了影响；其二，她不想被人逮着炖了。

　　让沈璃愁的是自己的法力不知何时能恢复，不知道什么时候恢复人身，就不知道什么时候能离开这里，也不知道魔界追兵什么时候会赶来。不过好在天上的时间总比人界过得快，这为她赢得了不少时间。

　　"吃饭了。"行云在屋里一声呼唤，沈璃蹦跶到饭桌边上坐着。

　　沈璃认定是行云做的食物让她的体力恢复得如此快，所以每日都将他做的东西吃得干干净净，只是……"为什么又是馒头？"沈璃盯着面前盘子里的食物，不满地用爪子敲了敲盘沿。再好吃的东西，天天吃也足以令人腻味。最重要的是，她想开荤啊！

　　"不好吃吗？"

　　"好吃，但我想吃肉。"

　　"没钱。"

　　过于果断的两个字让沈璃一怔，她抬头望着同样在啃馒头的行云，上上下下打量了他一眼。"偶尔吃顿肉都不行吗？你看起来虽不像有钱的样子，但也不该很穷吧？"

　　行云坦然一笑："我很穷啊，奈何气质太好。"

　　虽然这话听起来令人不大舒爽，但他说的也算事实。沈璃一扭头，望着他晒在院子里的野山参道："你卖的那些野山参呢？应该能赚不少钱吧。"

　　"与药铺老板换成药了。"他这话说得轻描淡写，好似对自己的病并不在乎。

　　沈璃却听得一愣，嗫嚅了半晌，没敢说更多的话，只沉默地埋头吃馒头。

　　半夜，沈璃估摸着行云睡着了，她借着月华在院子里凝了许久的内息，然后伸出爪子往跟前的白石上一点，白石上金光一闪，好似变作了黄金，但不过一瞬，光华散去，那儿依旧是普通石头一块。

沈璃一声喟叹，果然还是不行，体内空荡荡的，连简简单单一个点石成金的法术都做不到。她有些颓然地在石头旁坐下，倒是第一次在生命中体会到这样的无奈。

沈璃往黑漆漆的屋里望了望，夜风将屋子里的药香带了些许出来，沈璃两只翅膀扑扇了两下，再次鼓足了劲站起来，继续仰头向月光，屏气凝神。这个行云也算是对她有恩，知恩图报这个道理她也是知道的，只是沈璃虽为王爷，行的却是武职，杀敌对战在行，救人治病却不行，既然治不了这病秧子，那就让他在有生之年过上更好的日子吧。

沈璃深呼吸，将月华之气吸纳入体，她俯身轻啄白石，光华一胜，沈璃睁开眼，看见白石之中金光不停地蹿动，但最后仍是消失无际。她心中一怒，狠狠地蹬了白石一下。"没用的东西！"话音未落，她爪子一蜷，一声痛呼："好痛。"单只爪蹦跶了两圈，沈璃怒视白石，喝骂："顽石！"

末了她又往石头跟前一站，继续施点石成金之法。

只是全心全意扑在一颗石头上的沈璃不知道，在小屋漆黑的门后，有一双眼睛，一直带着笑意，将她的举动收进眼底。在沈璃不知第几次失败之后，青衣衣摆一拂，转身入了里屋。

行云在柜子里翻了翻，摸出十来个铜板，掂量了两下。"明日去买二两肉吧。"

沈璃吸了一夜的月华，无果。早上没精打采地把脑袋搭在石头上睡觉，却忽然听见院门打开的声音，她精神一振，跑到前院，见行云正要出门，没有背背篓，也没有拿包袱，她奇怪："你今天不卖参？"

"参还在晒着呢。"行云矮身拍了拍沈璃的脑袋，"我出去买点东西，乖乖看家啊。"

"我也去，等等！"沈璃扭身便往后院跑，将昨夜未点化成功的那块顽石往嘴里一叼，又蹦跶着跑回来，含糊不清地说："走吧。"她觉着既然月之精华不管用，那干脆试试日之精华，她若是点石成金成功了，正好可以买点好东西回来。

行云瞅着她嘴里叼的那块石头，愣了一瞬，没有多问别的，只笑道："你要如何与我出门呢？集市人多，如果走散了你指不定就变成一锅汤了。不如，我在你脖子上套上绳子，牵着你走，可好？"

沈璃闻言大怒："放肆！"她两只翅膀扑扇个不停，"我陪你去集市是好意，出于感激，自然是要你抱着本……抱着我！快点，抱起来。"

看着沈璃伸开的两只肉翅，行云怔忪了半晌，而后倏地一笑，竟还真的弯下腰，将沈璃抱了起来，任由她在怀里乱蹭了许久，终是找了个舒服的姿势趴好，然后吩咐他道："走路小心点啊，别太颠。"

行云轻笑："是，都听鸡的。"

沈璃一路施法终未果，行云也不管她折腾出什么动静，都只坦然地走自己的路，待行至集市，老远便听见卖肉的在喊今日的肉价。行云一琢磨，不成，肉又涨价了，二两买不起……这鸡胃口大，铁定吃不饱，回头还得嘀咕，更不知要把这石头戳到哪年哪月去……

其时，忽闻旁边有人道："哎，算富贵十个铜板。"

行云扭头一看，一个三十来岁的男子举着一面算命幡子，打着半仙的招牌，正捏着一个青年男子的手在滔滔不绝地说着："从此十字纹来看，是大吉之相，公子近来有福……"行云沉默了一会儿，忽然举步上前。"这位兄台。"他径直将话插了进去，"今日午时，你家中或有火情，若此时不归家，将来必抱大憾。"

此话一出，算命的和青年男子皆是一愣，连沈璃也从他怀里抬起头不解地望他。算命的最先反应过来，他眉头一皱，坏脾气道："胡说什么呢！去去，别坏了这位公子的福气。"

"是否胡说，公子回家一看便知。"行云淡淡笑着，"今日下午，我还在此处等候公子。"

青年男子既来算命，本就是信奉此道之人，见他说得如此笃定，心中难免打鼓，犹豫了半晌，终于从算命的手里将手抽了回来，疾步往家里走去。沈璃用翅尖轻轻戳了戳他的手臂。"你骗人呢这是？"

"别闹。"行云摸了摸她的脑袋，"这是关乎二两肉的事呢。"

行云话音未落，算命的忽然将幡子一扔，怒道："我说你这人怎么回事！行规懂不懂啊！有你这么坏人生意的吗？"

面对对方的愤怒，行云出奇地淡定："我并不是抢你生意，我说的都是实话，你若不信，大可在此等至下午，若我的话应验了，你便心甘情愿地将他方才找你算命的钱给我。"

"嚯！你和我杠上了是吧！啊，好！"算命的赌咒发誓一般道，"我王半仙在行里混了这么久，我还不信你了！等就等，回头那小子要是不回来或是你没说准，你……"他将行云一打量，"你就将那只肉鸡给我！"

沈璃一怒，翅膀顿时爹开，还没吭声便被行云轻轻按了回去。"安心，我在这里，没人抢得走你。"

不知他话里有什么奇异的力量，向来都冲在最前面的沈璃竟奇迹般地被安抚下来，竟选择了"好吧，就先相信你"这种选项。是因为……之前都一直被他保护着吗？被这么一个弱小的凡人保护着……

感觉，真是奇妙。

时间慢慢溜走，午时之后，那青年男子仍旧没有回来，王半仙渐渐面露得意之色，行云也不急，只偶尔瞥一眼不远处的肉铺子，仔细听着卖肉的有没有往下喊价。

一个时辰之后，男子还是未来，王半仙笑道："小子！这回你该认输了吧？肉鸡给我。"

"为何要给你？"行云淡然道，"他不是在来的路上了嘛。"

王半仙往路的那边张望。"小子胡说！哪儿来的人！"这话音刚落，路的拐角处便行来了一对父子，正是方才那位青年和他还小的儿子。他一走到行云跟前便立马鞠躬谢道："多谢这位兄台啊！若不是你劝我回去，我家小儿怕就要被烧死在柴房了。虎子，还不谢谢这位叔叔！"

小孩咬着手指头，含糊不清地说："谢谢叔叔。"青年笑道："我这里也没什么好拿来谢你的，我家娘子让我从房梁上取了两块年前做的腊肉，你看……"

沈璃眼睛一亮，行云跟着眼睛一亮，他果断点头收下："我不客气了。"

目送青年与小孩走远，行云转头好整以暇地看着王半仙。"十文钱。"

王半仙看得目瞪口呆，拍脑门道："嘿，还真邪门了不成？这也能算准。"他自包里摸出十文钱放在行云掌心，临走之前又道："不如……你再给我算一卦。"

行云笑得高深莫测。"今日，你有血光之灾。"

王半仙吓得不轻，连忙抓了自己的幡子，急急忙忙往家里跑。

不日，沈璃听说王半仙那日回家后，因"一文钱也没赚回来"被媳妇用鞋拔子抽了脸，破相挂彩。至于沈璃为什么会听说这样的鸡毛小事，那是因为从那天起，"京城有个真半仙"的言论已经传遍了大街小巷。

"你竟真会算命。"沈璃为此表示讶异。

"会一点。"

沈璃沉默了半响。"道破天机可是会遭天谴的。"

"我知道，所以，我不是日日都在吃药嘛。"行云答得坦然，但见沈璃目不转睛地盯着他，他笑道："有得必有失，天道自然，万事总是平衡的。"

沈璃哪儿会不知道这个道理，她只是恍然明白，原来他的短命相竟是这样来的，又惊讶一个凡人能窥探天机，且窥探得如此仔细，可想而知他的身体受反噬的力量也必定极大，而他居然与天道抗衡，活到了现在。

行云这家伙的身份，越来越让人捉摸不透了。

第二章

高深莫测的凡人行云

外界的传言越来越夸张，但这好似并没有怎么影响行云的生活，他依旧守着小院，每日养养鱼，晒晒太阳。

一日闲得无聊，沈璃望着趴在池塘边的行云问道："你既天赋异禀，有了这本事，为何不靠算命为生？"像他这种有真本事的"半仙"大可走高端路线，专为高官富人算命，即便是一年算个一次，也能让他的生活过得比现在好十倍，但行云却过分淡然，这么些天的相处，除了赚回来那两块腊肉和十个铜板，他几乎没用过这种能力。

"这不是什么好本领。"行云只淡淡道，"害人不利己，不靠它，我依旧活得好好的。"

沈璃一挑眉，没想到一个凡人竟还有此番觉悟。既然他看得如此透彻，沈璃也不再继续讨论这个问题，倒是话锋一转问道："行云，你每日做的吃食里面，是不是有什么增补元气的药？且拿来，我研究研究。"

行云一笑，转头看她。"你认为我买得起那种东西吗？"

沈璃沉默，是啊……他是一个连肉都不会买的家伙，哪儿来的闲心在馒头里面加什么补药呢。可她在这屋里，体力确实恢复得比平时快很多，这些日子，内息也渐渐稳定下来了，恢复人身或许就是这几日的事了吧……

"咚咚咚！"后院两人正聊着，忽闻一阵急促的敲门声。行云应了一声，慢慢晃到前院去开门。

这倒稀奇，沈璃来了这么多日，除了那翻院墙进来的姑娘，就没见过别人主动来找行云。她心中好奇，也屁颠屁颠地跟了上去。待得行云

与凤行

一开门，沈璃倏地察觉到一股莫名的气息，她神色一肃，却见一只枯瘦的手从门外伸了进来，紧紧地将行云的胳膊抓住。

那人力道好似极大，将行云推得往后退了两步，险些踩死在他脚后面的沈璃。

大门敞开，沈璃这才看见，拽住行云的竟是一名老妇，她情绪激动，神色有些恍惚。"仙人，仙人……"她沙哑地唤了两声，"你就是他们说的能算过去，能占未来的仙人吗？"

沈璃抬头望她，只觉这人身上莫名地围绕着一股气息，奈何她现在法力不够，无法看出其中缘由。

"呃……我约莫是你要寻的人。"行云道，"只是……"

行云话音未落，只听巷子另一头传来几声疾呼："弟妹！"其时，背后行来一个中年男子，他一把将妇人拽住道："弟妹！你别闹啦！随我回去吧！"

那人看起来不过四十岁，但这妇人却已如五十岁的老妪一般，佝偻着背，满脸沧桑，看来是被生活折磨得不轻。她并不理那人，只望着行云道："仙人，您帮帮我吧！求您帮我算算，我那入伍已十五载的相公，现在究竟在何方啊？"

"哎呀弟妹！你还没被那些江湖术士骗够吗？别问啦，都这么多年……"这话像是触碰到了妇人的隐痛，她呵斥道："再久也得问！离开再多年那也是我丈夫！一日找不到他我就再找一日！日复一日，总有我找到他的那天！"

原来是军人妇，沈璃脑袋微微一垂，她很清楚，上了战场的人，一旦死了，或许连尸骨也寻不到，不管亲人再怎么日复一日地盼，日复一日地寻。

行云轻轻地拉开妇人的手，浅笑道："这位夫人，这卦我算不了，你回吧。"

老妇人一脸怔愕："你不是神仙吗？你为何不肯帮我算算？我只想知

道他在哪里……你若是不帮我算他在哪里，那至少告诉我他的生死，让我有个念想啊！"

行云冲中年男子一笑。"劳烦。"他做出送客的姿态，"我该做饭了。"

中年男子一怔，忙饱含歉意地点了点头，半是拉半是劝地将妇人带走了。行云淡漠地关上门，像往常一样走进厨房做饭。沈璃跟在他脚边走着。"你看出什么了是吧？为什么不肯告诉那个妇人？她丈夫是死了吗？"

"不。"行云淡淡道，"我什么也没看出来。"

沈璃怔愣："可是……可是……"她念叨了半天也不知该说些什么，行云不以己力干涉自然的做法也没错，在这之前她甚至是赞赏的，但在这样的情况下，她还是忍不住想去帮忙，若是她之前带的兵在战场上战死，她定不会让他的家人什么也不知晓，只是无望等待。

沈璃仰头望了行云一眼，默默地往后院走去，这个行云能为了十文钱救了一个孩子，也能眼睁睁地看着老妇哭泣而无动于衷。

他活得还真不是一般随性，或者说是……寡情。

至夜，四周寂静无声，行云没有锁门的习惯，得以让沈璃扒开门缝悄悄地钻出去，凭着恢复了一点的法力，沈璃循着今日那妇人的气息，往巷陌的一头奔去。

没有关上的院门里，隐隐传来了一声叹息："此鸡太闲。"

沈璃循着气息，一路寻至一个小院门口，正不知如何进门时，院门忽然"吱呀"一声推开了，沈璃忙往门后一躲，藏在暗处。

一个男人身着巡夜服，拎着灯笼走出门来，他正是今日白天寻来的那个中年男子。"快到我值班的时间了，我就先走了，你看着弟妹，大半夜的，别让她又跑出去找什么半仙了。"

里面的女人应了一声："你小心点啊。"

男子应了，转身走开，院门再次关上，沈璃正急得不知如何进去之时，院门又打开了，里面的女人拿着披风追了出来。"大郎，你的披风，夜冷，别着凉了。"

沈璃一瞅，院门开着，那两人也隔得远，她身子一蹿，径直钻进院里，她一眼便看见了那妇人的房间，因为灯还点着，她正坐在窗前缝衣，剪影投在纸窗上，说不出地孤寂。她房门未关，沈璃将脑袋悄悄探进门缝里，一看之下，她恍然明白为何今日会在这妇人身上感受到一股莫名的气息了。

在妇人的背后，一个身着破败轻甲服的年轻男子正定定地望着她手中缝补的衣物，他表情柔和，目光温柔，仿佛看着这世上他最珍惜的事物，但他却没有脚。白日阳气盛，沈璃看不见他的身体，到晚上终是显现出来了。

竟是变成了灵体……沈璃不由得一声叹息。妇人再也找不到她夫君了，也不用去寻她夫君，因为那个男人从来都没有离开过她。

沈璃不想她这一叹竟让那轻甲男子倏地转过头来，一双黑眸在看见沈璃的一瞬猛地变得赤红，他一张嘴，一股阴气自他嘴里溢出，没给沈璃半点反应的时间，面目狰狞地向她冲来。沈璃两只翅膀慌张地扑扇了两下。"站住！等……"两声鸡叫尚未出口，那灵体便自她身体里掠过，满满的阴气将她带得一个趔趄，滚了好几圈，直到撞在一个墙角的土陶罐上才停了下来。

"住手！住手……喀……"沈璃忙甩脖子。

那男子却不听她说，只阴煞煞地盯着沈璃，准备再次攻击她。

沈璃忙道："我是来帮你们的！"那人闻言，微微一怔，面容稍稍缓和下来。沈璃喘了两口气，正要说话，另外一个房间的女主人却被之前的声音惊动，那边房门一开，女人看不见鬼魂，只奇怪地盯着沈璃。"哪儿来的无毛鸡？"说着她便往这边走来，可还没迈出两步，一块石头蓦地砸在她头上，女人双眼一翻白，径直晕倒在地。

在她背后，是一身尘土的行云，他扔了手中的石头，语带半分无奈："喀喀哒，你又乱跑闯祸。"

沈璃愣愣地望着他："你怎么进来的？"

"爬墙。"他淡定地说完，几步迈上前来，将沈璃往怀里一抄，"夜里有宵禁，你不知道吗？回去了。"

"等等！"沈璃拿鸡翅膀拍行云的脸，刚长出来一点点的羽毛扎得行云脸痛，"你没看到吗？这里还有事没处理完呢！"

行云将她的翅膀摁住。"何事？"

沈璃比画着："那么大个鬼魂你瞅不见吗？"

行云眉头微蹙："我只通天机，并非修道者，见不到鬼魂。"

这一点沈璃倒是没想到，行云其人太过神秘，让她误以为他什么都会。她琢磨了一会儿，对行云解释道："今日白天，那妇人寻来的时候，我便感知她身上有股奇怪的气息，只是白日阳气太盛，没看出来，今晚跟来一看才发现了他。约莫是他当年战死沙场后，执念太深，没能入得了轮回，最后魂归故里，飘到了她身边，然后一直守着她到现在。"

沈璃转头看他，男子垂下眉目，轻轻点了点头。

"你知道她一直在等你、寻你吧？"沈璃转头问他，男子面露苦涩，望向纸窗上的女子剪影，轻轻地点了点头，沈璃又问，"你想让她知道你在哪儿吗？"

他惊喜地望着沈璃，一脸渴求，好似在问她："可以吗？"

沈璃点头："行云，去转述。"

行云一声叹息道："还真是笨鸡。你要我手舞足蹈地比画一个鬼魂出来吗？语言描述，谁会相信？"他将沈璃放在地上，然后在四周摆了几块石头，似是按照什么阵法在有序排列着。"既然已经插手了，那便把事办到最好。只是事成后，你别后悔。"

沈璃沉默。行云将阵摆好后，以指为笔，在中间不知写了个什么字，退开后道："叫那鬼魂来这字上飘着。"

男子依着他的话，停在字的上方，似有一道道光芒注入字中，院中依序排开的石头依次亮了起来，最后，一道道光芒皆聚集在男子的身上，他的身体似比方才更加结实清晰，行云笑道："咯咯哒，去敲门，告诉她，她夫君回来了。"

沈璃什么也没问，急切地跑过去用尖喙啄了啄木门，没一会儿，木门打开，妇人皱着眉头道："今晚有些吵呢，我给三郎缝的衣服还没做好……"话音一顿，妇人混浊的眼眸被院里的光芒映得闪闪发亮。

她不敢置信地迈出一步。"三郎……"

男子也有些无措，他不敢挪动脚步，只定定地望着妇人，连双手也不知该如何安放了，忽而紧握，忽而伸出。他张了张嘴，没发出声音，那妇人却明白了他说的是什么，他在唤她"娘子"。这个已有十五载未曾出现在她耳畔的称呼。

她混浊的眼睛一瞬便湿润了。"你回来啦……你回来啦。"她高兴得声音都在颤抖，皱纹遍布的脸上却露出了孩子一样的笑容，她急急往前走了几步，踏入阵中，却在要触碰到男子时，生生停住。

她颤抖的手摸了摸自己的头发和脸。"你看我，一点也没准备，你看我连饭也没给你准备。我盼你回来的这么多年……"她的声音不受控制地哽咽起来，"这么多年，你都去哪儿了？你可知晓我等了你多久……你可知别人都当我疯了，连我自己都以为我疯了……我都快……等不下去了。问不到你生死，寻不到你踪迹，缝好衣裳无处可寄，写好书信无人能读！你都躲在哪儿了！"

她的眼泪止不住地落下，阵内光芒之中，时光仿佛在他们身上逆流，抹平了她的皱纹和沧桑，将她变回了那个年华正好的女子，而他甲衣如新，容貌如旧，似是她送行丈夫的最后一夜，他们正年少，没有这十五载的生死相隔。

男子面容一哀，终是忍不住抬手欲触碰她的脸庞。在一旁的行云默不作声地咬破指尖，将两滴血滴在布阵的石头上，阵中光芒更甚，竟让男子当真碰到了妇人，那本该是一个鬼魂的手！感觉到真实的触感，男子忽地双臂一使力，猛地将她抱住。

沈璃愕然地望向行云："这阵……"这阵连通生死，逆行天道，其力量何等强大。

行云只淡淡道："此阵维系不了多久。所以，有话，你速速与他们说完。"

沈璃闻言又是一愣，这人，竟看出了她想做什么……

她今日便隐约猜测妇人被鬼魂附身，本以为是被她的执念勾来的小鬼，没想到却是她要寻的夫君，但人鬼殊途，他们在一起的时间久了，难免会对妇人有所影响，折她阳寿。

所以，她本是想让这鬼魂离开妇人，但现在……

见沈璃半天未动，行云只道："何不交给他们自己决定？"沈璃一愣，行云继续道，"他二人皆是普通人，不通阴阳道，更不知道阴气会对人造成多大的影响，既然已做到这个地步，不如将实情告诉他们，让他们自己决定何去何从。"

沈璃张了张嘴，还是没发声，因为，她还想让他们多待一会儿，哪怕只有一会儿。

行云一声叹息，忽而扬声道："人鬼殊途，兄台可知，你陪在她身旁十几载，已快耗尽她的阳寿。"

那边两人闻言皆是一愣，男子诧异地转头望向行云，妇人却手心一紧，喃喃道："陪我十几载？你陪了我十几载？你……"她仿佛这才看见男子那袭衣裳和他没有丝毫改变的容貌，她神色略有恍惚，"是这样吗……原来，竟是如此……"

"再强留在人界，既会害了她，亦会让自己无处安息。"行云音色平淡，"是去是留，自然全在兄台。"

男子转头看了女子一眼，阵中光芒适时一暗，男子的身影一虚，妇人容貌也恢复沧桑，仿佛刚才的一切只是众人黄粱一梦。妇人寻不见男子身影，神色略带慌乱，而她不知，她丈夫的手竟一直触摸着她的脸颊……隔着无法跨过的生死。

最终，男子点了点头，他愿意走。

这个结果应当是好的，但沈璃心里却无法轻快起来。

行云问沈璃："我会摆渡魂阵，但没有法力，无法渡魂，你可会引魂术？"

"嗯，会的。"战场厮杀平息之后，往往都是她助自己手下的将士魂归忘川，引魂术沈璃再熟悉不过了，"不用摆阵。"她声音轻浅，只有这个法术，无论在什么情况下，她都不会失败。因为，她用此法引渡了成千上万个兄弟的魂，无论身负多重的伤，只有此术，不能失败。

"行云，外衣脱了。"

行云一愣，依言脱下青衣，沈璃钻进衣裳里。没一会儿，有金光从青衣之中透出，刺目的光芒一盛，行云闭眼的一瞬，身边的人已经走向前方。

她赤脚散发，青衣对她来说太过宽大，但穿在她身上却不显拖沓，她背影挺拔，带着更胜男儿的英气缓步上前。

"吾以吾名引忘川。"字字铿锵，她手一挥，在男子眉心一点，手中结印，光芒一盛，忽而又柔和下来，男子的身影慢慢化为星星点点的光芒，就像夏夜的萤火虫，在佝偻的妇人身边环绕了一圈，渐渐向夜空深处飞去。

"啊……啊……"妇人颤抖着伸出手去揽他，可哪儿还抓得住什么。

他们的尘缘早该了了。

夜再次恢复寂静，只有妇人望着夜空发出意味不明的呜咽。

"夫人。"沈璃将妇人枯瘦的手轻轻握住，"他是为了让你过得更好才离开的。这番心意，你可有感觉到？"

"感觉到了……"沉默了半晌，妇人终是喑哑道，"哪儿会感觉不到，我听见了……他是哼着乡曲走的。他想要我心安啊。"她湿润的眼泪落了沈璃满手，沈璃沉默地将她扶回房间。

妇人似是累极，没一会儿便睡着了。

沈璃守了她一会儿，这才走出房间，跨出房门的一瞬，沈璃只觉一阵头晕目眩，本就没恢复多少的法力被如此一挥霍，更是几乎空竭，她脚步不稳，快要摔倒之际，行云在一旁轻轻扶了她一把，沈璃还没来得及道谢，只觉心脏一阵紧缩，世界恍然变大，她又化作原身，沈璃尚在愕然间，便听行云轻笑着将她抱起。

"如此结果，你可是满意了？"

沈璃知道他是在问那妇人与她夫君的事，她沉默了一瞬道："这个结果，早在十五年前便埋下了不会让人满意的种子。"人一旦没了，无论什么结果，都不会是个好结果。

行云一笑："哦？看来你对这种事倒是感触颇深。"

"不过是上过战场，看了太多战死的孤魂。"沈璃语气沉重，"我不知今日这般劝她是对是错，也不知今日这般是好是坏，但我想，若日后我有了亲人、爱人，我若战死，心里最希望的定是让他们快些忘掉我。因为以前已成虚妄，只有以后才能称作'生活'。"

行云一怔，复而笑道："笨鸡，只有现在，才能称作'生活'。"

沈璃将脑袋在他怀里蹭了蹭，找了个舒服的地方放好，道："你说的也对。"

"回去吧。"

行云推开院门，抱着沈璃往家的方向走去。已被折腾累了的两人都没发现，在院门后藏着一个披着披风的男子，见两人走远，他才颤抖着腿走进屋来，将他先前被行云砸晕在院里的娘子扶起，嘴里嘀咕着："真的是神仙啊，娘子！真的是神仙啊！"

屋内香炉白烟升腾，坐于檀木书桌之后的人搁下笔，声音微扬："确有此事？"

跪在下方的人颤抖着回答："小人纵使有十个胆子也不敢欺骗皇太子殿下啊！我那弟妹前几日还疯疯癫癫，这两日已恢复得与常人别无二致，那晚的神迹也是小人亲眼所见，贱内当时虽昏迷不知事，但左邻右舍也都有看见从我家溢出的光芒！还有这青衣……那仙人将他随行的鸡变作一个美人，这便是他脱给美人穿的衣裳，后来那美人又变作鸡，衣服掉在地上，他忘了拿走。"

"这倒是趣事。"丹凤眼微微一眯，"符生，把那人带到府里来，给我瞧瞧，他到底有什么能耐。"

"是。"

小院里的日子还是一如既往地平静，葡萄架上的叶子慢慢长得密实起来，遮挡了随着夏季来临而越来越烈的阳光。行云躺在院里歇息，忽然，摇椅被撞了一下，行云睁开眼，瞥一眼满地打滚的肉鸡。

"啊啊！为什么变不回去?!"沈璃滚了一身的土，气得咯咯大叫，"那晚明明已经成功了！这两天法力也恢复得差不多了，为什么就变不回去了！"

行云眉目悄悄一弯，隔了一会儿才做淡定状道："别叫了。"他望了一眼被沈璃扯在地上的布衣，"钻到衣服里面去变吧，你要是就这么化成人身，那可就不好了。"话音落下，他恍然想起那日光芒之中沈璃站得笔直的背影，一时有些失神。

听得行云的话，沈璃站起身来望着他："那天看你摆的阵很厉害的样子，要不你给我摆个能凝聚日月精华的阵试试。"

"此处已有你说的那种阵法。"行云笑道，"来了这么多天，你竟是一点感觉都没有吗？"

沈璃一愣，左右一打量，这才发现这后院石头的摆放与草木的栽种位置确实是按照一定的规律来的，只是已经摆了很多年，许多地方长出了青草，看不清界线，这才迷惑了沈璃。她恍然大悟，难怪她在此处体力恢复得如此快，原来是拜这里的阵法所赐。

"行云，你越发让我捉摸不透了。"沈璃围着小院仔仔细细看了一圈，往行云面前一蹲，道，"一个凡人，能算天命，又懂如此多的稀奇阵法，但却没有法力，不会法术，你到底是什么人？"

行云笑眯眯地回答："好人。"

"我看是怪人。"沈璃道，"脾气怪，行为举止也怪。你看看我，我这个样子。"沈璃在地上转了个圈。"没有毛，会说话，还能变成人，你既不好奇，又不害怕，还把我养在家里……难道，你已经算出什么来了？"

"我不是说过吗？占卜算命不是什么好本领，我也不爱干这些事。我不问你只是因为不想问罢了，缘起相遇，缘灭离散，多问无益。你我只需知道彼此无害便可。"

这席话听得沈璃一愣一愣的，末了她正色道："你必定是天上哪个秃驴座下的倒霉弟子下凡来历劫的。"

行云一怔，只打量着沈璃，眯眼笑，不说话。

直到中午，他默不作声地将别人送的腊肉尽数吃了，任凭沈璃在桌子腿那里扒拉了半天也没递给她任何眼神。

待吃干抹净后，他将沈璃抱上桌，让她一脸惊愕地望着已只剩两滴油的空盘，满足地冲她打了个嗝，笑道："我只是想证明一下。我不是哪个秃驴座下的倒霉弟子下凡来历劫的。没别的意思。"言罢，他把剩了两滴油的盘子也撤走，独留沈璃在桌上拍翅膀蹬爪子地发脾气。

"吐出来！你给我吐出来！混账东西！"

走到前院，行云忽听有人在叩门，他应了一声，端着盘子便去开门，院门一开，三名身着锦服的男子配着大刀立在门外，看起来竟像是哪个高官家里的侍卫。为首的人领边为红色，旁边两人皆是青色，他们神色肃穆地打量行云，红领侍卫道："这位公子，我家主子有请。"

"你们约莫是找错人了。"行云轻笑着回了一句，脚步刚往后一退，两侧的人就不由分说地将行云胳膊一拽，行云一个没注意，手中的盘子落在地上，碎了个彻底。

红领侍卫看也没看一眼，只道："是否找错人，我们自有衡量，公子，请吧。"

行云眼一眯，唇边的弧度微微掉了几分："我不大喜欢别人强迫我……"行云话未说完，那红领侍卫竟是一拳揍在行云的胃部，径直将他打弯了腰，疼得好半天也没能直起身来。

还不等行云咳上两声，那人便道："我不大喜欢别人老与我说废话。"他眼神轻蔑："带走。"另外两人依言而行，竟是不管行云伤得如何，将他拖着便走。

行云弯着腰，被带出院门的那一瞬，他状似无意地将地上一块石头轻轻一踢，石头翻了个个儿。不过片刻之后，屋内金光一闪。三名锦服男子脚步一顿，只听一女子低声道："将他揍吐了再拖走！"

行云闻言，竟是在被人架着的情况下也低声笑了出来。

"何人？"红领侍卫一脚踏入院内，却见一女子身着一件脏兮兮的布衣裳，她不知从哪儿撕了根布条下来，一边将头发高高束起，一边走了出来。

沈璃话虽那样说，但看见行云已经被揍得直不起腰，她眉头倏地一皱，盯着红领侍卫道："你是哪儿来的仗势欺人的东西，竟敢招惹到本……本姑娘眼皮子底下。是活腻了，还是想死了？"

沈璃护短在魔界可是出了名的，自己带的兵犯了错，她自有章法来处理，罚得重的，甚至快去掉半条命。但她的兵却由不得别人来惩罚，连骂一句都不行，说好听点算是爱兵如子，说真实点就是好面子，属于她碧苍王的，人也好，物也好，何以让别人欺负了去。

红领侍卫眉头一皱："姑娘好大的口气。"他上下打量了沈璃一眼，见她虽穿着狼狈，那双眼睛却十分慑人，这京中卧虎藏龙之人太多，他略一斟酌，将腰间腰牌取下，金灿灿的腰牌在阳光的映射下十分刺目。"我等奉皇太子之命，特来请公子入府一叙，望姑娘知趣一些……"

"知趣？"

沈璃扎好头发，如鬼魅一般行至红领侍卫身边，她现在法力不强，但武功身法是牢记于心的，对付这几个凡人简直绰绰有余。在红领侍卫尚未反应过来之际，他手中举着的腰牌便被沈璃夺了过去，她双手一掰，只听一声脆响，两块废铁被掷在红领侍卫脚下。"你教教我这两个字怎么写啊。"

红领侍卫瞳孔一缩，尚未反应过来，便觉一阵天旋地转，后脑一阵剧痛，眼前不知黑了多久，待再反应过来时，他已与另外两名青领侍卫一起被扔在门外了。

沈璃斜眼瞥向三人，神情极尽蔑视。"要见我手下的人，不管是皇太子、儿子、孙子，还是什么天王老子，都让他自己滚过来。"

大门关上，三名侍卫互相搀扶着站起身来，两两对视，正沉默之际，院墙内忽然飞出两个物体，如同箭一般直直插进三人跟前的地里，没入一寸有余，三人仔细一看，竟是那红领侍卫的腰牌。

一阵沉默后，行云的门前又恢复了宁静。

"我何时成了你手下的人？"行云捂着胃弯腰站着，似笑非笑地盯着沈璃。

沈璃却没有理他，冷冷地盯了他一会儿，然后指着门口被挪动的石头问他："那是什么？"

"石头。"

"你还想挨揍吗？"

"好吧，那其实是压在阵眼上的石头。"

"为什么要在那里放块石头？"

"为了抑制阵法的力量。"

"为什么要抑制？"

行云看了她一眼，犹豫了半晌终道："这是在带你回来的第二天晚上放上去的，不然你变回人身之后活动实在太不方便，也不方便戏弄了……自然，男女之别才是我放这块石头最重要的原因，你我孤男寡女共处一室，终究还是不好的。"

与 凤 行

"也就是说，被你带回来的第三天时，我就已经可以变成人了……"那个时候……那个时候，啊对了，那天早上，他正在给那个布衣姑娘送行，那照他的说法——"那天我跑出去时，本来是可以变成人的，本来是不用被那些个凡人当作拔了毛的鸡满街追来炖的。"

她本来完全可以不那么狼狈的……

"嗯，约莫是这么回事。"行云话音一顿，仿佛很无奈地叹了口气，"又有一个秘密被你看穿了，真难过。"

难……难过？他居然好意思说难过！她才是该难过的人好吗！

这家伙到底知不知道因为他搬的这块石头，让她的尊严受了多大的损伤啊?！不……这家伙一定是知道的，他一定还在暗处看她笑话，看她到底能挣扎成什么样子！

沈璃杀心涌动，恨得浑身抽搐。"不杀你，不足以平我心头之恨。"她咬牙切齿，一字一顿地说完这话，抬头一看，却见行云捂着胃，倏地往地上一跪，她瞪他："作甚？道歉已经晚了！"

行云苦笑："不，只是……咯……"话未说完，他整个人便往前一扑，晕了过去。

沈璃一怔，顿觉空气中行云的气息弱了许多，这人本就体弱，那侍卫揍他看起来也不像是省着力气的，这莫不是……揍出什么好歹来了吧？如此一想，不知为何，沈璃那一腔尚未发出去的怒火竟像被一盆冷水泼下来一般，偃旗息鼓。她忙往行云身边一蹲，伸手探他的脉搏，接着脸色微白。

弱，慢，将死之相……

第三章

———

堂堂碧苍王为个凡人脸红了

把行云扔在院子里，然后潇洒走掉……沈璃是这样想的。但她犹豫了半天，还是将他架了起来，扔到后院的摇椅上。

沈璃觉得他应该为这些日子看过的自己的笑话付出代价，而不是这么轻而易举地死掉。沈璃在屋里翻了许久，终于找出了行云平日里吃的药，费了一番工夫煎好了，她端着药，走到行云面前，见他还晕着，沈璃一琢磨，伸手捏住他的下颌，不客气地将他牙关掰开，一碗刚熬好的药吹也没吹一下，作势要倒进行云嘴里。

"等一下！"行云忽然开口，他脸色尚苍白，闷声咳了两下，轻轻推开沈璃的手，叹息道，"我自己来吧。"

沈璃挑眉："你是在玩苦肉计吗？"

"不，是真晕了一瞬，方才醒了，只是想享受一下被人照顾的感觉。"行云失笑，"不过我好像想太多了。"

"你何止是想太多！今日吃了我的腊肉，又戏弄我这么些天，竟还妄想要我照顾你！"沈璃按捺住怒火，掀了衣摆，一甩屁股，下意识地便要往地上坐，但恍然记起自己如今已不是原身，她已半蹲的身子又僵硬地直立起来。

而行云却已不要命地当着她的面笑出声来："你瞧，还是做鸡比较自在，可是如此？"被病态掩盖住的眉眼竟别样地动人。

此时，不管行云美得多么摄人心魄，沈璃只握紧了拳头，深深吸了一口气道："你还能找到一个我不杀你的理由吗？"

这本是极具杀气的一句话，但行云听罢只轻浅一笑："别闹了，药给我吧，厨房里还给你剩了半块腊肉，回头饿了我煮肉汤给你喝。"

这话简直是四两拨千斤，给了沈璃致命一击。

不杀他的理由……就这么被他轻而易举地说出来了……

拳头再也无法握紧，沈璃觉得行云定是在这个屋子里布了个什么奇怪的阵法，让她慢慢变得不像那个魔界的王爷了。

恢复了人身，但内息仍旧不稳，法力也只有一两成，沈璃一下午都在琢磨，自己要什么时候离开这个小院。行云的阵法摆得好，在这里能恢复得更快些，但若一直待在这里，魔界的人只怕很快便会寻来，到时这个凡人……

"帮我取下腊肉。"行云的声音突然从她背后钻出来，"那块肉挂得太高了，我直不起腰，取不下来。"

沈璃瞥了行云一眼，只被揍了一拳便痛成这副样子，若是对上魔界的追兵，那还了得，非直接魂飞魄散了不可。沈璃一声叹息："在哪儿？"

她进了厨房，往上一望，半块腊肉挂在梁上，行云在一旁递了根杆子给她，沈璃没接，从一旁抽了个空碗，像飞盘一样往空中一抛，陶碗碗边如刀，飞快地割断挂腊肉的细绳，在碰壁之前又绕了个圈转回来，恰好接住掉落的腊肉，又稳稳妥妥地飞回沈璃的手里。

显摆了这么一手，沈璃十分得意，她斜眼往旁边一瞅，本欲见到凡人惊叹仰慕的目光，哪承想只见行云撅着屁股从灶台下摸出一块极脏的抹布，递给她道："太好了，既然你有这手功夫，顺道就把我这厨房梁上的灰都给'咻'的一下，抹抹干净。"

沈璃端着碗，盯着他手中已看不出颜色的抹布，语气微妙地问："你知道你在使唤谁吗？"

行云只笑道："我这不是没问过你的身份嘛，怎会知道使唤的是谁。"

沈璃的脸色更加难看。

行云无奈地摇头，扔了抹布。"好吧好吧，不抹便不抹吧。那你帮我提两桶水进来。"沈璃将碗一搁，眼一瞪，又见行云捂着胃道，"痛……腊肉煮了还是喂你的。"

沈璃一咬牙，转身出门，狭窄的厨房里，怒气冲冲的她与行云错身而过时，不经意间，挺拔的胸脯蹭过行云的胸膛，这本是一次不经意的触碰，若是沈璃走快一些，或许两人都没甚感觉，偏偏她穿了行云的衣裳，宽大的衣摆不经意被卡在墙角的火钳钩住，沈璃身子一顿，便顿在了这么尴尬的时刻。

行云眼神往下一瞥，随即转开了眼，往旁边稍稍挪了几步，错开身子，他轻咳两声道："你看，我说不大方便是不……"

沈璃将被钩住的衣摆拽出，神色淡然而傲慢："什么不方便，大惊小怪。"她迈步走出厨房，像是什么感觉也没有一样。

行云倚着灶台站了一会儿，待胸腔里稍稍灼热起来的热度褪去，他微微一弯腰，目光穿过门框，瞅见院内墙角，某个嘴硬的女人正俯身趴在水缸上舀水，可她趴了许久，也没见舀出一瓢水来。

行云侧过头，不自觉地用手揉了揉胸腔，觉着这水怕是等不来了，腊肉还是爆炒了吧……

这小院果然是有什么地方不对劲吧！沈璃看着水缸之中自己的倒影，不敢置信地伸手去戳了戳，那脸颊上的两抹红晕到底是怎么回事！是谁给她画上去的吗？为什么她感觉这么不真实？

碧苍王因为一个凡人而脸……脸红了。

"咯咯哒，吃饭了。"

沈璃不知在自己的思绪里沉浸了多久，忽听这么一声唤，千百年来难得热一次的脸颊立马褪去红晕，扬声道："本……姑娘名唤沈璃！你再敢用唤牲畜的声音叫我一次试试！"她一扭头，却见行云端着一盘菜站在厅前，斜阳把他的身影拉得老长，不知为何，他神情有一丝怔愣。

沈璃奇怪地打量他，行云一眨眼，倏地回过神来，再次拉扯出唇边的笑，道："沈璃，吃饭了。"

这话一出，又换沈璃愣了愣，她听过"王爷，用膳了"，听过"沈璃！与我来战！"这样的言语，但从来没人试过另一种搭配，把她的名字和那么日常的三个字连在一起，竟奇怪地让她……有种找到家的感觉。

沈璃甩了甩脑袋，迈步走向行云："腊肉若是做毁了，你就得再赔一块。"

行云低笑："若是做得太好吃了又该如何？你赔我一块？"

沈璃一琢磨："若是好吃，以后你就当我的厨子好了。"

行云一愣，浅笑不语。

一个能把馒头做得美味的人，做的腊肉岂会难吃，这结果便是第二天行云欲去郊外野山上采野山参的时候，沈璃死活不让，把两块石头大的金子往他衣服里塞。"买肉！"沈璃如是要求，但拿两块这么大的金子去买肉，只怕他立马便会被抓进官府吧？行云不肯，推托之时，忽听叩门声响。沈璃眉头一皱，将两块金子一扔，金子一落地，那金灿灿的光芒便褪去，金子变成了石头。

行云要去开门，沈璃将他一拦："我去。"也不听行云说什么，她上前两步拉开门。

门外是两个身着青衣的侍卫，佩大刀，戴青玉佩，两人看了沈璃一眼，抱拳鞠躬。"叨扰，我家主子今晚欲前来拜访二位，还请二位在家等候一天，我等也将在贵府布置一番……"

"为何他要来我们便要接待？"沈璃皱眉，"今天没空，让他回去等着，有空了叫他。"言罢便要关门。

两名青衣侍卫哪里受过这般待遇，登时一愣，双双伸手欲撑住门，哪承想这女子动作看似轻巧，待他俩欲往里推的时候，却有股大力自门后传来，将两人震得往后一退。他们对视一眼，正打算动真格的，那快关上的门却又倏地打开，换了个青衣白裳的男子笑眯眯地站在门口，他将那女子挡在身后，对两名青衣侍卫道："你们要来布置？甚好，进来吧。"他让开一步，合作的态度让两人狐疑地皱眉，但他们还是跨了进去。

行云将他们领到厨房，往梁上一指："你们看，这上面可脏了，得清洁一下，抹布在灶台下面。""这里就交给你啦。"他拍了拍其中一人的肩膀，然后又领着另外一人走到厅里，"这里也有许久没打扫了，正好帮我弄干净，晚上好宴请你们主子。"

他给两人安排好工作，自己将背篓一背。"沈璃监工，我采了参就回来。"

院门关上，掩住行云的背影，留沈璃抽搐着嘴角，这家伙……简直奇怪得让人无法理解！

至夜，前院。

行云煮了一壶茶，放在院中石桌上，看着被打扫得干干净净的院子，他很是满意。外面有重重的脚步声在慢慢靠近，沈璃抱着手站在院门口，神色不悦。行云对着她笑道："好歹也是要见一国皇太子，为何却哭丧着脸？"

"谁哭丧着脸了？"沈璃道，"不过是已经预见了那个皇太子的德行，什么样的主子养什么样的属下，来了两拨人都如此傲慢无礼，你觉得主子会好到哪里去？"

行云笑着抿了口茶，没说话。

一顶繁复的轿子在门前停下，宽大的轿身几乎将小巷撑满。身着红绸黄缎的人从轿子上缓步走下，沈璃眯着眼打量他，一双丹凤眼，一张樱红唇，不过这快胖成球的身材是怎么回事？

皇太子进门前上下打量了一眼门口的沈璃，然后挪动身子往院里走，他身后的随从欲跟，沈璃一伸手："桌上只有一个茶杯，只请一人。"一名青衣侍卫立即把手摁在刀柄上，圆润的皇太子却摆了摆手："外面候着。"

沈璃挑眉，看起来倒是一副大度的样子。

大门掩上，院里看似只有行云、沈璃与皇太子三人，但在场三人都知道，在今天"布置"的时候，这屋子里已多了太多藏人的地方。

皇太子在石椅上坐下："见公子一面着实不易啊。"

行云浅笑："还是比见皇太子容易点。"

沈璃自幼长在魔界，魔界尚武，不管是官是民，为人都豪爽耿直。她也是如此，最烦别人与她打官腔，也不爱见别人客套，沈璃往厨房里一钻，在锅里盆里到处找起吃的来。

"听闻公子能通鬼神、知未来，吾心感好奇便来看看，欲求一卦，不知公子给占还是不给占？"

"不占。"

听他如此果断拒绝，皇太子脸色一沉，行云只当看不见。"我并非他意，只是不爱行占卜之事，也并非通鬼神之人。皇太子若有疑惑，还请另寻他法。"

"呵。"皇太子冷笑，"公子无非是想抬抬身价罢了，成，你若能算中我心中之事，我允你荣华富贵、高官厚禄，待我登基之后，奉你为国师也不是不可。"

行云摇头："不占。"

"公子莫要不识抬举。"皇太子左右一打量，"今日我要踏平你这小院也是轻而易举的事。"

行云喝了口茶，不知想到什么事，轻声笑了出来："皇太子如此大费周章地过来，不过是想知道自己何时能登基罢了，但天子寿命关乎国运，不是在下不肯算，而是确实算不出来。皇太子今日要踏平此处，我看不易，不过，你若要坐平此处，倒还是有几分可能。"

皇太子脸色一变，拍桌而起，大喊："好大的狗胆！"

沈璃自厨房往院里一瞅，只见一名青衣侍卫不知从何处蹿出，将一把利剑架在行云脖子上，皇太子怒极，竟将面前那壶热茶往行云身上一泼，行云欲躲，却被身后的人制住动作，热茶霎时泼了他满身。

沈璃听见行云一声闷哼，想来是烫得厉害。她瞳孔一缩，心底一股邪火蹿起，正欲出门，另外两名青衣侍卫却落在沈璃跟前，拔剑出鞘。沈璃一声冷笑，一脚踹开跟前一人，直将那人踹飞出去，撞上行云背后那名青衣侍卫，两人摔作一堆。拦在沈璃面前的另一人见状，一剑刺来，沈璃却伸手一握，径直抓住剑刃，手掌收紧，那精钢剑被她轻轻一捏，像纸一般皱了起来。青衣侍卫惊骇得倒抽冷气。

沈璃甩了他的剑，也不理他，身法如鬼魅一般晃到墙角水缸前，舀了一瓢水，手臂一甩便泼了出去，凉水如箭，泼在皇太子身上，力道竟大得将他的身体打下石椅，令他狼狈地滚了一身的泥。"哎……哎哟……"皇太子浑身湿透，头发狼狈地贴满了肉脸。

沈璃这些动作不过是在瞬息完成，院中一时竟没有别的人跳出来制止沈璃，像是都被她吓呆了一般。

沈璃大步上前，一把揪住皇太子的衣领，将他从地上拽起来，盯着他的丹凤眼问："滚，还是死？"她身上煞气澎湃，眼睛在黑夜中隐隐泛出骇人的红光。

"大……大胆妖孽……"太子吓得浑身抽搐，故作淡定地说出这几字，但见沈璃眼中红光更甚，他立马道："走，走！"

沈璃拽着他的衣领，将他拖到门口，拉开院门扔到院子外面，金贵的皇太子立时被众人接住，有侍卫拔刀出鞘，沈璃一声冷笑，只盯着皇太子道："看来你们是想死在这里。"

皇太子连滚带爬地钻进轿子里，大喊："走！还不快走！你们这群废物！"

一阵兵荒马乱之后，小院又恢复寂静，沈璃没好气地关上门，但见行云正用凉了的湿衣裳捂着自己的脸，然后又望着一院子湿淋淋的地叹气，沈璃心中莫名一火："你是傻吗？平日里看起来高深莫测，怎么在别人面前就只有挨欺负的份儿！"

行云望着气呼呼的沈璃，轻轻一笑："我没你厉害，也没你想的那么厉害。"他不过是个凡人而已，逃不脱生老病死，也离不开这俗世红尘。

看着他脸上被烫出的红印和略微苍白的唇色，沈璃忽觉喉头一哽，不知该说什么好了。是啊，他本来就是个普通人，这么点温度的水都能将他烫伤，一旦有学武之人制住他，他便半分也动不了，能知天命让他看起来好似无所不能，但离开那个能力，他只是血肉之躯，也会轻易地死掉。

那……他到底是哪儿来的底气活得这么淡定！

沈璃一声叹息，往石椅上一坐，沉默了半晌，撇过头，含糊不清地问道："今天，我这么做，是不是让事情变得糟糕……给你添麻烦了？"

虽然她揍人揍得很爽快……但碧苍王能在惹事后醒悟，明白自己惹了麻烦，这要是传回魔界，不知多少人又得惊叹。

"是也不是，左右这篓子是我自己捅的，你不过是让它破得更大了一些。"

沈璃好奇："你到底与他说什么了？"

行云笑望她道："大致归纳一下，可以这样说，他让我做他的人，我不允；他威胁我要踏平此处，我笑他只能坐平此处；他恼我笑他身材，便动手，而后又让你给揍了回去。"行云无奈地摇头："看来说人身材实在是大忌。"

沈璃心道："活该！你嘴贱啊……"

行云唇边的笑忽然微微一敛："此人固执傲慢，又时时盼着自己父亲、兄弟早些死去，若将国家交给这种人，只怕天下难安。"他仰头望天上的星星，看了半晌道："天下怕是要易主。"

沈璃奇怪："你不是不喜欢占卜算命、预知未来吗？"

"这不是占卜。事关国运，我便是想算也算不出什么来。"行云起身回屋，声音远远地传来，"他的品性是我看出来的，至于未来……却可以让它慢慢往那个方向发展。"

又说得这么高深莫测，沈璃撇嘴，她已经摸不清这人到底是强大还是弱小了。

与凤行

"沈璃，帮我提点水来，我要熬药膏。不好好处理，我可要破相了。"

沈璃咬牙："使唤人倒是高手。"话音一顿，她才反应过来似的扬声道："我为什么得帮你的忙啊？"皇太子也好，提水也罢，这都是他的事，为何现在她都掺和进来了？她现在该考虑的明明就只有'什么时候离开这里'这一件事而已啊！

厨房里忽然传来两声闷咳，沈璃恼怒的表情微微一敛，只叹息了一声，便乖乖地走到水缸前舀了一桶水拎到厨房去。"自己回去躺着。"沈璃将行云从灶台边挤开，"我来弄。"

行云一怔，在旁边站着没动，见沈璃将药罐子鼓捣了一会儿，然后转头问他："药膏……怎么弄？"

行云低低一笑："还是我来吧。"

沈璃帮不上忙，只能在一旁站着，静静地看着行云捣药，难得安静地与他相处。看了许久，在行云药都快熬好时，沈璃忽然道："今日我若是不在，你待如何？明明禁不住打，却还要装成一副什么都行的样子。"

"你若是不在，我自然就不会那么猖狂。"行云一边搅拌罐里的药，一边道，"可你不是在嘛。"他说得自然，听得沈璃微微一愣，他却看也不看沈璃一眼，继续笑道："你比我还猖狂许多啊，衬得我那么随和。光是那一身彪悍之气，便令人叹服。十分帅气。"

帅……帅气……

何曾有男子这般直接夸过沈璃，她生气时浑身散出的凶煞之气，有时甚至让魔君都觉得无奈，谁会来夸奖那样的她。

沈璃愣愣地望着行云微笑的侧颜，虽然他脸上还有被烫红的痕迹，但这并不影响他的容貌，也不影响他撩动沈璃的心弦。

"……你把那块布递我一下，罐子太烫，拿不起来。"行云似乎说了什么话，沈璃恍神间只听见了后面几个字，她的脑子还处在因为悸动而有几分迷糊的状态，察觉到行云要转头看她，沈璃立马移开了眼神，伸手便去拿药罐。行云还没来得及阻止，她握着滚烫的药罐把手，已经把里面的药都倒进了盆里。

直到放下药罐，沈璃才反应过来掌心有点灼痛。她眨巴了两下眼睛，把掌心在身上胡乱抹了两下。"给，药倒好了。"

行云看得愣神，但看见沈璃像小孩一样把手藏在背后抹，叹息道："好歹也是个姑娘家，还真将自己当男人使了吗……"他轻轻拽出沈璃藏在背后的手，借着灯光仔细打量了一番，手掌和指腹烫得有些红肿，但若换成平常人，这手怕已烫坏了吧。他道："男人的手也不是你这么使的……这烫伤的药膏待我做好之后，正好可以一起敷。"

被行云握住手腕，感觉有些奇怪，沈璃不自在地抽开手，些许慌乱之间，她随意拣了个话题道："昨天，我就说你是哪个秃驴座下的弟子，你都计较得拿腊肉来气我，这下你在那皇太子手里受了两次伤，怎么没见你生气？你是觉得我好欺负一些吗？"

"你怎知我不生气？"行云将药渣滤出来碾碎，"只是收拾人这事，是最着不得急的。"

沈璃一愣，望他："你？收拾皇太子？"

行云浅笑："我约莫是不行的，但借刀杀人却可以试试。沈璃，明天陪我出门吧。"

"哦……嗯？等等，为什么你让我陪我就得陪！"

为什么让沈璃陪，自是因为闹了那么一出，这之后的日子里怎会没有杀手在身边潜伏。皇太子受了气，岂有不找回来的道理，然而他前来占卜问卦的事自是不会让皇帝知道，所以要杀掉沈璃和行云只会在暗地里动手。

而昨天众人有目共睹，行云不会武功的，只有沈璃才是最大的威胁，皇太子派来的杀手不是傻子，他们自会挑行云落单时下手。至于之后能不能对付沈璃——先取了一人性命交差再说。

行云岂会想不通这之间的关节，自然得时时刻刻拉着沈璃一路走。

然而，当沈璃看见门楣上那几个字时，眉头一皱："睿王府？"

行云点头："皇帝有七子，皇太子为嫡长，这睿王是庶出的长子，可他母妃如今荣宠正盛，其背后更是有冗杂的世家力量根植朝堂，若要论谁能与皇太子相抗，唯有他了。"

沈璃听得怔愣："你平时看似淡泊，这些事倒知道得清楚。"

"昨晚之前，我确实一点不知。"行云浅笑，"不过要收拾人，总得做点准备才是。"行云话音刚落，忽听街拐角处传来鞭响，这是清道的声音，鞭响至府门转角处便停住，不一会儿，一驾马车在侍卫的护送下慢慢驶来，行云缓步走上前，扬声道："方士行云求见睿王！"

马车里沉默了一会儿："方士？"沙哑的声音不太好听，他像是冷笑了两声："好大胆的方士，你可知今上最厌恶的便是尔等这些招摇撞骗、妖言惑众之人，本王亦然。"

行云一笑："如此，殿下可叫我谋士。在下有一计欲献于殿下，可助殿下成谋略之事，不知殿下意下如何？"

"本王为何信你？"

"昨夜皇太子欲寻此计而未得……"行云一句话说一半，便笑道，"殿下若有心，不妨入府再谈。"

马车帘子掀开，一名身着绛紫色锦服的男子自车中踏出，他身姿英挺，只是面部不知被什么东西划过，一道伤疤从左侧额头一直延伸至嘴角，看起来狰狞可怖。

沈璃心道，这当今皇帝必是做过什么天怒人怨的事情，所以都报应到儿子身上来了……

睿王将行云上下一打量，又瞟了一眼一旁的沈璃，声音沙哑地说："把他们带去后院。"

王府自是极大的，亭台楼阁一样不少。沈璃长在魔界那穷山恶水的地方，毗邻墟天渊，传闻墟天渊中镇压的尽是一些作恶多端的恶鬼妖兽，常年煞气四溢，溢得魔界四处雾瘴，终年不见天日，便是魔君府里也没有生过一根草，更别提这满院子的花和一湖波光潋滟的水了。此处大是大，光一个侧厅便要比行云的小院大上许多；美也极美，雕梁画栋看得人目不暇接。但沈璃偏就不喜欢这里，四处皆透着一股死气与压抑，并非景不好，而是太过刻意勾勒出的景将屋子里的人心都掩盖起来，比不上行云的小院自然舒心，甚至比不上魔界荒地的自由自在。

跟着府中下人行至一处花园，亭台中，睿王已换好了衣物坐在那里观景。行云与睿王见过礼，打了两句官腔便聊起朝堂政事，沈璃听得犯困，尿遁逃走。其时，睿王已与行云聊起劲了，哪儿还有工夫管她。

离开后院，沈璃轻而易举地甩掉几个引路的奴仆，自己大摇大摆地逛起王府来。

池塘小荷方露角，沈璃看得动心，将身子探出白玉石栏，便要去将那花苞摘下，忽闻背后一女子惊呼："你做什么？别动我的荷花！"

沈璃闻言收手，侧身欲看背后是谁，不料一个身影竟在她侧身的时候往前扑来，这廊桥护栏本就矮，那女子这么一扑，大半个身子都冲了出去，沈璃手快，一把拽住她的腰带，将她往回拉，但不料力道一下没控制住，竟是"刺啦"一声将她腰带给扯断了。

女子繁复的衣裙散开，里面的亵裤也险些掉下来，她又是一声惊呼，手忙脚乱地把自己的衣服拎住，可拎了上面顾不了下面，心中一急，只好蹲在地上把脑袋抱住。

姑娘好聪明！这样丢了什么也不会丢脸了！

沈璃心中感叹，但手中握着那块撕下来的碎布还是有点尴尬："抱歉……我没想到你这衣服这么……呃，这么脆。"

闻言，姑娘悄悄从手臂里抬起头来，眼珠子直勾勾地盯着沈璃："你是女人？"

沈璃看了一下自己的胸。"很不明显吗？"

沈璃恢复了几成法力，平日待在行云的小院里便没有讲究，一直穿着行云那身脏衣服，左右她上战场的衣服都比那脏十倍不止，所以她也就懒得换了，但今日要出门，行云还特地要为她找件好点的衣裳，可翻了许久也没翻出一件合适的来，沈璃一琢磨，干脆一拍手，将素日的装扮变了出来，束发深衣，英俊有余而纤柔不足。是以从背影上看，倒更像是个男子。

粉衣姑娘脸颊一红，摇了摇头，声音软软的："还是挺明显的，只是从后面看不见。"

从后面看见了那才奇怪好吧……

两人沉默地对视了一会儿，沈璃见这姑娘肤如凝脂，眉如远山，一双桃花眼水灵灵地勾人，一时竟忍不住起了调戏之心，她倏地伸手拽了一下粉衣姑娘的衣裙，姑娘的脸颊红得更厉害，蹲着悄悄往旁边挪了两步，沈璃觉得好玩，又拽了她两下，她终于忍不住开口求道："姑……姑娘别玩……你若好心，便帮我寻根腰带来吧，我这样……没法起来走路。"

"腰带，我这里有啊。"说着沈璃便站起来解腰带，她这衣裳，外面的束腰紫带装饰作用大过实际作用，衣服内里还有一根细腰带系着下身衣物，她欲拿外面的紫色束腰给姑娘救急，但那姑娘却忙伸手捂眼道："使不得使不得！"

"没事，我这里面还有……"沈璃话未说完，忽听一声惊呼："贼子大胆！竟敢在睿王府放肆！"

其时，沈璃站着解腰带，姑娘蹲着捂眼，从背后看起来倒是一副沈璃要强迫人家的样子。可沈璃却不知这场景有何不对，她往后一看，两名家丁打扮的人正急急往这边奔来，粉衣姑娘蹲在地上又急急地冲他们摆手："别过来别过来！"

两名家丁脚步一顿。"大胆小贼！竟敢挟持小荷姑娘！"

沈璃抽了抽嘴角："不……"不等她说完，一名家丁已跑走，看样子是去喊人了。沈璃心道糟糕，这姑娘褪裤掉了，待那人叫来一堆侍卫，难不成要一堆壮汉围着看吗……凡人女子对清誉看得重，这是要将她看死啊……

沈璃揉了揉额头，转头对小荷道："不如我先带你走。"

小荷已急出了一头冷汗。"去……去哪儿？"

沈璃思量之间，那家丁已引着一队侍卫走了过来。沈璃叹息，小荷拽着她的衣摆急道："这可如何是好啊？"

"当今之计，只有遁地而走。"

"炖什么？"

两人正说着，忽听一声低沉沙哑的训斥："吵什么！"

小荷面上一喜，可想到如今这个状况，愣是咬住嘴唇没说话，她拽着沈璃的衣摆，往沈璃身后挪了几步。沈璃往人群外一瞅，但见睿王与行云一前一后地走了过来。

行云远远地望了她一眼，一声叹息。他摇了摇头，仿佛在说："不过一会儿没看见你，怎么又惹出事来了。"

睿王走近，打量了沈璃一眼，目光一转，又落在蹲在地上的小荷身上。他眉头一皱，声音却忽而柔和下来："怎么了？"小荷拽着沈璃的衣摆不说话，沈璃叹息："先让你这府里的侍卫们退开吧。"小荷附和地点头。

睿王挥了挥手，众人散去。察觉到小荷松开了手，沈璃立即挪到一边，轻咳了两声，她还没说话，便见睿王弯下身子，将耳朵放在小荷唇边，小荷轻声对他说了几句，睿王一怔，唇角竟有弧度扬起，笑容柔和了他脸上的伤疤。他脱下外衣，盖在小荷身上，将她打横抱起，将走之时，他忽而转头对行云道："公子不如在小王府中住下。"不过这么一会儿的交谈，睿王言语间已对行云客气了许多。这句话的含义更是直接对行云提出庇护。

沈璃一琢磨，也成，让行云在睿王府住下，她就可以放心离开了。哪承想行云却摇头道："多谢睿王好意，只是今日我献计于睿王，便是求能安心住在自己的小院中，而且，我若住进来，怕是会给睿王带来些许不便。今日在下就先告辞了。"

睿王也不强留，点点头，让行云自行离去。

"你倒真是片刻也不得消停。"待人走后，行云上前数落沈璃，沈璃却难得没有与他呛声，反而望着睿王离去的方向皱眉深思。行云看了她一会儿。"你莫不是看上人家姑娘了吧？"

沈璃挑眉："不，我只是奇怪，一国皇子为何要豢养妖灵。"

行云微怔，沈璃摆手："算了，也不关我的事。"她一转头，盯着行云道："倒是你，为何不顺势留在王府中？你这样……"让她怎么走。沈璃话没出口，行云拍了拍她的脑袋："别吵了，睿王大方，给了我一些银钱，今天去买肉吃吧。"

沈璃动了动嘴角，终是没有说话，罢了，看在这么多天相处的分儿上，就再护他几天吧。

熏香袅袅，窗户掩得死紧，墙壁四周都贴上了避邪的符纸。皇太子坐在檀木桌后，神色冰冷："睿王府，他们倒是会找地方。"青玉佛珠被狠狠拍在桌上，震得瓷杯一颤，水纹颤动，跪于桌前的黑衣杀手静默无言。"这下，我可是更留不得他们了。符生！和尚和那几个方外术士在哪儿？"

"回皇太子，已在门外候着了。"

皇太子满意地点了点头："哼，好，我倒看看，那妖孽还有什么能耐。"

小院中的葡萄叶随风而舞，沈璃望着叶子，觉着自己约莫是吃不到葡萄了。行云做的东西那么好吃，他种的果树结的果子应该也很甜吧。她决心自己要在三天之内走掉，不管行云这里到时候变成什么样子，她也不能再留下去了，到时候只会让事情变得更糟。皇太子的威胁尚能在睿王府避开，但是魔界的威胁……哪儿是一个凡人应付得了的。

"扑通"一声响，沈璃探脑袋往前院一望，见行云正在费力地搬动院中的石头，汗水从他脸上淌下，他像是在计算着什么一般，嘴唇轻动，念念有词。沈璃鲜少见到他如此认真的表情，不由得一时看呆了，心里忽然冒出一个想法：若是没有那纸婚约就好了。

若是没有那婚约，她就不用逃婚，也不用这么着急离开，她就可以……

可以……什么？

沈璃恍然回神，被自己突然蹿出的念头惊得忘了眨眼。她心里到底在期盼些什么啊……

"沈璃。"一声呼唤自前院传来，打断了沈璃的思绪，她甩开脑子里纷杂的思绪，往前院走去。

前院之前散乱放着的零星石头都已经被重新排列过，行云站在大水缸前对沈璃招了招手："咱们一起来抬一下这水缸。"沈璃一撇嘴，走过去，单手将半人高的水缸一拎，问道："放哪儿？"

"那边墙角。"行云一指，看着沈璃轻而易举地把水缸拎了过去，他道，"屋里的阵法被我改成了极凶之阵，特别是到晚上，这阵法尤其厉害，你记住别到前院来，要出门也得和我一起出去。"

沈璃知道行云在这方面有点本事，但却始终觉得他不过一个凡人，凝聚日月精华的阵法摆得好，却不一定能摆出什么凶阵来，再凶煞的阵法，还能凶得过她这魔界一霸？是以她只将行云这话当耳旁风听了听，半点没放在心上，反而换了话题问道："怎么突然改了阵法？"

行云一笑："还不是为了你我能睡个好觉嘛。"

像是故意要和行云的话作对似的，至夜，万家灯火熄灭之时，小院外忽地响起此起彼伏的念经声，行云在里屋用被子捂住耳朵叹息："没料到他竟来如此拙劣的一手，实在是我太高估皇太子了。"他还没念叨完，从隐隐约约钻进耳朵的念经声中，忽然传来一声清脆的响动。行云立即翻身而起，抓了床头的衣裳，随手一披便走进厅里。

沈璃变回人后，便一直睡在厅里临时用条凳搭成的床上，夜夜他起来喝水都能看见她稳稳地躺在窄窄的条凳上，望他一眼，又继续睡觉，是生性警惕，也是对他的放心。

而今天沈璃没有躺在条凳上。行云心道不好，忙走到厅门口，往院里一望，已有五个人在凶阵中倒下，除了三名黑衣人，竟还有两名道士打扮的人，他们皆面无血色地在地上虚弱喘息，而这院中唯有一人挺直背脊，像山峰一样矗立在小院之中，这个叫沈璃的姑娘，好像从来不曾弯下她的膝盖和背脊，要强得让人无奈。

就在行云叹息的时候，沈璃紧闭的双眼中忽然流下两道血水，触目惊心，偏生她的拳头仍旧握得死紧，连唇角也不曾有一丝颤动。行云知道这阵法并不会伤人性命，它只会触发人心深处的恐惧，击碎理智，让人倒下。但若像沈璃这样死撑，阵法中的力量便会越发强盛，行云没想过会有人在这种凶阵中硬撑这么久，这样下去，不知会发生什么事……

像是再也无法看下去一般，行云竟没按捺得住心里的冲动，一步踏入前院，迈入他亲手布下的凶阵之中。

这一瞬间，他看见沈璃忽然七窍流血，紧握的拳头倏地松开，身体慢慢倒下。行云闭眼，微微调整了呼吸，继续迈步向前。等他再睁眼时，刚才那些画面便如同一个梦，不复存在，沈璃仍旧握着拳头站在那里，脸上也只有两道血痕。

沈璃没有行云那般定力，她的世界都在倾塌，魔界的子民尽数消失于赤红的熔岩之中，那些骁勇善战的将士向她伸出求救的手，而她却被束缚着无法动作，巍峨的魔宫化为尘土，她为魔君的生死而担心，恍然回头，却见一袭黑袍的魔君将她双手缚住，声音冰冷："这儿本就是个不该存在的地方。你们也不该……"心头一空，沈璃还没来得及开口，忽见魔君张开了嘴，一口咬在她脖子上，撕下她的皮肉，要将她活活吃掉！

不……

"沈璃。"一声轻浅的呼唤仿佛自极远处飘来，却定格了所有画面，"醒过来。"

谁在叫她……

沈璃的眼睛一痛，一张莫名熟悉的脸庞闯入视线之中。"都是假的，没事了。"

那些纷乱的赤红画面都渐渐褪色，双手不再被束缚，沈璃看着那人周围的场景慢慢变得真实，还是那个小院，院外有念经的声音，行云正用手撑开她的眼皮，"呼——"往里面吹了口气，又道："快醒来。"

眼睛被吹得干涩不已，沈璃忍耐着闭上眼。行云却道她未醒，又强行扒开她的眼皮，深吸了一口气，正要吹，沈璃扭头躲开。"别吹了。"她用手背揉了揉眼睛，"快瞎了。"

行云笑道："这不先帮你把噩梦吹跑了嘛。"他将沈璃另一只手一拽，"总之，先离开这个凶阵吧。"

沈璃被他牵着走，看着自己手背上印下来的血痕，她失神地怔了一会儿，这个凶阵，当真如此厉害吗……她抬头望着行云的背影，失神地问道："因为你是布阵者，所以凶阵不会伤害你吗？"

"不会伤害我？这不过是个阵法，它怎么会认人呢。"行云的声音淡淡的，"不过是心无所惧，让这阵无机可乘罢了。"

心无所惧……沈璃沉默，心无所惧又何尝不是心无所念呢。行云此人，实在太过寡淡。不过……沈璃垂眸，目光落在和他相握的手上，这人……也莫名让人觉得安心呢。

行云一言不发地拉着沈璃走到厅里，只字不提刚才踏入阵时那一瞬间看到的画面。

"这些人怎么办？"沈璃指着地上躺着的几人。

"等天亮之后，把他们拖出去便可。"

"外面念经的和尚呢？"

行云沉吟，忽然，念经的声音一停。"都是废物！"外面一个青年的声音尤为突出，他冷声下令道，"直接给我烧了。"紧接着，一支燃烧的箭猛地自屋外射进来，扎在屋檐上，木制的屋顶没一会儿便跟着燃了起来，像是触动了机关一般，无数的箭从外面射进屋来。

沈璃皱眉："他们自己的人都还没出去，便想着放火吗？"

行云没有应声，扭头往后院一看，那里也是一片火光。葡萄架烧得微微倾斜，屋内凶阵的气息渐渐减弱。他这小院里的物体皆是阵中的一部分，彼此息息相关，一物受损必会牵连整个阵法。行云见此境况，眉宇间却没有愁色，反而笑道："这么多年，我倒是把人心想得太好了。"

他这小院左右都连着邻里，若此处烧了起来，必会殃及旁人，他本以为皇太子只会对付他一人，却没想到，王公贵族竟把百姓的命看得如此轻贱。

"是我考虑得不周全，害了旁人。"

沈璃瞥了他一眼："你也会愧疚？"

行云浅笑不语，只是唇角的弧度有些勉强。沈璃挪开目光，将脸上的血痕胡乱一抹，迈出两步，声音微沉："我最后帮你一次，今天这院落烧了，明天你便去睿王府吧，我也该走了。"

她第一次把离开的事说出口，行云一愣，只见她手一挥，银白的光华在她手中凝聚，不过一瞬，一杆红缨银枪幕地出现在她手中，枪上森森寒气逼人，映着火光，在沈璃手中一转，流转出了一丝锋利的杀气。

沈璃脚下用力，径直撞破屋顶，跃入空中，手中银枪在空中划出四道痕迹，她一声喝，四道银光落下，行云的小院四周院墙轰然坍塌，与周围的房子隔出了两尺来宽的距离。今夜无风，这里的火烧不到别人家了。

沈璃身形一闪，落在院中，此时没了院墙的阻隔，她清清楚楚地看见了外面的人，数十名侍卫握着弓，颤抖着往后退，唯有一名青年站在人群之外，冷眼盯着她。

沈璃毫不客气把地上晕倒的五人尽数踢出去，让侍卫们接了个满怀。"本王今日不想见血。都滚吧。"

青年双眼一眯，正要开口，他身旁立即有侍卫阻拦道："符生大人，小心，这妖孽厉害……"

皇太子不放心，竟是将自己的亲信也派了过来。符生闻言冷笑："今上有七子，皆可称王，你这妖孽何以为王！"

沈璃的笑却比他更冷："乃是混世魔王！"言罢她银枪一挥，银光划过，众人只觉腰间一松，佩的刀稀里哗啦地落了一地，而与他们的刀一起落下的还有众人的腰带与裤子。众人一慌，手忙脚乱地提裤子。

沈璃勾唇一笑，唇角弧度还没变大，背后就有一双温暖的手捂住了她的眼睛，行云语带叹息："别看，多脏。"

沈璃一愣，任由温热的手掌覆在脸上，她一时竟忘了呵斥他放开。不管沈璃这些日子在行云面前做过多彪悍的事情，他好像一直都用平常的方式将她当一个姑娘家在对待，把她当作一个真正的女子……

众人见此景，忙捡了刀拎着裤子跑了，符生腰间的带子似与别人不一样，他神色未显半丝窘迫，反而暗含几分深思，目光在沈璃身上停留了片刻，竟也不再发声刁难，转身离去，唯余烧得火光冲天的屋子和院前过于淡然的两人。

沈璃收了银枪，却没有拨开行云的手，睫毛在他掌心刷过，她道："走吧，我送你去睿王府。"

然后她就该离开了。

"嗯。"行云应了一声，放开沈璃，却望着大火道："再等等吧。"

沈璃侧头望向行云，见他瞳孔中映着熊熊烈火，唇角难得没有了弧度。她恍然忆起行云昨日对睿王说的话，他是想守住这个小院，因为这里是他的家，而他的容身之处如今付之一炬，他的心情怎会好受。

沈璃拳头一紧，若是可以，她想向那皇太子讨回这一笔账，只是她如今在此处动用了法力，魔界追兵只怕不日便会杀来，她不能继续逗留了。沈璃望着渐渐化为灰烬的小院。她知道在这里的日子确实应该告一段落了，但是，心里这种从未有过的堵塞感，到底是怎么回事……

"不知还要烧多久呢。"在沈璃垂眸不语时，行云忽然喃喃自语道，"这样烧完之后，不知道后院池塘里那几条鱼能不能捡来吃了，白养这么些日子，多可惜。"

"你……竟是在琢磨这个？"

"不然……还能琢磨什么？"

沈璃深呼吸，拽着行云的衣领，疾步而走。

第四章

———

血色之夜的表白

睿王府的花园中一片寂静，银光一闪，两个人蓦地出现在花园小亭之中，行云借着月光将四周一打量，感叹道："还是瞬息千里的法术来得方便，不过，为何要来这无人的花园？"

　　"你当我想来啊？"沈璃道，"这不是找不到睿王的卧寝嘛！"

　　行云失笑："还是得自己找啊。"他迈步欲踏出小亭，沈璃却一把拽住他的手腕叹道："你难道看不出来这里的奇怪吗？"

　　"哪里奇怪？"行云耳边只闻虫鸣，眼中也只看见了月色下花草树木的影子，与寻常夜晚没有什么不一样。沈璃手一挥，不知抓了个什么东西在掌心，声音微凝："白天我竟没看出来，这睿王府里竟养了这么多未成形的妖灵。"

　　行云一挑眉，在沈璃不注意的时候抽出了手腕，迈步走出亭子，在沈璃出声阻止之前，他张开双臂走了两步，转过身来对沈璃道："此处没有恶意。我虽见不到所谓的'妖灵'，但约莫能感觉出来这里的气息。沈璃，你多虑了。"

　　并不是沈璃多虑了，而是因为行云看不见，所以他不知道，此处天上地下满是散发着微光的圆球，如同盛夏夜的萤火虫一般铺天盖地，携着月色照亮了花园的每一个角落。他也不知道，在他张开双臂的一刹那，他就像世间凡人敬仰的神明，拥抱了最美的光芒，耀眼得让沈璃眯起眼，微微失了神。

　　这个男子，是将她从混乱噩梦中唤醒的人，是在细雨朦胧的堤坝上为她撑开伞的人，是在透过葡萄架的阳光下闭眼小憩的人，明明比她弱小许多，却偏偏能让她感到安心，这样的人……

"走吧。"行云在两步远的地方对沈璃伸出了手，"你若怕，我牵着你就是。"

他是真的把她当女子来对待，也不看看……

沈璃握住他的手，一用力，将他拉得踉跄上前两步，行云还没站稳身子，便被沈璃拽住了衣襟，行云微微怔然地抬头望着沈璃："这是怎么了？"

"你也不看看，站在你面前的是谁。"

行云愣了许久，接着无奈一笑："是，沈大王，是我的不是，小瞧你了……"

"你且听好，我要通知你一件事。"沈璃并不听行云的话，只是目不转睛地盯着他，正色道，"我约莫是看上你了。"

虫鸣声不止，沈璃的言语却让行云的耳朵里静了许久，他也目不转睛地盯着沈璃，然后一咧嘴，笑了："呵，知道了，走吧。"

他……当她玩他呢这是？这么敷衍……这么个连敷衍也算不上的回答算怎么回事啊！还有那个笑容！那是什么笑容啊?！连嘲笑都比它更带有褒义成分啊！

沈璃拽着行云衣襟的手颤了一下，还没来得及将心里的火气爆发出来，她鼻翼倏地一动，一丝极淡的气息在空中飘过，沈璃立时收敛了所有情绪，浑身紧绷地戒备起来。

是魔气。极淡却无法让人忽视它的存在。沈璃松开行云的衣襟，仰头望向夜空，小院里漫天飞舞的小妖灵阻挡了她的视线，她只嗅到了那一瞬，隐约察觉到是自东南方传来的，但等她再要细探时，那气息已无处可寻。

沈璃眉头微蹙，这股魔气，不像是魔界追兵会散出来的气息，不大寻常……

她正想着，周遭气息忽然一动，本是白色光团的小妖灵仿佛被什么气息侵扰了一般，皆顿在空中没了动作，沈璃心道不好，忙将行云拽到自己身后，周身法力散出，震开身边妖灵，但见那些光团飘在空中，慢慢开始颤动，然后渐渐由内至外变成了血红色。

"怎么了？"行云声音微沉，想来是也感觉到了气息的变化。

沈璃摇头："总之不是什么好事，咱们先离开花园，找到睿王。"若睿王出了什么事，行云可就真的没有地方可去了。

沈璃话音未落，忽闻夜空之中传来一声骇人的女子尖叫，其声凄厉，好似含了无数的怨与恨，空中妖灵像是被这声尖叫刺激到了一般，剧烈地颤抖起来，有的甚至发出了小孩的啼哭声，在黑夜里听起来尤为瘆人。

行云眉头微皱，道："赶快离开这里。"

连行云也听到了吗？那么……沈璃一挥手，法力蛮横而出，径直在满是妖灵的花园里劈出一条道路，她带着行云快步向外面走去，其时，已经能听到睿王府中此起彼伏的惊呼。

"妖怪啊！"

"救命！"

走出被围墙围住的花园，沈璃为眼前的景象一呆，偌大的睿王府中，四处皆是血红的妖灵，有的已经化为幼子，像刚出生的孩子一样带着一身的血，趴在地上、走廊上，有的甚至趴在人身上，它们不停地啼哭，流出的血泪似是有剧毒，将人的皮肤灼伤，侍卫与女仆慌不择路地乱跑，火把的光芒与妖灵的血光乱成一团，晃得沈璃眼花，宛如她噩梦中的地狱一般，令人心生恐惧。

行云眉头紧皱，沈璃喃喃自语："妖灵噬主，是豢养妖灵失败了。得赶快找到睿王。"

妖灵不易得，成百上千万生灵当中，或可得一生灵天资聪颖，能化为人形，成为完整的妖灵，别的生灵就算日夜悉心照料，最多也只是空有灵体，没有灵识，无法化灵。睿王这府中怕是只有那小荷一个得以化灵，成了人形。但是就白日的情况来看，小荷无论如何也不会突然心生如此大的怨恨，要怒而噬主，为什么会突然变成这样……

沈璃想到方才那丝瞬间消失的魔气，脸色有些沉重。

"沈璃。"行云忽然指着东南角道，"睿王的住处在那边。"

沈璃抬头一望，东南角处，已看不见楼房，只有一群发光的血婴儿爬满了房子，像是要将房子一起吃掉一般，沈璃心头一颤，她回头看了行云一眼，本想将他留在这里，但血婴儿们也慢慢往他们身边爬来，沈璃一咬牙，将行云的手一握："待会儿不管怎样，都别离开我身边三步。"

行云一笑："握得这么紧，我可甩不开。"

行云眼前一黑，待他再睁眼时，已到了一间屋子里面，素日气派的房间，今日到处都在滴血，是外面的血婴儿们滴落进来的血。一滴血在行云没留意时滴在他手上，他只觉一阵灼心的疼痛，手上青烟一冒，破了一个焦黑的洞。

行云没有吭声，沈璃也不知道，她左右一看，在书柜后发现一扇暗门，暗门未关，通向漆黑的内室。沈璃以手为托，一簇明亮的火焰在掌心燃起，她走在前面，牵着行云，每一步都踏得小心。

"啊！"

又是一声尖叫，在狭窄的暗道中回响得更加刺耳，沈璃心中更急，若是睿王死了……

掌心的火光照到前方的出口处，是一个宽敞的房间，有烛火在里面燃烧，他们还未走进房间，便听见小荷凄厉的声音："朱成锦！你活不了，她也活不了！你们都得死！"

他们踏入房间，沈璃一脚踹翻挡住视线的屏风，只见小荷黑发散乱，人如怨鬼一般飘在空中，而睿王手握三尺青峰剑守在一张床榻边，唇角已现血迹。在他死守的床榻之上，一个脸色苍白的女子静静地和衣躺着，神色安详，仿佛已睡了许多年。

沈璃与行云二人的突然闯入让小荷一惊，她用血红的眼睛望向两人，张嘴厉喝："拦我者死！"妖气如刀，从小荷嘴里刺出，割裂空气，径直杀向沈璃与行云。

沈璃挡在行云身前，手一挥，妖气如同撞上了一个无形的罩子，尽数散开，但其中暗含的怨愤之气却依旧笼罩在沈璃面前，浓厚得让她皱了眉头："我还是比较喜欢你脸红害羞的模样。你若自己不变回去，我便让你再也变不回去。"话音未落，红缨银枪在掌中显现，她刚动杀心，忽听睿王低声道："不得伤她。"

他声音嘶哑至极，但却字字清晰，若不是此情此景，沈璃还以为睿王是真爱极了小荷，连这样的情况也舍不得伤她半分。

"不得伤我？"小荷闻言，喉头发出的声音竟似笑似哭，"朱成锦……朱成锦！你是慈悲还是残忍？"小荷声音一顿，周身戾气更甚。"既然如此，你们就一起死吧！"

地面颤动，一声崩塌的巨响自洞外传来，沈璃心道：定是那些血婴儿压倒了外面的房子，此处在地底，并未受到影响，只是进入这里只有那么一个通道，此时洞口封住，无疑是想将这里的人都活埋在地底，不用小荷动手，待空气用尽，所有人都会窒息而死。

"你守着她，你可以永远守着她了。"小荷身影渐淡，"而我，要毁了你整个睿王府。"外面的小妖灵皆是受小荷影响，此时杀了她，或者除去她身上的戾气，外面的妖灵自会恢复常态。想明白此处关节，沈璃周身杀气一厉，巨大的压力猛地压向小荷，像要将她挤碎一般，小荷面色霎时苍白，忍着疼痛捂住头。

睿王回头看了看躺在床上的女子，又望了望小荷，还未来得及说话，小荷忽然一声呜咽，身形一隐，看似要逃！沈璃身形一闪，欲上前抓住她。但沈璃忘了，此时行云正牵着她的另一只手，她的动作被稍一牵绊，便没来得及将小荷擒住。

沈璃一咬牙，气愤地将行云的手狠狠甩开，她回头瞪着一脸无辜的行云，还未说话，行云便叹息道："先前，可是你让我握紧些。"

沈璃噎住，憋着火狠狠瞪向睿王，见他脸色苍白，沈璃也没有急着问缘由，只道："我先送你们两个能动的人出去，待会儿再来把这女人扛出去。"

"不行。"

"不可。"

两个男人同时开口，睿王瞅了行云一眼，沉默下来。行云叹道："此处摆了缚魂阵。"他望了床上的女子一眼："离开这里，她可就活不成了。"

听闻此言，沈璃来了脾气，瞪着睿王怒道："说！怎么回事！"

睿王这才吃力地撑起身子，在床边坐下，此时哪儿还有工夫来追究沈璃这"大不敬"的态度，他望了床上躺着的女子一会儿，才沙哑道："这是我的妻，睿王妃。三年前，我与她在一次外出中遇刺，我毁了半张脸，而她为护我，身中数刀，后又为我引开刺客，身坠悬崖……我在崖底寻到她，便将她带回，安置在此处，等着她睁眼。"

沈璃皱眉："只是等着？你这满府的妖灵是怎么回事？如今这化怨要噬主的小荷又是怎么回事？"

睿王沉默了半晌，终是答道："我将她带回之时，所有人皆道她死了，让我节哀，而我知道，叶诗这样的女人，怎会这么轻易地死掉。我遍寻仙法道术，终是求得两个法子可唤醒她……"

他话未说完，沈璃已经明了，这两个法子，便是缚魂阵与豢养妖灵，以命换命。

沈璃冷笑，毫不留情地戳穿他："你自己没护好妻子，让她在三年前因你而死。而你接受不了现实，便妄想要她活过来，寻了逆行天道的法子将她的魂吊着，又养了妖灵，要以命换命。倒真是个自以为是的家伙。"

睿王沉默："那又如何，我只要叶诗醒来。"

沈璃眼睛微眯，若不是此后行云得由此人护着，她倒真想撒手不管，任由这自私王爷随意折腾去。"如今小荷又为何变成这样？"

睿王摇头："我每夜皆会来此地看望我妻子，今日不知为何，小荷竟闯了进来。她不知从哪里得知的这些事情，生了怨恨。"

自然会生怨恨。沈璃道："妖灵性子固执，她将你视作此生的唯一，而你却是为了换另外一条命而打算杀她，她若不恨，便是当真傻了。更遑论……"沈璃看了床上的女子一眼，觉得这话没必要说下去了。小荷喜欢睿王又如何，从始至终，这个王爷在意的只是他的妻。

其时，地面又是一颤，不知外面又是哪座楼阁倒了。沈璃略一沉思，对睿王正色道："我不管你之前如何布局，今日已是如此局面，你既然无能为力，那接下来我便会照着我的方式来做。待找到小荷之后，若无法让她散尽戾气，我便会杀了她。"

睿王目光一冷，盯住沈璃，听她清晰地说道："你且记清楚，若小荷身死，连累了王妃，是我——沈璃杀了她。与旁人再无关系。"

在一旁沉默着的行云倏地抬眼盯住沈璃，却在她转过头的前一秒移开了目光。

沈璃自然而然地拽住行云的手腕，道："这里被堵死了，那些血婴儿暂时进不来，但空气有限，留给他们活命。现在外面应该一片混乱，你与我出去，在府中摆避邪阵。让那些无关的人离开睿王府，然后咱们便可以满府地找妖怪了。"

行云的目光不知落在什么地方，只点头称好。

沈璃此时哪儿还有心思留意行云的小动作，口中咒一念，便带着行云回到了地面上，此时天边已隐隐透亮，阳光带来的正气让满地的血婴儿有些使不出力，但即便如此，一夜的肆虐已让睿王府中一片狼藉。倾塌的亭台楼阁，睿王府中奴仆侍卫的尸体被血婴儿们骑在身下，尸体的衣服与皮肉已被它们身上的液体侵蚀得残缺不全，看起来可怖又恶心。

即便是见惯尸体的沈璃也看得头皮一麻，手中银枪一挥，杀气激荡而出，扫出一片干净的落脚之地。她对行云道："借着朝阳初生，你先布阵，遏制住这些妖灵之后，还活着的人可趁此时机离开睿王府。"

行云愣了一会儿，笑道："你以为布阵是件简单的事？睿王府的格局我不甚了解，布不了阵。"

沈璃一愣："既然如此，方才你在下面怎么不说？若无法布阵，我只管一个人找小荷就是，我还带你出来作甚。"

行云轻咳了两声："方才在下面没听见你说什么。"

"没听见你点什么头啊！你是在浪费我的时间吗？"沈璃按捺住火气，真是越忙的时候越添乱。这要是她带的兵，她早让人把这蠢兵拖下去抽一顿鞭子了。

她本打算送行云到睿王府便走的，这都拖了多长时间了！她现在在这里多待一刻便是多了一刻的危险，待魔界追兵寻来，她若与其动手，那可不是塌几座房子的事情。

沈璃这念头还没在心里想完，鼻子倏地嗅到一丝极为熟悉的魔气，她心头一紧，立时望向天际，但气味近了，沈璃倒稍稍放下心来，只有一个人，她熟悉极了的一个人——

"墨方！"她向天一喝，一团黑气倏地落在沈璃跟前，浓雾散去，墨方一袭黑衣束身的打扮，他在沈璃面前单膝跪地，恭敬行礼："王上。"自上次墨方以那样的手段助她逃脱之后，沈璃心里一直是感激他的，虽然之后遭到了一些非人待遇……但墨方对她的忠心却是不容置疑的。沈璃拍了拍他的肩让他起来。墨方却叩头道："日前伤了王上，墨方罪该万死。"

沈璃佯怒："起来！我最烦别人和我来这套！"

行云后退一步，静静地打量跪在地上的男子，沈璃知道他是心里戒备，转头对他道："无妨，他是我的属下。"言罢，沈璃心头一琢磨，觉得墨方必定有大事才会来找她，让行云知道太多魔界仙界的事情有些不妥，他一个凡人，能算凡间事，对身体已是极大的负担，若再知道一点仙家秘闻，指不定哪天就被雷劈了。

沈璃将四周一打量，那些血婴儿被阳光影响，已全部趴在地上不再动了，但为防万一，沈璃还是将手中的红缨银枪递给行云道："你拿着，暂时走远点，我与他有事要谈，这枪上有煞气，小妖灵不敢对你如何。"

行云没说要拿，沈璃却已将枪塞到了他怀里，他看出白天血婴儿们不会动，本想推托，但见跪着的墨方倏地抬头，目光灼灼地盯着他，那眼神简直像在说："竟敢接王上的枪！该死！"行云一默，于是将银枪往怀里一抱，慢悠悠地走到另一边，末了还回头冲墨方温和一笑。

墨方拳头一紧，沈璃却笑着将他扶起，一巴掌拍在他手臂上。"好小子，我该多谢你上次伤我才是，不然我早被捉回去了！"墨方比她高出一个头，沈璃往上一瞅，瞥见墨方颈项处还有一道疤痕，那是她的红缨银枪留下的，饶是魔族愈合能力再好，这疤也消不掉了。

沈璃一声叹息："待日后这婚约废除，我再回魔界，定要好好补偿你。"

墨方垂头："属下不敢。"墨方不再废话，径直道："王上昨夜可是动用了法力？上面已有人察觉，追兵要来了，王上若再不走，只怕便再难走了。"

这个道理沈璃何尝不知道，只是如今这状况要她怎么走？小荷若害死了睿王，朝中何人能与皇太子分庭抗礼，何人能保住行云？

"今日我怕是还不能走。"沈璃用目光扫了一圈周围的血婴儿，"这里还有事没处理完。"

见沈璃为难，墨方也不由自主地蹙起了眉头，他实在不愿催促沈璃，但此事确实不能耽搁，他便抱拳劝道："王上！离开之事不能再拖。王上若被带回，魔君必不会让王上再有机会出来。天界已在筹备婚事，彼时……"

彼时如何，沈璃比谁都清楚，她向后一望，行云站在那处，拿她的红缨银枪好奇地对准一个血婴儿的屁股扎了一下，血婴儿连一声啼哭都没来得及发出，便被枪尖上的煞气撕得灰飞烟灭，行云似是极为惊讶，又转来转去地仔细研究起银枪。

沈璃嘴角一抽，转回头来，揉了揉眉心："嗯，我知道，只是现在我无法让自己离开。"

"王上？"墨方微蹙的眉头诉说着他的不解，在他的记忆里，沈璃从来只说"做"与"不做"，鲜少有"无法"这样的说法。"属下不明。"

"这些日子我在凡间历经数事，不经意间对一人上了心。"她话音一顿，望向行云，墨方神色怔愣，追随她的目光望向一旁的男子，那人的一身打扮在彻夜奔波之后显得有些凌乱，脸色苍白，气短息弱，一看便是短命之相。

这是……让王上动了心的人？

其时，行云的手腕像是突然没力了一般，银枪没有握住掉在地上，骨碌碌地往血婴儿那边滚去，银枪周遭煞气将那一群被阳光夺去力量的妖灵杀得片甲不留，而妖灵身中的怨气也升腾而上，让跟在妖灵后面追的行云咳个不停。待他终于将银枪捡起，人更憔悴了三分。

沈璃一声轻轻叹息："便是这么个人了，遇见之前，我也没想到……"沈璃抬眼，见墨方眉头紧皱，她道："他与我们不同，那破烂身子折腾不了几下便会死。现在我实在不放心留下他，我得将他安置稳妥之后才能离开。我虽看上了他，却也知道人魔殊途，凡人寿命极短，下一世也延续不了上一世的记忆。"沈璃声音一顿，语调平缓而坚定："我不会和他在一起，只求能让他此生平安。"

听出她语气中的坚决，墨方知道，沈璃决定的事情，不管别人怎么说，她都会照着自己决定的方式来做，墨方目光微垂，沉默了半晌，半跪于地，甘心臣服："属下愿为王上分忧，听凭王上安排。"

"半日。"沈璃微一沉吟，转过身走向行云，"若能帮我拖延半日时间，我便可处理完此件事宜。"

"得令。"

沈璃回头看了他一眼。"多谢。"

墨方目光微动，没有更多的话语，身形如风，一闪便不见了人影。

沈璃从行云手中拿过银枪，行云笑道："你这枪好生厉害。"

"能握它这么久，你也挺厉害。"这银枪杀了太多人，煞气重，许多生灵见了它便害怕，行云这家伙性子淡漠，便是连恐惧、忧伤这样的情绪也一并给淡没了，从某种角度来说，他倒是个高手。

没在这个话题上停留，沈璃抬步往前寻去，目光不停地在四周巡睃，她不知该怎么找，所以领着行云在院子里转来转去也没什么结果，看着满地的妖灵和慢慢流逝的时间，沈璃不由得皱了眉头。

行云淡淡瞥了她一眼，见她愁极了似的呢喃着："妖灵还在王府里，小荷必定没有走远，到底躲在哪里……会在哪里……"

眉头都要夹死蚊子了，行云心想，于是望了望天，道："孩子在外面挨了打受了伤，除了往家里跑，还能去哪里。"

宛如醍醐灌顶，沈璃眼前一亮："湖中荷花！"那是她的真身，现在她没出来害人，必定是躲在其中！沈璃想通其中关节，心头一喜，抬脚欲走，又倏地一顿，瞪着行云："听你这语气是早知道了吧？怎么先前不告诉我！你是故意拖延我的时间吧！"

"怎么会呢。"行云笑得轻浅，"你想多了，我只是觉得，以你的聪颖，必定早已想出其中关键，不需要我提醒罢了。"

沈璃瞥了他一眼，没有多言，只是心里有种莫名的奇怪感，就好像从进入睿王府那一刻到现在，行云都有意无意地碍着她的事，简直就像……不想让她把事尽快办完一样。

湖中一片惨淡，每隔几尺的地方便有尸体漂浮其中。而湖上那朵未开的荷花已不复昨日粉嫩，花茎至花骨朵皆呈暗红色，如同有血液在其中流淌一样。

沈璃随手捡了一颗石子，轻轻一扔，打在花骨朵上，她扬声道："出来。"没有动静，沈璃眼睛微微一眯："既然如此，便别怪我了。"她手中银枪一转，眼瞅着一道锋利的杀气便要斩断花茎，手腕却蓦地被行云拽住。沈璃皱眉："作甚？"

行云放手，轻声道："没事，只是没想到你只说一句就要她性命。而且纵观此事，她亦无辜。我怕你这手一挥，了结了她的性命，回头后悔。"

"你倒是突然有菩萨心肠了。"沈璃道，"我现在要结束这件事，她不合作，我便只好采取最直接的办法。"她推开行云，声音微冷："我非良善之辈，为了目的，我会把良心暂且放一放。让开。"

对敌的时候，沈璃从来不会心慈手软，这也是她年纪轻轻便被封王的原因之一。杀伐决断，冷漠和残忍，是上位者必须学习的东西。

行云不再阻拦，默默地站到一边，心里却在琢磨，这个叫沈璃的姑娘，到底还有多少面呢？真是让人提起兴趣想要研究下去呢……

"啊！"

湖中水纹震荡，一声凄厉的尖叫自荷花中发出，小荷一身粉衣似是被血水染得赤红，她捂着脸，慢慢在荷花上现出人形，若不是心中怨恨致使她面目狰狞，看起来倒是个亭亭玉立的荷花仙子，只可惜……

"为何要助他?！"小荷猩红的眼直勾勾地瞪着沈璃，"你为何要助他?！"她仿佛已失了理智，身形一晃便冲着沈璃扑来。

这倒省事，沈璃一把擒住扑来的小荷的手腕，扣住命门，将她的手往后背一拧，径直将她擒住，接着把她脖子一揽，往廊桥边的护栏上一放，将红缨银枪往空中一扔，银枪随即消失。在行云略感诧异的目光中，沈璃的巴掌狠狠挥下，"啪"的一声脆响，揍在小荷的臀部。"认错！"

沈璃的巴掌不轻，打得小荷浑身一颤，但一身戾气的妖灵岂会被巴掌打怕，她奋力挣扎："我何错之有！错的是朱成锦！"沈璃也不与她废话，巴掌一个个接着打下，直打得小荷浑身抽搐，惊叫连连，最后连嗓子都喊哑了，终是慢慢恢复了理智，但嘴里仍旧说着："朱成锦负我！我定要让他死无葬身之地，我要毁了睿王府！"

"认错！"

与凤行

"苍天不仁！"

"认错。"

"我没错……呃……"

"认错。"沈璃不停地揍，直到小荷哭着大喊："我错了！别打了！我错了！呜呜！"

"错哪儿了？"沈璃停了手，这一顿打得她也有些手酸。

小荷身上的衣裳已经恢复了原来的颜色，湖中荷花也如昨日一般粉嫩，睿王府中的血婴儿们此时已不见了踪影，重新变回了灵体状态的妖灵，在空气中飘荡着，人们无法看见。

小荷趴在护栏上哭得撕心裂肺："我不该害了别人！我不该害了其他人！我错了！"

沈璃这才放了她，任她趴在栏杆上，鼻涕眼泪一团一团地往湖里掉。

行云看得惊叹："原来化怨的妖灵也是怕挨打的。此招虽然简单，但却出奇地管用啊！"

"是你先前点醒了我。"沈璃望着还在号啕大哭的小荷道，"她可不就是个小孩脾气嘛，被辜负了心意就想着报复，可又没真正对那人下狠手。"即便是在那地室里，她也是心念一动，堵住了出口，若她要杀睿王，那时便可直接动手了。沈璃叹道："受了伤便往家里躲，若没这满院子的妖灵，她怕是连砖也没推翻一块就藏起来了。这么一个小屁孩性格的家伙，自然得揍。不过她若是没出来，我便只好动手将她杀了。斩草除根。"

行云失笑，叹道："总之都是武力制伏。"

任由小荷伤心地哭了一阵，沈璃才拍了拍她的肩，道："我同情你，可事已至此，你再哭也没用。睿王府不是你能继续待下去的地方，你走吧，回头我便和睿王说已将你杀了，他也不能奈我何。"

小荷慢慢止住哭声，摇了摇头："我不……到现在，我还是不相信……"她浑身无力地蹲在地上，"对我那么好的人，竟是……只把我当作一味药材？对他来说，看见我便是看见了她活过来的希望……我只是那样一个替代品啊！甚至连替代品也算不上。"

沈璃沉默，正不知该如何安慰她时，行云突然开口道："嗯，没错，你只是味药材哟。就我看来，他们之间根本就没有留缝隙让你插入嘛。"他这话说得轻描淡写，沈璃斜眼瞥他，见他那张嘴里又吐出了让人不愉快的句子……

"肉鸡尚且偷生，何况你这聪慧的妖物呢，所以为了不被炖了，赶紧走吧。"

沈璃心道："这种时候你提肉鸡是何意啊！"

小荷将眼泪一抹，沉思了许久，最后却道："我还想见他一面……若我走了，以后就不能再见他了。虽然在他眼里我什么都不是，但自打看见这个世界的那一刻起，他就是我生命里最重要的人。"小荷仿佛回忆起了许多过去的事，眼眶又慢慢红了起来，"我那么努力地变成人，学说话，学规矩，讨他欢心……只是为了和他好好地在一起……不是为了让他杀掉啊……"

沈璃一声叹息，蹲下来看她："虽然这话有些残忍，但你也得听着，那个睿王，从养你的那一刻起便是为了把你杀掉，于他而言，这是你存在的唯一价值。别的事，不管你做得再多，付出再惨烈，他都会无动于衷，那没有意义，你懂了吗？"沈璃捧住她的脸，用拇指抹去她的眼泪，道："所以，好姑娘，为了自己，赶快走吧。忘掉他，这人世间还有更多你意想不到的精彩。"

行云在后面静静地打量沈璃，小荷也怔怔地盯着她，然后垂下脑袋："姑娘洒脱，可我……"她语音一顿，将头埋在膝盖里，仍旧不甘心道："可我不甘心，我想问问他……和他相处这么多天，我想知道，有没有哪一个瞬间，他看我的时候，只想到了我，没有想他的王妃……我有没有哪一点，比过了他的王妃。"

沈璃抬头与行云对视一眼，行云道："去问吧，总归是要彻底死一次心的。"

沈璃动了动嘴角，心道：还问什么呢？事实不明摆着吗？就算小荷样样比躺着的那个女子好，睿王喜欢的不是她啊，感情这种事，再如何深爱，有时候也逃不过一个"先来后到"。

但沈璃见小荷如此执着，便将话咽进肚子里，道："走吧，去下面，待会儿你躲在通道里别出去，行云你把她挡住。我将睿王带走，你爱怎么看那女子都行。"左右那已经是个死人，小荷也没法对她做什么。

沈璃施术，三人转瞬便移至地室通道处，沈璃对行云使了个眼色，行云乖乖挡住背后的小荷。沈璃这才走了出去，但见睿王还坐在床边，眼睛紧紧地盯着床上的女子，她道："小荷已被我杀了。"

一句轻浅淡然的话在地室里回响，睿王身子一僵，没有转过头来。沈璃接着道："王府里那些化怨的妖灵已恢复正常，我来带你出去。"

空荡的房间里安静了许久，睿王倏地一声低笑，声音暗哑："为何还要出去？"他俯身，在女子冰凉的额头上落下一个轻吻，"叶诗醒不过来，朱成锦活着和死了，又有什么区别？"

躲在黑暗通道中的小荷手一紧，眼中最后的光芒也暗淡下去。

"朱成锦此生所求太多，皇位，军权。叶诗于我，不过是一个女人罢了，可数年相伴，我以为的无情，却早已情入骨髓。这三年，我日日梦着她醒来，却日日都在失望，我把所有期望寄托在小荷身上……如今她也死了。"睿王苦笑，"倒真是回首一场空。"

他给叶诗理了理头发："你们走吧，我就在这里陪着她，什么也不要，哪儿也不去了。"

沈璃静默，这一番话倒真是会让人彻彻底底死一次心。可此时睿王若一心求死，那日后行云……沈璃还没想完，一道粉色的身影蓦地自她身边跑过，她一时愣神，竟没来得及将她捉住。

只见小荷往睿王身前一站，"啪"的一巴掌打在睿王脸上，仿佛用尽了此生最大的力气，她恶狠狠道："我最讨厌你！"

睿王怔怔地望着她，在众人都尚未回过神来的时候，只见小荷身影倏地化为一道白光，蹿进叶诗的身体之中，空气中遗落的最后一滴泪滴落在睿王的手背之上，但却在床上女子发出一声闷咳之后，被睿王毫无察觉地甩掉，他目光灼灼地望着床上的女子，满眼希冀。

沈璃只觉心头一凉，为小荷不值。"傻姑娘。"她轻声叹息，耳边似乎还残留着小荷消失之前哭泣的声音。

"为什么是我？为什么是我……"

"要是从来都没有变成人就好了，我要是从来都没遇见过你就好了……"

她在他们的故事里明明只是一个配角，为什么还要傻得为这人去死。

"喀……喀……"床上的女子剧烈地呛咳起来，睿王眼眸大亮，太多的喜悦让他手足无措。"叶诗，叶诗……"他只呢喃着她的名字，将她小心地抱起，"你等等，我这便带你出去。"睿王抱着她疾步走到沈璃面前，声音焦灼："出口堵了，劳烦你。"

是让这么骄傲的王爷能心甘情愿低头求人的一个女子啊。沈璃拽住睿王的手，轻声道："小荷说，她那么努力地作为人活着，不是为了让你杀掉的，但现在她却为了你，把自己杀了。"

睿王一怔，听沈璃没有情绪地说着："怪我，是我大意了，豢养妖灵的人，怎么会察觉不到自己养的妖灵存在的气息呢。睿王这出戏演得太好了。只是……"

她没说完，但睿王岂会猜不到她接下来的话。

小荷看穿了他，却还是傻得顺了他的心意。一句"讨厌"，既是讨厌对她玩心计的睿王，又是讨厌逃不脱他掌控的自己。

小荷真是个彻头彻尾的傻丫头。

睿王沉默，沈璃转头对行云道："我先送他们出去，你在这里等我回来接你。"

行云一手藏在背后，他眼下青影浓重，靠在墙壁上轻轻点头，而此时的沈璃却并未注意到这些细节，将拽着睿王的手一捏，睿王只觉眼前一黑，人已到了府中廊桥之上。

府中一片寂静，毫无生气，湖中还漂着几具侍卫的尸体，他眉头一皱，刚想问话，沈璃却连招呼也没打一声便消失踪影，怀中人又咳了两声，睿王心中一急，迈步走过廊桥，眼神却不由自主地被湖中那株荷花吸引。

枯萎的叶与花诉说着那人生命的逝去。这一瞬间，睿王的脑海里莫名地蹿出一个鲜活的画面，粉衣小姑娘笑嘻嘻地扑进他的怀里，还不会说话的她用脸颊在他胸口不停地蹭，表达她对他的依恋，然后结结巴巴地说："朱……朱，荷喜欢。朱，喜欢，荷我，喜欢吗？"

他记得那时他毫不犹豫地回答："喜欢。"那么轻易就出口的谎话，却骗得小姑娘展露灿烂笑颜。那般明媚，几乎能照进他心里，让他看清自己所有的阴暗。

骗子啊，他是那么大的一个骗子！从此以后，这世上再不会有那么一个姑娘了……这一瞬间，朱成锦竟有点痛恨如此卑鄙的自己。

沈璃一巴掌拍碎地室里的石床，缚魂阵就此被破，尘土飞扬，惹得行云捂嘴轻咳。"何必拿东西撒气。"行云道，"是我劝你把她带回来的，你若有气，说与我听便好了。"

沈璃闭上眼，让自己的心绪平静下来。"若我是她，必会杀了这个男人，让他为我的心意偿命。"她声音森冷，"为成全那种男人而死，当真太过不值。"

"值不值岂是外人能说了算的。"行云道，"只要她愿意，谁也没有资格来评价此事对错。"

沈璃心中气急："那家伙根本就不知道他害死了什么人。"

"他怎么会不知道呢。"行云浅笑，"只是知道又如何？对他而言，小荷姑娘的心意根本就无关紧要。"

沈璃一默，动了火气："所以这种在感情上有纠纷的男人最是可恶！"她想起天界关于拂容君花心的传闻，又联想到自己如今的处境，更是烦不胜烦。"若是我看上的男人，必不允许他和别人有半点牵扯！要，我便要全部，少一分一毫我也不稀罕！他若还敢算计我，我定踩碎他每一根骨头。"

她这话说得掷地有声，唬得行云愣住，眨巴着眼睛望着她："好魄力。"

沈璃回过神，挠了挠头："自然，前日我虽说看上了你，但日后我是不会与你在一起的，所以，你还是婚嫁自由。"听她如此说，行云不由得失笑，笑意未收，沈璃又道："我也没时间待在这里了，来，我送你出去。"

"好。"行云依言伸出手去，但在抓住沈璃手掌之前却倏地缩了回来，他一声闷咳，弯下了腰。沈璃一惊，还没回过神来，便见行云呕出一大口黑血，沈璃骇住："怎么了？"

行云似是想要答话，但一张嘴又是一口黑血涌出，沈璃忙上前扶住他，拉过他的手欲给他把脉，却蓦地看见他的手背上有一个拇指大小的焦黑的洞，她仔细一看，这不是先前那些血婴儿滴落下来的体液造成的伤嘛。

"什么时候受的伤？"沈璃大怒，"为何不早与我说！"

那伤口周边已溃烂，黑色的范围在慢慢扩大。血婴儿是因怨恨之气而化，它们的体液自是污浊非常，腐骨烂肉，还带有毒性，行云本就体弱，被这毒液侵染会比寻常人严重许多。而这么长时间，他却一声也不吭……

沈璃气得想打他，但又怕自己控制不住力道将他拍死了，唯有咬牙憋住怒火，将他往身上一扛，气道："偏偏此时毒发吐血，你是真想害死我吧！"

行云唇色泛乌，黑色的血迹还残留在他嘴角，但他却低低一笑："我想忍住啊，可忍不住了，我也无可奈何。"

沈璃一咬牙："病秧子没本事逞什么英雄。你就闭嘴吧！"

"哎……"行云哑声叹息，"以前你落魄的时候，我可没嫌弃过你。"

沈璃不敢带着行云乱走，怕毒液在他身体里散得更快，她将行云安置在一个空屋之中，此时睿王府中已找不到一个人影，沈璃唯有一咬牙，在他手背上一点："这只能暂时缓解你的疼痛，我不通医术，你这伤寻常大夫又治不了，所以我只有离开京城，到郊外抓个会治人的山神来，时间会有点久，你耐心等着，哪儿也别去。"

行云无奈地笑："还能去哪儿？我现在便是想动也动不了了。"

沈璃站起身来，沉默地望了行云一会儿，声音有些低沉："待会儿……或许我就不回来了，但你放心，给你治病的小仙必定会来的。"她转身离开，再没有半分留恋，只是空气中留下来的声音比往日多了几分深沉："此一别山长水远，再不相见……多保重。"

"这些日子，多谢照料。"

行云望着空荡荡的屋子，无言许久，却恍然失笑："道谢说得那般小声，你是有多不情愿啊……"风透过没关的窗户吹进屋来，扬起行云的发丝，刮散他唇边的轻叹："最后……也不拿正眼瞧瞧我。"

多让人失落。

沈璃心想，虽说让墨方再争取了半日的时间，但面对魔界精锐，即便他倾尽全力也未必能拖到那么久。沈璃实在不敢继续待在睿王府了，若追兵找来，只能害了行云，殃及无辜。如今她的法力恢复了七八成，面对追兵虽没有全部把握能逃脱，但在无人的荒郊野外，她至少能全力一搏，更多几分希望。

沈璃一人行动极快，瞬息间便转至郊外野山，她立于山头往远处一望，风和日丽，远处风光尽收眼底，京城城门已在极远的地方，她脚步一转，步入山林之间，寻得灵气极盛之处，掌心法力凝聚，覆掌于地，肃容低喝："来！"

仿佛有一道灵光自她掌心灌入地面，光芒以她为圆心，极快地向四周扩散开来，山石颤动，鸟兽惊而四走，劲风扬起沈璃的衣摆，待衣摆再次落地，不消片刻，寂静的山林里倏地出现数道身影。皆在沈璃四周站定，等他们周身的光华散去，沈璃站起身来向四周看了一圈，这里有一个白胡子老头、一个妙龄少女，以及几个长得奇形怪状的青年，众人皆是又惊又惧地望着她。

沈璃知道自己这身魔气定是吓到这些老实的仙人了，但现在也没时间解释，他们怕她一点也是好的。于是她脸色更冷，冷冷道："谁会治病救人？"

几个山中地仙互相望了望，一个头顶鹿角浑身肌肉的青年颤巍巍地上前一步："我……"沈璃眼神刚落到他身上，他便抱头蹲下发出一声怪叫："嘤，别杀我啊！"

沈璃动了动嘴角，终是压住了鄙夷的表情，冷声道："京城睿王府，现有一人躺在西边的厢房之中，他名唤行云，被化怨的妖灵所伤，体虚气弱，快死了。我来此处，便是为寻一人去救他。"

交代完这番因果，所有人都仿佛舒了一口气，白胡子老头立马道："既是如此，湖鹿，你便随这位大人走一趟吧。"

湖鹿颤巍巍地望着沈璃，沈璃知道："我不去，你自去寻那伤者。"她盯着湖鹿，眸色森冷，"治妖灵造成的伤要多久？"

"约……约莫半个时辰。"

"好。"沈璃手一挥，红缨银枪泛着寒光径直插入湖鹿跟前的土地里，枪尖深深没入地中三寸有余。湖鹿又发出一声怪叫，额上冷汗如雨，只听沈璃威胁道："若半个时辰后我不见你回来，便以此枪，屠你方圆三百里生灵。"

枪上煞气骇人，众仙一时面如土色，湖鹿更是吓得腿软，往地上一坐。

沈璃抬头望天："便从此时算起。"

与凤行

白胡子老头气急败坏地上前一把捏住湖鹿的鹿角晃了晃："还不快去！"湖鹿回神，连忙往地里一钻，使遁地术而去。四周小仙皆惧怕地缩成一团，怯怯地望着她，沈璃懒得再理他们，皱眉盯着京城上方的天空，一团黑云正在慢慢成形。

若她想得没错，那便是魔界追兵驾的云……竟是来了这么多人吗？魔君还真是铁了心要将她抓回去啊。

沈璃握紧拳头，心里恨极了拂容君，也恨透了给她赐婚的天君，更是恨透了那些提议让魔界与天界联姻的闲人，一场婚姻便能让两界亲密起来吗？开什么玩笑。

若天界能让魔界子民生活的地方与那些闲散仙人一般好，哪儿还需要他们想尽办法用联姻来巩固所谓的"友谊"……

沈璃沉思之间，黑云已在京城上空成形。她眉头微蹙，害怕魔界追兵伤害行云，但又觉得自己想得太多，她不在行云身边，谁又知道她和行云的关系呢。她方才在此地用法力召唤了山中仙人，追兵必定能察觉到她的力量，不一会儿便会往这边追来，待他们离开京城，沈璃便不用再顾忌什么了。

从刚才的情况来看，湖鹿实在是个老实的小仙，让他去救行云，也不用担心他耍诈……

她就该彻底放下行云，继续自己的逃婚。

可随着时间流走，沈璃渐渐觉得有一点不对劲，藏着追兵的那团黑云一直停在京城的上空，没有往她这儿飘来，魔界的追兵不会察觉不到她刚才的力量，为何……

沈璃正琢磨着，忽觉地面一颤，一个头顶鹿角的壮汉破土而出，他身上本就少的衣服变得破破烂烂，一脸的鼻涕眼泪啪嗒啪嗒地往地上掉，他回头看见沈璃，将头一抱，哭道："别杀我，别杀大家，不是我不救他啊，我拼了命地想救他，但是被人挡住了，黑衣服的家伙都好凶，呜呜，他们还揍我。"

沈璃闻言，脸色微变："说清楚！"

湖鹿坐在地上抹了把泪，抽噎道："我去了……找到了那个叫行云的人，他人好，知道我要救他，还对我笑，说谢谢，我是真想救他来着，但是突然有穿着黑铠甲的人走进来了，本来没事的，结果另一个大红衣服的家伙一来，就笑眯眯地问我，他问我一个地仙，为什么会在城里救人，我就老实回答了，结果……结果他们就不让我救人了啊，还打我，呜呜，还让我来传话，让你回去，不然就杀了那个行云……"

沈璃咬牙，心里已隐隐猜到这次魔君派来捉她的人是谁，黑甲将军和红袍男子，除了魔君的左右手青颜与赤容还能有谁。连王牌都拿出来了，看来魔君这次是真的动了火气。

沈璃犹豫至极，有了这二人，即便是她毫发无损的时候，也不能保证一定能从他们手下逃脱，更何况她现在还没有完全恢复，而行云……

"那个人——行云他怎么样？"

湖鹿又抹了把鼻涕："他快死了啊，我给他把了脉，他身体素来积弱，内息紊乱，应当是这几日疲惫至极所致，化怨妖灵的毒已侵入五脏六腑，没人救的话很快就会死了。"

沈璃眺望远处京城，手臂一伸，红缨银枪飞回她的掌中，她五指用力握住银枪，凭空一跃，只在空中留下一场疾风。待她消失之后，众仙皆嘀嘀咕咕地讨论起来：

"这到底是哪里来的家伙啊？一身煞气好吓人。"

"一看就是魔界的人哪！霸道又蛮横……湖鹿你没受什么伤吧？"

"呃，嗯，没事。"湖鹿继续抹泪，忽然有人指着他手肘后面道："咦，你这是什么？"

"什么？"湖鹿费力地转头去看，但他浑身肌肉太多，那字正好藏在手肘后的死角处让他无法看见，别的仙人凑过来一看，奇怪道："走？什么人在你这里用血写了一个'走'字？"

湖鹿挠了挠头："啊……是那个叫行云的人写的……"他想让这女子

走啊，但是这女子好像没看见呢。

睿王府小屋之内。

行云静静倚床坐着，任由红袍男子好奇地左右打量着他，他也不生气，微笑着望着他。赤容观察了好一会儿，赞道："倒是个淡定的凡人，不担心自己的处境吗？你这模样，看起来可是快要死了呢。"

"担心了，我便能活得久一点吗？"行云笑道，"若是那样，我就担心一下。"

赤容被他逗笑："不愧是碧苍王能看上的男人啊，有那么点意思。"他转头冲门口招了招手，"哎，青颜，你也来与他聊聊嘛。沈丫头看上的男人呢，多稀有啊！"

守在门口的男子冷漠地回头望了他一眼："若真是那样，你再调戏他，小心日后被记恨报复。"

"哦，这倒是。"赤容一根手指都快摸上行云的鼻子了，听闻这话，立即收了手，乖乖在一旁站好，"我可不想惹上个麻烦难缠的家伙。"

行云只一言不发地看着赤容，轻浅微笑。

忽然，空中气息一动，门口青颜的发丝微微扬起，他神色一肃，看向空中。赤容眼眸中划过一丝精光，倏地扬声道："魔君有令，碧苍王沈璃若再拒不回宫，断其手脚，废其筋骨，绑去成亲……我素来心软，对熟人下不了手，所以，便只好杀了这男人了……"

话音未落，房顶忽然传来一声清脆的碎裂之响，声音传入耳朵之时，红缨银枪也扎在赤容脚边，澎湃杀气逼得他不得不后退一步，紧接着一声更大的响动传来，屋瓦落下，深衣束发的女子从天而降，赤手空拳与赤容过了两招，逼得他退至门边，与青颜站到了一起。而沈璃则身形一闪，于行云床前站定，拔出银枪，目光慑人。

"本王在此，谁敢放肆？"

第五章

神君行止

黑云变幻，不见闪电，只闻雷声，京城百姓皆因这异相而感到惶惶不安。

睿王府中，小小厢房里杀气四溢，赤容脸上虽还挂着笑意，但手中已打开了折扇，青颜更是已拔剑出鞘，屋内激战一触即发。双方都知道，此情此景，对方并不会因为相识而手下留情。若战，便是恶斗。

"王爷。"赤容摇了摇手中折扇，笑道，"你此行已给魔君带来不少麻烦，魔君已动了大怒，如今四方皆是追兵……"赤容望了望她身后的行云："王爷或能保住自己，但决计是保不住他的。还望王爷能审时度势，别再一意孤行。"

沈璃并不理他，只微微侧了身子，目光一转，瞥了身后行云一眼："可还活着？"

"活着。"行云摇头，低笑道，"可约莫快死了。"

"死不了。"沈璃右手拿枪，将银枪一横，左手握住枪尖，一用力，锋利的枪刃划破掌心，银枪饮血，登时光华大盛。

青颜眉头一皱，欲上前擒住沈璃，却见沈璃左手一挥，血点洒在他身前三步，青颜踏上血迹，只觉有如炽热的火焰灼烧全身一般，他以法力逼散这股灼热之气，却不想这热气竟像有意识一般左右窜动，甚至直袭他的双眼，青颜护住眼睛，不得不退了回去。

沈璃手中银枪一转，直直插入地面，枪刃上的血液顺着枪身滑下，没入大地。只见金光一闪，隔开沈璃周边两尺的距离，形成一个光罩，将行云也包裹其中。沈璃随手撕下一块衣摆将左手包住，然后回头望着行云："有我在，你就死不了。"

行云愣愣地望着她，光罩在她身前闪烁，但此时再耀眼的光芒都不如沈璃来得夺目，这一身气场，足以抓住他所有的视线，让他几乎将自己都忘了……

沈璃将手臂抄过他的腋下，将他半是扛半是扶地搀起，身体相贴，从她身上传来的温度顺着血液温暖了行云的五脏六腑。行云的唇边难得没了弧度，垂下的眉眼中不知藏了什么情绪，漆黑一片。

"王爷。"青颜肃容道，"血祭术伤元神，婚期在即，望王爷珍重身体。"

沈璃冷笑："不是断手断脚都要将我绑去成亲吗？不过是伤点元神，又有何惧？"她眼珠一转，虽看不见屋外，但能探察到外面追兵的方位，她欲寻一个人少的地方强行杀出一条生路。

但就这一转眼的工夫，青颜与赤容皆明白了她心中所想，两人对视一眼，心知不能再拖，当下手中武器一紧，两道厉芒打在沈璃的光罩之上，两人瞄准法力砍出的缝隙飞身上前。

先前法力碰撞，激荡四周空气，一声巨响之后，厢房化为灰烬。尘埃落定之前，天空黑云之中，天上无数光芒如箭射下，是云上的追兵以法力凝成的利箭。

箭雨之中，一黑一红两道身影自尘埃中跃出。

青颜单膝跪地，却止不住去势，他以手撑地，在地上滑出了好远才定住身形，"咔"的一声，他肩上的铠甲出现了一道裂缝。赤容则化掌为爪，拍在廊桥的柱子上，而向后的力量却将他推得撞断了数根柱子，失去支撑的廊桥往一侧倾倒，尘埃飞扬，红色的身影只手掀开坍塌下来的木质梁架，轻轻抹掉脸上被划出的淡淡血迹，笑道："这倒是第一次与王爷动手。王爷之力着实让人吃惊啊。"

金光在尘埃中闪烁，仿佛有点支撑不下去，但不过片刻之后，光华又是大盛，沈璃立于其中，唇角已现血迹。行云一手扶着她的肩，吃力地站着，他不是受伤，而是已经毒入心脉，直不起身子来了。他在沈璃耳边轻声道："何必……"

唇畔中吐出的气息拂动沈璃耳鬓的细发，沈璃抹净唇角的血。"别吵。"她道，"我会让你活下去。"她声音微哑，是已受了伤。

行云倏地咧嘴一笑。"沈璃，生死有命，你说了不算，我说了也不算。"他轻叹，"你……"

没时间让他说完，那边青颜手中长剑一震，再次攻来，沈璃目光一凝，一手揽住行云的腰，转动银枪，沉声一喝，法力化为利刃直向青颜劈去，青颜对如此正面攻击的招数不屑地一哼，闪身躲过，却不料那柄利刃竟凭空转了个方向，杀向天际。

青颜心道不妙，要回身拦已来不及，金光撞入黑云之中，云中诸将士被杀得措手不及，只得慌忙散开，露出一条生路。

沈璃身形一跃，直冲那方向飞去，青颜一声冷笑："王爷未免也太小看我们了！"言罢，身影在原处消失，待再出现时已拦在沈璃身前，"带着累赘，还想快过我？"青颜手中长剑一挥，强劲的剑气将沈璃的光罩砸得微微凹陷，沈璃行动受阻，她一咬牙，往后退开数丈。

行云见状，悄悄放开抓住她肩膀的手，身体刚往下一坠，便觉沈璃手一紧，她动了怒气："别添乱。"

行云却无奈叹道："不是我添乱，实在是……腰痛。"

沈璃力气大，一只手将他腰揽住自是没有问题，但是却不想行云肉眼凡胎，被她的大力捏得肉痛，但如今在空中，沈璃又不可能将他放下，唯有一咬牙，低声道："给我忍住。"她手中银枪又是一舞，厉芒刺破长空。

赤容扬声高喊："守住西方，那地仙离开的方向！她还想去那边！"

沈璃自然是想去那边，因为能救行云的人就在那边。

黑云迅速往西方集结，沈璃不躲不避，周身金光大亮。"拦路者死！"银枪杀气澎湃，眼瞅着便要染上魔界将士的血。忽然之间！仿佛是从黑云之中蹿出一股怪力，硬是将沈璃推到数丈之外。

她周身的金光仿佛被什么东西缚住，让她动弹不得。

沈璃额头汗如雨下。"这力量……"她话音未落，金光罩应声而碎，一股无形的力量狠狠地打在她脸上，径直将她拍在睿王府的空地上，王府的青石板被撞出了一个深深的大坑，而尘埃落定后，却见行云压在沈璃身上，他分毫未损，只是晕了过去，沈璃却摔了个头破血流，在地上晕了好久才慢慢回过神来。

其时，青颜与赤容已在坑边站定，还有一人站在背着阳光的方向，那人宽大的镶金黑袍在微风中舞动，两条金色发带从身后飘到了前面。"对同胞动手，倒是越发胆大了。"

他的声音一如既往沉稳，带着慑人的威严，让赤容和青颜跪地颔首："魔君息怒。"

竟是魔君亲自来了吗……

沈璃感到自己身上男子的气息已越发微弱，他的身体也不再如往常那般温热，沈璃忽觉心底一寒，一种无可奈何的脱力感油然而生，终是争不过老天爷……

"出来。"魔君冷声下令。

沈璃将唇角的血一抹，抱着行云跃出坑底，将行云在一旁放下，她握住他的脉搏，微弱，但还活着。

"可知错？"魔君银色面具之后传出的声音有些沉闷。

沈璃专注地望着行云。"不知。"她道，"不嫁不爱之人，沈璃不知何错之有；不接强迫之亲，沈璃不知何错之有；不想让魔界一直受制于天界，沈璃不知何错之有。"她目光微凉，望着魔君银色面具后的双眼道："魔界臣服于天界已有千余年，那些闲散仙人整日游手好闲，在天界过得舒心畅快，而我魔界却屈居墟天渊旁的时空罅隙，常年受瘴气侵扰，不生草木，我魔界子民更是过得苦不堪言，身为王室贵族，我们却要帮着天界那帮废物看守墟天渊中镇压的妖兽。"

与凤行

沈璃冷笑："我看不起天界，不嫁，不知何错之有。"

这一番话说得一旁的青颜与赤容皆是沉默，魔君沉默了一会儿，道："无错，但于此事而言，你错在违背了王命。"魔君挥手："将她架走，回去领罚。"

青颜起身，欲上前拽住沈璃的胳膊，却被沈璃呵斥："本王会走！"她静静地盯着行云，许是目光太灼热，让行云迷迷糊糊地睁开了眼，看见沈璃这般望着他，行云咧开惨白的唇，像平时那般轻笑："沈璃，你看起来一副想轻薄我的模样。"

"嗯。"沈璃应了一声，"你就当我在轻薄你吧。"她俯身埋头，当着众人的面在行云唇上落下重重一吻，沈璃束发的金带已裂，头发披散下来，垂在行云脸颊旁边，发丝微凉的触感和唇上火热的温度在他身体里碰撞出奇怪的感觉，让他不由得怔然失神。沈璃不会亲吻，所以只能将嘴唇狠狠地覆盖在行云的嘴唇上，力大得让行云感到疼痛。

而此时，她的手也覆盖在行云的手背上，食指指腹恰好停在他被灼伤的那块皮肤上。指尖光芒闪烁，一颗珠子逐渐在她指腹上成形，慢慢融进行云的血肉里面，填满了他被烧坏的那块肌肤。

"我说过你可以活下去。"沈璃离开他的嘴唇，哑声道，"虽然，日后可能会活得不太好受。但你一定能活下去，平平安安的。"

她不通医术，治不了行云身体里的毒，所以只有把自己的法力化为他的血肉，让自己的法力与他体内的毒素争斗，压制毒素，让那些毒素无法攻入行云的心脉，但这却免不了行云的疼痛。

她理了理行云的衣襟，走之前拍了拍他的肩："我说看上你是真的。只是我被逼婚了，不能和你在一起。保重。"沈璃毫不留恋地起身离开，身影与其余三人一同消失。他们走后不久，停留在京城上空的黑云也不见了踪影。

行云愣愣地躺在地上，身体里的气息来回搅动让他极不舒服，但精神却比先前好了许多。他唇上的温度好似还在，他不自觉地望着天，摸着唇畔，半晌后失笑呢喃："说得好像……你要和我在一起，我就肯定会愿意一样。"

空中飘落下来一根长长的发丝，覆在他脸上，行云将它捏在手里，忽然之间，不知为何，他竟觉得，自己有一点笑不出来了。

不能和他在一起……吗……

云雾在身边转瞬而过。

"一介凡人，再入轮回忘却前尘不过是百十年间的事。"魔君踩在云头上冷声道，"何必为他浪费五百年修为。"

闻言，赤容与青颜皆有些惊讶地望着沈璃，五百年修为对他们这种常在刀尖舐血的人来说，多么重要！碧苍王竟……给了一个凡人？

沈璃的手被玄铁链绑在一起，披散的头发让她看起来有些狼狈，但她的眼神中却并不见半丝颓然，她只是静静地眺望远方："我喜欢。"

面具下的魔君仿佛冷笑了一下："你无非是担心我为了斩草除根，再派人将他杀了。"他声音微冷："何须我动手，不过一两年后，这凡人便会将你忘了，娶妻生子，过着与你毫无关联的生活。你的心意，不过付诸流水。"

沈璃沉默，心里却想着，如果真是那样也不错。

她回忆起记忆中的小院，清风划过葡萄架的簌簌声，如此平和。行云那样的人，应该一直过着那样的生活，只是一个人始终太过孤寂，能有另外一人来陪陪他，当然是好的。虽然……那个人不是她。

沈璃恍然想起那日在小院中醒来，她看见行云的第一眼，阳光倾泻，暖风正好，他在藤椅上闭目小憩。

但愿他余生，皆能那般平静。

沈璃深吸一口气，望着远处的流云，心里忽然有那么一点理解小荷的感受了。有的事情，无关乎值不值得，只在于愿不愿意。

冰封的大门缓缓开启，寒气自殿内涌出，十丈高的大殿之中，四根冰柱矗立在殿中四个方位，而中心一颗晶莹剔透的巨大冰球飘悠于空中。

一个束发深衣的女子蜷着身子被困在大冰球之中，她发丝披散，双眼紧闭，仿佛正在酣睡。然而当来人的长靴踏入殿内之时，她合着的双眼蓦地睁开，目光犀利地望向来人。

"王爷。"黑衣使者单膝跪下，叩首行礼，"属下奉命，前来解王上禁足令。"言罢，他自怀里摸出一个瓷瓶，拔开瓶塞，将瓶中血液洒在地面上。霎时，四方冰柱光芒大作，中心冰球慢慢融化，当冰球融至半人大小，殿中光芒顿歇，冰球好似瞬间失去依托之力，重重地砸在地上，激起地上沉积了不知多少年的冰雪。

被冻了太久，沈璃的四肢尚有些僵硬，她吃力地推开还覆在自己身上的冰球碎块，打掉黑衣使者上前来扶的手，自己慢慢站了起来。"都将我封在雪祭殿中了，却还叫'禁足'？"

雪祭殿是魔界禁地，与魔族镇守的墟天渊一样，是镇压极厉害的妖物之地。而与墟天渊不同的是，雪祭殿中封印的咒力比墟天渊更强，但却只能封印一只妖物。千年以来，魔界厉害的妖物不是已被封在墟天渊中，就是被杀了，雪祭殿一直被空置。

沈璃此前做梦也没想过，自己会有被封在雪祭殿里面的一天，更没想到天界那一纸婚书竟给了魔君这么大的压力，让他如此担心她再次逃婚。沈璃活动着手腕，迈过脚边碎冰往大门走去，嘴里半是不满半是讥讽道："天界的迎亲队伍可是来了？这才终于肯放了我。"

黑衣使者跟在她身后恭敬地回答："王爷心急了，婚事还要准备一个月呢。"

沈璃一怔，转头问他："我被关了多久？"她尚记得被抓回魔界那天，魔君一声令下，她便被囚在了雪祭殿中，但并没有人告诉她会被关多长时间，她在冰球之中也不知时日，一日一年，对她来说没有丝毫区别。

使者答道："魔君心善，只禁了王爷一月。"

一月……已有三十天了。

迈出雪祭殿，巨石门在身后轰然阖上，沈璃抬头一望，不远处墨衣男子静静站立，见她出来，俯首行礼，沈璃不承想墨方竟会来，怔愣之间，墨方已对黑衣使者道："我送王上回去便是。"

"如此，属下便回去复命了。"

待黑衣使者消失，墨方便一掀衣摆，单膝跪地："墨方未能助王上逃脱，请王上责罚。"

沈璃一愣，随即笑着拍了拍墨方的肩："行了，起来吧。我知你必定已用了全力，那半日时间你为我争到了，若我要逃是足够了……只是当时逃不掉罢了。错全在我，是我辜负了你的努力。"

"王上……"

"走吧，回府。"沈璃伸了个懒腰，"我也好久没有回家睡上一觉了。"

"王上，墨方还有一言。"他沉默了许久，终是道，"那凡人，已在下界逝世。"

"嗯。"沈璃应了一声，"我猜到了。"

天上一天，人界一年，三十载流过，行云不过肉眼凡胎，如今寿终正寝也是应该的。而且，若不是行云离世，魔君怎会轻易将她放出来呢，那个养育她长大的君王太清楚她的脾气。

"回去吧。"沈璃走了两步，忽然回头望墨方，"他去世的时候，你有看见吗？"

墨方点头："很平静安详。"

"当然，因为他是行云啊。"再怎么糟糕的事情，在他眼里皆为浮尘。沈璃唇角弧度微微勾起，"他应该还是笑着的。"

墨方沉默了一瞬，想起他在下界见到行云最后一面时，行云正躺在病榻上，虽老但风度依旧，行云望着他说："啊，沈璃的属下。"行云体虚气弱，说了这几个字便要喘上三口气，又接着问道："沈璃近来可好？"

墨方当时没有回答他，行云也没继续逼问，只是望着他笑了笑，又闭上眼睛休息。确实是个淡然的人，但这样的人，却一直把王上记在心

与凤行

里，藏了三十年。墨方不想将此事告诉沈璃，只问道："王上要寻他下一世吗？"

"不寻。"沈璃踏上云头，头也没回，"我看上的只是行云，与他上一世无关，与他下一世也没有关系。"

碧苍王府离皇城极近，沈璃一路飞回，下面总有魔界的人在仰头张望，她习以为常，落在自己府邸里，还没站稳，一个肉乎乎的身影便扑上前来俯首跪地，抱住她的脚大哭："王爷！您终于回来了呀，王爷！"

沈璃一愣，揉了揉眉心："起来。备水，我要洗澡。厨子呢？让他把饭做好。我饿了。"

肉脸女子抬起头来，闪着泪花望着沈璃："先前墨方将军便来通知说王爷今日会回府，肉丫已经把水备好了，厨子也已经把饭做好了，就等王爷回来了。"

沈璃一愣，没想到墨方竟想得如此周全，她向后一望，墨方却对她行了个礼，道："王上既无事，墨方便告退了。"

"哦……嗯，好。"

沈璃随肉丫步入内寝，她不喜人多，所以府中人员精简到最少。负责打扫的只有张嫂，张嫂是个沉默寡言的妇人，平日里见不到她，她总喜欢躲在暗处，默默地将府里打扫干净。伺候穿衣吃饭的只有肉丫，肉丫是个聒噪的小丫头。还有一名厨子，憨厚老实，平日不出厨房。还有……

"啊，王爷！啊！王爷！回来啦王爷！"寝殿的笼子里关着的大鹦鹉吵吵嚷嚷地叫起来。

"嘘嘘，闭嘴。"沈璃瞥了它一眼，走到屏风之后脱掉衣裳，坐进放满热水的澡盆中，舒服地一仰头，正想眯眼歇一会儿，隔着屏风的鹦鹉又吵了起来："没跑掉啊，王爷！又被捉回来成亲了啊，王爷！难过吗，王爷？王爷，王爷！"

沈璃嘴角一动，手一挥，铁笼的门"哐"地打开，她化掌为爪，轻轻一拉，笼里的鹦鹉便被她隔空抓了过来。她捏着它的翅膀，挑眉望它："说来，我还没见过你没毛的样子。"

嘘嘘适时地沉默了。

"不要啊，王爷！啊！好痛啊，王爷！饶命！王爷！"

守在门外的肉丫奇怪地往屋里看了看："王爷今天和嘘嘘玩得好开心啊。"她刚扒开门缝，一只光溜溜的鸟便从门缝中拼命挤了出来。它甩着屁股在沙地上刨了个坑，然后将自己埋在里面。"啊……"肉丫惊愕，"那是……嘘嘘？"

"别管它，跑不掉的。"沈璃淡然的声音自屋里传来，"反正它现在也飞不起来。"听这微扬的语调，还有半分得意的意味在里面。

肉丫骇然地扭过头，深深觉得，王爷下界这一趟，定是受了很多虐待吧，这心里……怎生这么扭曲了。

吃饭的时候，府里来了人，说是让碧苍王下午入宫，天界有使者送来了嫁衣的样式，让沈璃去挑挑。沈璃应了，继续慢悠悠地吃饭，倒是肉丫在传令人走后，一边给沈璃打扇，一边气哼哼道："还选什么样式，那天界的拂容君花心在外，我们王爷肯回来与他成亲，已是他天大的好运了，他竟还跑到天君那里去闹了几场，耍混撒泼不肯娶，活像咱们王爷爱要他一样。"

沈璃闻言，瞥了肉丫一眼："拂容君去天君那里闹了几场？"

肉丫认真地扳着手指头数数，最后一挠头，道："数不清了，王爷，你下界和被关起来的这段日子，听说天上的拂容君可没少出么蛾子。"

"哦，那我倒还心理平衡了。"至少，另一个人和她一样被这门婚事折磨着，光是想想，就让人觉得开心啊。

"混账东西！"红木方盘被金丝广袖一把拂在地上，仆从立即跪下："仙君息怒。"身着镶金白袍的男子气恼地将红木方盘踢得更远，怒道："她不是逃婚了吗！还选什么喜袍！说了不要让我看到这些东西！"

与凤行

仆从跪了一地，一人小声答道："碧苍王早在一月前便被寻回来了。"

"她不是很能打吗！偏偏这种时候没用！"拂容君气得咬牙，"不成，我还得去求求天君，将那种女人娶回来，绝对不行！"言罢，他一掀衣摆，急匆匆地往天君殿赶去。

随行侍从连忙跟上："仙君，不成啊！你再闹天君会生气的！"

拂容君不理他，一路赶到天君殿，等不及让人通知，他便推门而入，"扑通"一下跪在地上，声泪俱下道："皇爷爷，孙儿……孙儿有苦啊！"

殿中寂静，拂容君泣了一阵，没听到天君呵斥的声音，心里正奇怪，他抬头一看，天君青着脸坐在上座，而他左侧正站了一个人，几缕发丝懒懒地束在青玉簪上，一身纤尘不染的白袍，长身玉立，周身氤氲仙气让拂容君看得愣神。

天君压着怒火，沉声道："还不见过行止君？"

拂容君一怔，即便是放荡如他，不知天界各路神仙名号，但行止君，他还是知道的，上古神，现今还活着的唯一的神。

拂容君忙站起身来，抹掉脸上的眼泪鼻涕，鞠躬一拜："见过行止君。"

行止淡淡一笑："嗯，好有朝气的年轻人。"

天君无奈叹气："不过是个不成器的东西。"言罢，他望向拂容君，脸色一肃："又怎么了？"

"皇爷爷……"拂容君两眼含泪，欲言又止地瞅了行止一眼，本还觉得不好意思，但心里一琢磨，左右也是挨骂，有外人在至少不会被骂得那么难听，"皇爷爷，那魔界的碧苍王，孙儿实在不能娶啊！"他痛哭："孙儿有疾！会影响两界关系啊！"

"啪！"天君拍桌而起，看样子竟是比平日更怒三分。"你当真不把朕放在眼里了！什么拙劣的借口都使得出来！"天君怒得指着他骂道，"你有何疾？往日那般！那般……"天君咬牙，碍于行止在场，不好直说，心中憋火，更是气愤，拿了桌上的书便照拂容君的头砸下。"混账东西！婚期已定，彼时便是被打断腿，你也得把这房孙媳妇给朕娶回来！"

"皇爷爷！"拂容君大哭，"饶命啊！那碧苍王也是不愿意的啊！您看她都逃过婚了。回头孙儿娶了她，她把一腔怒火宣泄与我，孙儿受不住啊！"

"你！"天君恨铁不成钢。

"天君。"行止淡漠的声音突然插进来，"这……"

天君忙笑道："行止君前些日子下界游玩，有所不知，之前商议天魔两界联姻之事时，你提议的这两个小辈……他们对这门婚事有些抵触，不过无妨，既然是行止君提议，又经众仙家讨论定下来的事，自然没有反悔的余地。小辈年纪轻，难免闹腾些日子，待日后成婚，朝夕相处，生了情意，便好了。"

在赌咒发誓自己绝对不会和那母老虎生情意之前，拂容君因天君前一句话而怔住了。这婚……是行止君定的？

行止君定的？

这行止君独居天外天已经数不清有多少年了！他根本就不知道天界谁是谁吧！更别提魔界了！他到底是怎么定的人选啊！这老人家偶尔心血来潮来天界议个事，竟议毁了他的一生啊！

不过事到如今，毁也毁成这样了，拂容君心道，难怪天君今日比往日更生气一些，原来是怕他这违背行止君心意的话触了行止君逆鳞。但是既然知道这婚是谁定的，那就直接求求这幕后之人吧。

他心一横，冲行止深深鞠了个躬道："得行止君赐婚，拂容真是倍感荣光，可是，拂容前生并未与碧苍王沈璃有过任何交集啊！但闻碧苍王一杆银枪煞……英气逼人……拂容……拂容还没做好准备，迎娶这样的妻子……"

"放肆！"天君大声呵斥。拂容君浑身一抖，刚好跪下，便听另一个声音淡淡道："如此，便拖一拖吧。"

拂容愣神，抬眼望他，只见行止颜色浅淡的唇勾起一个极轻的微笑，他冲同样有些怔愣的天君道："既然双方皆如此抵触，天君不妨将婚事往后拖延些时日，让两人再适应一下，若强行凑合，行止怕婚后……"他目光一转，落在拂容身上，唇角的弧度更大，但吐出来的四个字却让拂容感到一阵阴森，因为他说，"恐有血案"。

血……血案是吗……

拂容君仿佛感到有个强壮的女子摁住了自己，然后拿枪将他捅成了筛子。他猛地打了一个寒战，泪光闪烁地望着天君。天君面露难色："这婚期既定，突然往后拖延，怕是不妥。"

行止笑道："说来也算是我的过错，当时我看名册，还以为碧苍王沈璃是个男子，而拂容是个女仙。这名字一柔一刚看起来般配，没想到却是我想错了。行止帮他们求个缓冲的时间，算是体谅他们，也算是弥补自己的过失。天君看，可好？"

行止如此一说，天君哪儿还有不答应的道理？连忙应了，转眼将气又撒在了拂容君身上："还愣着干什么？还不谢恩退下！"

拂容君忙行礼退出，待走下天君殿前长长的阶梯，他的随行侍从上前来问他："仙君，可还好？"

拂容君抓了抓脑门，喃喃自语："好是好，只是奇怪……既然是过失，为何不干脆撤了这门亲事，还往后拖什么？"他往前走了几步："喊，他刚才是不是变着法儿骂我名字太娘了？"

随侍奇怪："仙君说什么？"

拂容君一甩头发："哼，管他呢，反正本仙君又多了几日逍遥时光，走，去百花池瞅瞅百花仙子去。"

"仙君……啊，等等啊，天君知道了又该生气了！"

待天界的消息传到魔界的时候，沈璃正在魔宫议事殿中与魔君和几位将军一同议事，魔界临近墟天渊的边境驻军近日感到墟天渊中有所波动，虽不是什么大动静，但墟天渊的封印像死水一样平静了千余年，今次突然有了异常，难免会令人警惕。

众将商议之后，决定着墨方与子夏两位将军去边境探察，若有异常，一人回报，另一人留守，协助驻军处理事项。

开完会，众将准备离去，天界的诏书却适时颁了下来，听来人宣读了延迟婚期的诏书，魔界几位权重的将军皆黑了脸。"说改期便改期？这嫁娶一事，合该全是他天界的人做的主？"

沈璃在一旁坐着没说话。气氛一时沉重，最后却是魔君挥了挥手道："罢了，都且回去吧。"

众将叹气，鱼贯而出，墨方临走时看了沈璃一眼，见她神色淡漠，起身欲走，却被魔君唤住："璃儿，留下。"名字叫得亲昵，应该不是留下来训她，不用求情。墨方这才垂眸离去。

宽大的议事殿中只剩沈璃与魔君二人，沉寂被面具后稍显沉闷的声音打破："你对拂容君此人，如何看？"

"拂容君，芙蓉均。雨露均沾，来者不拒。"沈璃语带不屑，"一听这名字便知道，必定是个万花丛中过，片叶不留的主。"

魔君微微一愣："倒是了解得透彻。"

"非我了解得透彻。"沈璃语气淡漠，但急着抢话的姿态暴露了她心头的不满，"实在是这拂容君名气太大，让我这种不通八卦的人都有所耳闻。难得。"

"璃儿是在怨我应了这门亲事？"

沈璃扭头："不敢。"

看她一副闹别扭的模样，魔君心知，方才那纸诏书，沈璃虽面上没有说，但自尊必定是受了损害，他沉默了一会儿，开口道："璃儿可知，这亲事是何人所定？"

"除了天君那一家子闲得无聊，还有谁？"

"还有行止君。"魔君声音微沉，"独居天外天的尊神，你这门亲事乃是拜他所赐。"

沈璃微惊，行止君就像一个传说在三界流传，上古存留至今的唯一的神，他凭一己之力造出墟天渊的封印，千年前将祸乱三界的妖兽尽数囚入墟天渊中。其力量强大，对今人来说就像一个怪物。可是已经有太多年没有人见过他，他到底是真实的还是虚构的也没有人去研究考证，而今魔君却突然告诉她，行止君给她赐了婚？

"呵，这行止君当真比天君那一家子还闲得无聊！"沈璃冷笑，"他必是谁都不认识，所以随便点了两个名字吧。那群蠢东西却把他的话奉为神谕。"她话音一顿。"如此说来，今日这延迟婚期必定也是他的意思了？"

天界那帮家伙既然如此尊重行止君，定不会擅自延迟婚期，若要改，必是经过行止君的同意，或是直接传达他的意思。

沈璃想到自己的命运竟凭此人几句话便随意改变，心中不由得大怒，拍桌而起。"不过封了几只畜生在墟天渊中，便如此神气！嫁娶随他，延迟婚期也随他！当我沈璃吃素的吗？"

"璃儿，坐下。"魔君的声音淡然，沈璃纵使心中仍有不悦，但还是依言坐下，只是握紧的拳头一直不曾放开。"行止君于三界有恩，他的意思，不仅是天界，我魔界也理当尊重。"

"为何？"沈璃不满，"他挥手便是一个墟天渊，劳我魔族为他守护封印千余年，还想继续以联姻来绑架我族！"提到此事，沈璃不由得联想到魔界受制于天界的种种事情，心头更怒。"我们为何非得服从天界，受其指使！我魔界骁勇战士何其多，与其屈居于此，不如杀上九重天，闹他们个不得安宁！"

"住口。"魔君声色一厉，沈璃本还欲说话，但心知魔君已动了火气，她不想与他在此事上争吵，唯有按捺住脾气，听他道："能把战争说得这么轻松，沈璃，那是你还没有经历过真正的战争。"

沈璃上过战场，但对手皆是妖兽与怪物，与其说是两军厮杀，不如说是一场大狩猎。对于没有经历过的事，她确实没有发言权。沈璃不甘地坐着，别过头不理魔君。

沉默之后，魔君一声叹息，用手掌在她脑袋上轻轻揉了两下。"回去吧，我留你下来，也只是为了让你发发脾气，别憋坏了自己。没想到，却惹得你更是憋屈。"

魔君声音一软，沈璃心头的气便延续不下去了。她嘴角微微一动，难得像小时候一样委屈道："师父，我不想嫁。"

魔君沉默，又揉了揉她的脑袋。"回去吧。"

沈璃回府，走过大堂前的沙地，一脚踢翻了一个小沙堆，光着身子的嘘嘘仰面躺在被踢散的沙土里。沈璃挑眉，它忙道："没脸见人了啊，王爷，没毛好丑的，王爷，好狠的心啊，王爷！"

沈璃捏着它的脚脖子，将它拎了起来。"脏了啊。说来，我还没见过你在水里洗澡的模样。"嘘嘘噤声。沈璃喝道："肉丫，备水。"

"啊！饶命啊，王爷！会淹死的，王爷！啊！王爷！您是不是心情不好啊，王爷！别拿嘘嘘出气啊，王爷！好歹是条命啊……咕咕咕咕……"

"我要把你每个模样都看一遍。"

听得沈璃在木桶边说出这么一句话，肉丫骇道："王爷说什么？"

"呵呵，没事。"

"王爷……您这是怎么了……"

第六章

碧苍王的日常：吃饭，睡觉，打妖兽

拂容君与碧苍王沈璃的婚期推迟，不过是王家传出来的众多事情中的一件，仅供魔界和天界的闲人们做茶余饭后的笑谈，但在他们婚期推迟的第十天，一纸自边境传回来的血书震惊了魔界朝野，也让魔界上下一片惶然——

墟天渊封印破口，其中妖兽蹿逃而出，虽仅是一只未化成形的蝎尾狐，但已让边境守军损失严重，魔君派遣而去的子夏将军拼命传回血书，却于进宫前气绝于坐骑背上。墨方将军死守边境，不肯让妖兽再践踏魔界一寸土地。军情紧急，不容半分拖延。

魔君得到消息后，一边下令厚葬子夏将军，一边着人通知天界。

其时，沈璃正在议事殿中，听闻消息，拍案怒道："为何还要通知天界！待那群废物商议出结果，我魔界将士不知已损失多少！魔君，沈璃请命出征！"

魔君沉默不言。

此时议事殿中还坐着朝中三位老将，他们权衡之后，由白发长者开口道："君上，如今朝中善战将军虽多，但就对付此等妖物而言，却没有人比小王爷经验更多。属下知道王上顾虑小王爷如今待婚的身份，但事急从权，还请君上体谅以命守护我族边境的将士。"

魔君食指轻叩桌面，转头道："沈璃。"

沈璃立即单膝跪地，颔首行礼："在。"

"此一月，不得出你王府半步。"沈璃不敢置信地抬头望他，三位老将互相看了一眼，但却都沉默了。沈璃不甘："魔君！边境……"

"边境之乱，着尚北将军前去探察，若可以应付，便不得斩杀妖兽，得拖延至天界派人来……"

"天界天界！魔君当真要做天界的傀儡吗？"沈璃大怒，竟不顾礼节，径直起身，摔门而去。

议事殿中一阵沉默，忽闻魔君问道："三位将军认为，我……当真做错了吗？"

"君上自有君上的顾虑与打算。"老将之一叹道，"小王爷年纪轻，理解不了您的用心良苦，但求君上放宽心，总有一日小王爷会知道的。"

"是啊。"魔君面具后的眼睛疲惫地闭了起来，"总有一天会知道的。"

子夏将军的棺椁尚未封上，沈璃去的时候看见他满脸青纹，指尖发黑，医官说这是被蝎尾狐的毒尾蜇了，以子夏的功力本不该致命，但为了将消息带回，他伤后不曾休息，马不停蹄地赶回魔宫，致使毒气攻心，这才丢了性命。

沈璃听得默默咬牙，她的兄弟拼了性命带回来的消息，却得不到与他生命同等的重视。厚葬尸体，通报天界，花费更大的精力活捉妖兽，再等天界的人来处理！子夏要的岂是这些！

他拼了性命，只是为了换取边境将士活命的机会！早一点带回消息，便会早一点有人前去支援；早一点铲除妖兽，或许就会多一个人活下来。

看着子夏唇边僵硬定格的笑，沈璃不由得握紧了拳头，她能理解他在坐骑背上死去的感受啊——终于达成使命，如释重负。可是魔君却……沈璃咬牙，布置灵堂的人欲抬动棺椁，将其摆在中间，沈璃却猛地拽住棺材的一边，让几人无法抬动。

"王爷？"

沈璃咬破食指，将鲜血抹了一手，在棺椁上重重一拍，留下血手印，轻声道："沈璃必完成你所愿之事。"言罢，她转身离去。

沈璃回府后，将笼子里被折腾得奄奄一息的嘘嘘抓出来，一旁的肉丫见状，冒死抓住沈璃的胳膊求道："王爷使不得啊！再玩，嘘嘘就没命了。"

"我养的鸟不会那么没用，出去，把门关上。"

肉丫惶然地看了沈璃几眼，但最终还是奉命出去了。守在门外的她，但见屋内光华一盛，没过多久便听沈璃道："今日起，我要闭关，不管何人来见，只道我还未出关便可。"

肉丫奇怪，怎么就突然要闭关了呢？她挠了挠头，大着胆子推开房门，刚往里面张望了一眼，便觉脚下有个东西挤了出来，定睛一看，竟是光着身子的嘘嘘，只是它的精神不知为何好了许多，蹦跶着往前厅而去。

王爷没有收拾它吗？肉丫推门入屋，绕过屏风，见沈璃在床上打坐，真是一副要闭关的模样。她不便打扰，立即退了出去。可到了屋外，肉丫却怎么也找不见嘘嘘。

她不知道，此时的"嘘嘘"，已混进整装待发的军队里。刚刚扮作嘘嘘的沈璃在角落打晕了一个小兵，扒了他的衣服，抢了他的令牌，变作他的模样，准备出发去边境。

而此时的魔宫中，赤容正拜在魔君脚下恭声道："王爷欲出王城，青颜正跟随其后。魔君，需要将她带回来吗？"

银色面具之后的嘴唇静了许久，终是一声喟叹："随她去吧。"

魔界行军快，但仍旧要走两天才到达边境，墟天渊的封印只破开了一个小口，但其中泄漏而出的瘴气已笼罩边境营地，许多法力较弱的士兵整日呕吐，别说战斗，连让他们坐起身来都困难，蝎尾狐被墨方与其得力部将包围在距离营地十里之外的地方，初到营地，听闻远处传来的蝎尾狐的吼叫，即便是已杀过许多怪兽的将军也会脚软。

封印在墟天渊中的妖兽，果然比其他的妖兽要厉害许多。

沈璃想起子夏躺在棺椁中的模样，拳头握紧。

"列队！"尚北将军一声高喝，从王都来的增援将士皆整齐列队，唯独末尾的一名士兵忽然往前走去。尚北将军见状大喝："不听军令者，杖三十！"

沈璃取下头上沉重的头盔，仰头望他："尚北将军，沈璃斗胆，前来请战。"

"王……王爷？"

但见是她，军中一阵骚动，这里面有曾和碧苍王一起出征的，有只听闻过她名字的，但无论是谁，都知道有碧苍王在，战无不胜。一时间，众人精神一振，士气高涨。

尚北将军心中虽喜，但也知道沈璃如今待嫁的身份，而且魔君不让她出战，自是有魔君的考量，他有所顾忌道："王爷，魔君未同意您出战，小将不敢斗胆……"

话未说完便被沈璃打断道："将军，沈璃既然来了，便不会空着手回去。三日内，本王必将此妖兽的头颅踩在脚下。"

此话一出，全军静默。尚北将军沉默了一瞬，忽而一勒缰绳，将坐骑调头，长剑一挥。"出征！"

沈璃与尚北将军并行。"多谢将军同意沈璃参战。"

"王爷，若小将不同意，你待如何？"

"打晕你，抢了你的兵，斩杀妖兽。"

尚北将军苦笑："那就是了。"

越是往前，瘴气越是浓郁，妖兽的嘶吼也愈发震撼人心，破开重重瘴气，增援队伍终于看见还在与墨方他们缠斗的妖兽，妖兽身形巨大，身似狐，尾似蝎，长尾高高翘起，于空中挥舞，蝎尾上巨大的毒针令人望而生畏，但见增援队伍来到，它张嘴长啸，鲜红的牙齿，呈锋利的锯齿状，齿缝间滴落下来的唾液腐蚀大地。在它所立之地，沙石皆已呈黏腻状。

与它缠斗的几位部将浑身是血，已疲惫不堪。唯独墨方一人还在它身前主动攻击。

尚北将军一声大喝："出战！"

他出声之前，沈璃已握着银枪，飞身上前，厉声一喝，银枪直直扎在蝎尾狐的额头上，蛮横的法力倾入其大脑，蝎尾狐疼得仰天大啸，竖起的巨大蝎尾径直向沈璃扎来，沈璃拔出银枪，回身一劈，以枪身做剑，径直将蝎尾狐的毒针斩断。

妖兽的嘶吼几乎要震破众人耳膜，它乱踏之时，爪子快要打到墨方，沈璃飞身而下，将墨方一推，他径直摔出三丈远，沈璃的脚稳稳立在地上，身子半蹲，沉声一喝，以枪直刺而上，扎穿蝎尾狐的脚掌肉垫。

不过片刻时间，妖兽的血已染了她一身，蝎尾狐连连败退。

墨方在后方愣愣地望着沈璃："王上。"

沈璃侧头看了他一眼，见他周身铠甲破碎，脸上身上皆是血迹，又往远处一望，被增援队伍救下的将士皆是如此，而四周沙地里，还埋了不知多少已经冰冷的将士尸体。沈璃一咬牙，握紧银枪的手一直用力，几乎泛白。"对不起……我来晚了。"

这样的情绪没在她心中停留多久，沈璃迈步向前，提着银枪在风沙之中孑然伫立。"区区妖兽胆敢造次！本王定要踏烂你每一寸血肉！"

蝎尾狐双眼紧紧地盯着沈璃，浑身的毛随着它的呼吸忽而奓开，忽而收紧，而它身上的伤就在这一张一收的过程之中慢慢愈合。

沈璃目光微动，她这红缨银枪饮血无数，煞气逼人，若是寻常妖物被刺中，伤口愈合极慢，而这只妖兽……

"王上小心。"墨方在身后急声提醒。只见那妖兽尾巴一甩，被沈璃斩断毒针的硬质尾巴甩出，直直冲沈璃砸来，沈璃目光一凝，伸手在虚空中一抓，沉声低吼，那蝎尾在空中爆裂，里面的毒液也随之飞溅。沈璃手一挥，法力化为大风，将洒向将士的毒液尽数吹了回去。

"哈哈哈哈！"蝎尾狐仰天长啸，它的喉咙里发出的竟是类似人的声音。沈璃眉头微皱，越是接近人的妖兽便越难对付，此妖兽身上带毒，且愈合能力极强，此地瘴气浓郁又不易久战，真是棘手……

不等沈璃想出办法，妖兽喉中又滚出含糊不清的言语："没想到，如今的魔界，还有这样的好苗子，假以时日必成大器。只可惜没那么多时间了。"

它方才被沈璃刺伤的前脚往前一踏，被穿透的脚已看不出半点伤痕。它的脖子向前一探，猛地吸入一大口瘴气，脑袋高高扬起，仿佛尝到了极美味的食物一般，双目猛地变得血红，长啸一声，声化利刃，刺痛耳膜，不少将士在这声音之中腿软跪下，抱头呻吟。与此同时，妖兽额上被沈璃刺出的伤口完全愈合，而尾端竟又慢慢长出新的毒针，它浑身灰色的长毛也在这时奓开，几乎让人听到它肌肉隆起的声音。

妖兽体形比刚才更大了。沈璃咬牙，但听墨方喝道："王上注意，此妖兽善用毒，愈合奇快，且能吸纳对手法力。"

众将士闻言皆惊，难道这妖兽方才是将沈璃用于杀它的法力吸纳了吗？沈璃眉头紧皱："你真是……做了让人不爽的事呢。"银枪一震，沈璃微微侧过头："尚北将军！辅攻！"

尚北将军一凛，自骇然中回过神来，大喝："列阵！"

还能活动的将士立即行动起来，妖兽血红双目转动，欲捕捉将士的行踪，沈璃却一跃而上，挡在它眼前，银枪横扫其双目，只听"叮"的一声，是蝎尾狐新长出来的毒针与沈璃银枪相接的声音。但这次蝎尾狐的毒针却并未被沈璃斩断，因为她没用法力，光拼力气沈璃自然不是这大块头的对手，是以一击之后沈璃立即弹开身躯，只为将士争取到这一瞬的时间，已足矣。

数把弩弓拴着铁链，自三个方位射向蝎尾狐的脊背，锋利而沉重的弩箭深深扎入它的骨头，弩箭向外拉扯时，倒刺牵扯着它的骨头，三方用力拉扯使之不能动弹。只要趁此机会，砍下它的头颅……

沈璃的身影停在空中还未来得及动，便听妖兽一声冷笑："千年岁月，摆阵作战的方式竟是一点未变啊。"

沈璃心中陡感不妙。却见妖兽身形一动，拼却被其中一方拽出白骨的疼痛，嘶声吼着，长尾一甩便击向其中一个方向。三角之势若破一方，便无法再牵制妖兽。而现在还能活动的将士皆是精英，若他们被这一击所杀，要对付这妖兽更是困难。

沈璃来不及多想，转眼落在蝎尾狐蝎尾攻击的方向，左手掀飞明知会被打得粉身碎骨、却仍旧不愿松开牵扯妖兽的铁链的将士；右手用银枪将脱手的铁链一绞，让铁链死死缠绕在枪身上；然后以枪为锚，将其狠狠插入土地，这一系列动作，她做得奇快，但在完成之时，蝎尾狐的蝎尾已经攻至面前，眼瞅着那尖锐的毒针便要将她戳穿。忽然，斜方冲来一人，将她扑倒，她就地一滚，险险躲过这一击。

"墨方？"沈璃怔愣地看着他。

经过数日的战斗，墨方已疲惫不堪，身上更是不知负了多少伤，此时能救下沈璃全凭一股信念在支撑，听到她的声音，知道她没事，墨方心一安，正想让沈璃放心，却感到背后撕裂般的疼痛。微微侧过头，他才猛然明了，为何沈璃此时的表情会如此震惊——蝎尾狐再次甩出了尾端毒针，而那弯刀一样的毒针正扎在他的背后，几乎穿透他的肩胛骨。

竟是……伤得……没有知觉了吗？

仿佛再也无法撑下去一般，墨方的眼皮沉重地合上。

沈璃只觉心头一冷，脑海中不由得回忆起王都棺椁之中身体冰冷的于夏。她往四周一望，沙土之中皆是魔族将士残破的尸体，这些人都在魔界的某个地方有一个家，而家中皆有亲人翘首盼望他们的回归，像那人界的老妇人，年年岁岁地等着盼着。而他们，却再也回不了家……沈璃望着尾尖又长出毒针的蝎尾狐，漆黑的眼瞳中渐渐泛出了血红色。

他们回不去，皆是因为这只莫名其妙从深渊里跑出来的妖兽！这个罪该万死的东西！

沈璃轻轻推开墨方的身子。"撤阵。"这两个字自她口中吐出，声音不大，但却如水似波，推荡开来，隔着妖兽，另一方的尚北将军听见此令，一瞬也未曾犹豫，立即喝道："撤阵！"

将士迅速执行军令，妖兽见状大笑："尔等臣服于无能君主，而君主受制于天界，上千年的时间，尔等竟被驯服得奴性至此，不如让吾吞吃入腹……"

"辱我君主，杀我将士。"森冷的声音陡然在妖兽耳中响起，"你，惹火我了。"

蝎尾狐头一甩，带毒的唾液漫天挥洒，沈璃凭空一抓，缠绕着铁链的红缨银枪化作光影消失，转瞬间又出现在沈璃手里，她将银枪一转，挡开毒液，掌心用力，银枪之上金光闪烁。

尚北将军惊得在一旁大吼："王爷冷静！此妖物能食法力化为己用。"

沈璃唇瓣微张："好啊。"她身形一闪，落在蝎尾狐背脊之上，银枪扎下，没入它背上被弩箭扎出的窟窿里。"那就试试看！"沈璃蛮横的法力顺着枪尖延伸，金光硬生生地刺穿妖兽的整个身体，穿过它的腹部扎进土地。蝎尾狐痛得大声嘶吼。沈璃沉声怒吼，搅动刺穿它的银枪，竟是想将它活活劈开。

可是那金光却在沈璃拖动妖兽的过程当中越来越弱，直至全部消失，而蝎尾狐的身体猛地膨胀，站在它背上的沈璃清楚地看见了它的肌肉飞快愈合，几乎要把她的银枪卡死在肉里。

"哈哈哈哈哈！"蝎尾狐大笑，"乳臭小儿竟敢放肆！"它张着血盆大口猛地回首，同时蝎尾一摆，将沈璃逼退数步，沈璃只觉头顶一暗，腥臭腐烂的味道蹿入鼻腔，她一回头，只来得及看见蝎尾狐锋利的牙齿和满是血液与毒液的口腔，然后视野猛地一黑。

"王爷！"尚北将军惊呼，众将士心头大乱。

碧苍王……那个战无不胜的碧苍王竟被吞了……

蝎尾狐的身体又长大了几分，它极为畅快地长啸，声音比开始时更加慑人："哈哈哈，待我放出兄弟们，必重振魔界雄风！哈哈哈！"

忽然，它声音一顿，身子猛地一颤，似有波动自它身体里传出，越来越快，越来越剧烈，以至于让惊惶中的将士也看出了它的身体在不受控制地颤动。

尚北将军的目光落在蝎尾狐的喉咙处，忽见它的喉咙慢慢胀大，蝎尾狐痛苦地蜷紧爪子，蝎尾不停地胡乱甩动。其时，卡在它背上的红缨银枪忽然消失。只见它喉咙里猛地刺出一道金光，照进了所有人灰暗的眼睛里，紧接着，数道金光自它喉咙处射出。

蝎尾狐张大了嘴，却已经发不出声音，它仿佛在与那光芒做着激烈的争斗，最终，红缨银枪的枪头自它喉咙处刺出。光芒一盛，只听一声巨响，蝎尾狐的头颅被人从里面生生斩掉，滚落在地。而与它头颅一起落地的还有那个深衣女子。

她染了一身的血和不明液体，头上的发带已断，长发披散而下，一身杀气未歇。

她慢慢走到蝎尾狐的头颅前，轻蔑地看它，一双赤红的眼在瘴气弥漫中更显恐怖。

"不……不可能。"蝎尾狐的嘴还在动。

"没人告诉过你吗？"沈璃一脚踩在它鼻子上，"不能乱吃东西。"

银枪刺入它的眉心，蝎尾狐的眼睛翻白，死前它的嘴角还在颤动。"明明……只是个……小丫头。"离世前的最后一眼，它看见沈璃眼中赤红的光，好似忽然了悟，"原来……"

竟是这样。

双眸合上。

沈璃拔出银枪直指长天。"妖兽已诛！"

场面静了一瞬，紧接着爆发出高声呼喝："碧苍王！碧苍王！"

然而不管将士再怎么欢呼，此时沈璃的耳边已听不到任何声音了，她眼中的世界已经模糊，下意识地一转身，本想往营地那方走，但却看见欢呼的将士之外，有一个白色身影在重重雾霭之中静静地望着她。

行云……

她艰难地迈出一步，向着那个方向而去，连红缨银枪掉在地上也未曾发觉。血水顺着她的脚步落了一地。众人这才发现她左手已断，脸颊的皮肤也有一处被毒液灼伤，周遭静默，看着沈璃走的方向，默默让出一条路来，沈璃却什么也没感觉到，她眼中的赤红慢慢褪去，除了那身白衣外，她什么也看不见了。

于沈璃而言，这沙场已经变成了虚妄幻境，只有他在的地方才是出路。

行云……

沈璃吃力地抬起右手，指尖触碰到了温热的肌肤，她带血的指尖在对面白净的脸上抹下了一条黏腻的血迹。她好似听见从天外传来的声音，有人温和地笑着对她说："沈璃，吃饭了。"

嗯，她想吃他做的饭了。

她想念他了。

指尖滑下，她一头栽进一个温热的怀抱里。那里没有药香，但同样温暖。

第七章

———

被唤醒的墟天渊封印

湿腻温热的身躯在他怀里软倒，身子往下滑，他却不嫌弃地一只手将她拦腰抱住，而沈璃带血的右手自他脸颊旁落下时也被他轻轻抓住，手掌一转，指尖按在她的脉搏之上，白衣人眉头一皱："营地在何处？"

　　尚北将军疾步而来，本想沈璃待嫁之身被一个陌生男子抱在怀里不合礼数，欲将沈璃要回，但见这男子一身仙气四溢，想来应当是天界派来的使者，便也没急着将沈璃带回去，只是仙界……只派了一人下来？

　　"阁下是？"

　　"天外天，止水阁，行止神君。"

　　魔界的人对天外天不熟，也不知道什么止水阁，但天上天下叫"行止"的神仙约莫只有上古神那一个，给沈璃赐婚的神……

　　尚北将军面容一肃，若是他的话，当真只要一人便可。

　　"说来抱歉，太久未曾下界，我一时迷了路，这才来晚了。"

　　尚北将军一默，也不好指责什么，回头下令道："清战场，扶伤病者回营！"他快一步走到行止身边，伸手道："不敢劳烦神君，王爷由我来扶着吧。"

　　"不。"行止身形一转，躲过尚北将军伸来的手，"我抱着不碍事。而且，是她自己跑过来的。"言罢，他也不理尚北将军，自顾自地往前走了几步，倏然一转头："对了，营地在哪儿？"

　　尚北将军默然，天外天行止君这脾气……还真是……有特色。

　　阳光随着摇摆的绿叶晃动，风微凉，药草香，她慢慢坐起身子，看见青衣白裳的男子躺在摇椅上，慢悠悠地晃荡。"吱呀吱呀"的声音，诉说着时光的宁静安详。

摇椅慢慢停下，男子转过头，静静地看着她："怎么？饿了？"

"没有。"她素来挺得笔直的背脊倏地微微一蜷，唇角竟破天荒地扬出了一丝苦笑，"只是……好累。"

脑袋上一暖，温热的手掌轻轻地揉了揉她的脑袋。"歇歇吧，已经没事了。"

"嗯。"

她静静闭上眼，又虚空一抓。"等等！"沈璃猛地惊醒，身上伤口猛地作痛，左手更是自肩膀一路痛到指尖，即便是她也忍不住咬牙呻吟。

"王……王爷何事？"

沈璃定睛一看，一名小兵正惊惶不安地望着她，她四周一张望，这才发现自己躺在营帐里的床榻上，浑身疼得像要散开一样，不用看沈璃也知道，此时的自己必定被包得像个粽子。而脑海里纷至沓来的回忆让她哪儿还躺得住。

"扶我起来。"

小兵摆手："王爷不可，那个……那个说了，不能乱动的。"

定是啰唆的军医交代的一些乱七八糟的忌讳，沈璃心头不屑，但也没有继续逼人，接着问道："此一役，战亡人数可有统计？可有超度亡魂？墨方将军呢，伤势如何？"小兵被她这一连串问题问得呆住，撒丫子便往外面跑。"我这就去叫将军来！"

沈璃气得捶床。"我又不吃你！啊……痛痛……"

"呵。"

一声轻笑不知从何处传来，沈璃一惊，却没有见到帐内有人，她眉头一蹙，正欲扬声询问，忽见门帘一掀，墨方也是一身绷带地踏了进来，他拄着拐杖一步一步慢慢挪到沈璃旁边，但见沈璃睁着眼，他长舒一口气，憋了许久才憋出一句："王上……可好？"

沈璃一愣，笑道："墨方这话当问问自己。"沈璃望着他这一身狼狈的样子，又感觉到自己满身疼痛，忽而笑道："恍然记起前些日子我还与魔君争吵过，说那天外天的行止君没什么了不起，不过封印了几头畜生，还要劳得我魔界为他看守封印。现在想来，这话说得当真该死。墟天渊中这般妖兽少说也得以千数计，将它们全部封印起来，确实是对三界有恩啊！"

沈璃尚未感慨完，便见墨方扔了拐杖，倏地屈膝跪下，拼着挣开伤口的危险，俯首道："致使王上受此重伤，墨方该死。"

沈璃一怔，沉默了半晌，声音一冷道："照你这样的说法推算而来，本王当是万死不足以弥补过错了。那些在战场上战死的兄弟，皆是因为我没有将他们保护好，连性命也让他们丢了。"

"自然不能怪王上！"墨方抬头，"能斩此妖兽皆是王上的功劳，怎还可责怪……"

沈璃一声叹息，声音柔和下来："所以，起来吧。也没人可以责怪你。"

墨方眼眶微热，他咬紧牙，在地上轻轻一磕，却久久未抬起头来。"王上不明……是墨方不能原谅自己。"清醒之时，得知沈璃重伤昏迷，他慌乱奔来，见她一身是血，气息微弱得几乎无法察觉，他……

墨方声音极小："因为受伤的是你，所以，我才不能原谅自己。"

恍然间听到这么一句话，沈璃倒抽一口冷气，愣愣地盯着墨方："墨方你……你不会……"

"王上已在墨方心里……住了许久了。"

自杀敌得到第一个荣誉以来，她几乎没有像普通魔界女子一样穿着打扮过，以前看见别的女子，她心里尚会有所感触，但自穿了一次绣裙被群臣以惊骇的眼神打量之后，沈璃便再也没碰过女人的那些东西。是以今日被人表白，她竟比看见厉鬼还要愕然。"……你莫不是……毒入脑髓，整个人不好了吧？"

"墨方很清醒。"像是要把心剖开给沈璃看看一样，墨方直言道，"墨方喜欢王上，我喜欢沈璃。"

沈璃一口气憋在胸腔里，险些吐不出来，但见墨方一直俯身未起，沈璃眉目微沉，肃容道："不行。"墨方抬头看她，但见沈璃正色道："这件事情不行。我要你肃清感情，把这些念头连根拔起。这是军令。"

墨方又默默地颔首磕头："得令。"

帐内一片静默之际，帐外忽然传来尚北将军慌乱的呼喊："啊……行止神君，现在别进去……"

"为何？"说这话时，一只修长的手指挑起门帘，门帘拉开，沈璃定睛一看，逆光之中，白衣人正扭过头和背后的人说话，曳地长袍在灰扑扑的魔界显得过于累赘，但正是这份累赘，让来者多了魔界之人不会有的清高之气。

"这个……这个……"尚北将军透过缝隙看见了营帐里跪着的墨方与躺在床上的沈璃，他无奈一叹，"算了，没事。"

行止缓步踏进营帐内，沈璃呆呆地望着他，脑海里蓦地闯进她昏迷之前看见的那道白色身影，她以为是她的幻觉，原来竟真的是"行云"。

"你……"

尚北将军忙进来将墨方从地上扶起，抓着他的手才感觉到他手心全是冷汗，一片冰凉。尚北将军心里一声轻叹，转而对沈璃道："王爷，这是天外天的行止神君，特来加持墟天渊封印的。"

"行止……神君？"沈璃挣扎着要坐起身，行止上前一步轻轻摁住她的肩头。"伤口会裂开。"

"你有没有去过人界？"沈璃问，"你认不认识行云？"

行止给沈璃拉好被子，声音冷淡："不认识。"他将沈璃的手腕从被窝里拿出，轻轻扣住她的脉搏，半晌后道："气息平稳了许多。"

沈璃静静地望着他，四目相对，行止浅笑道："早闻碧苍王骁勇善战，而今一见，这一身英气确实令人佩服。只是再好的底子也禁不起王爷如此折腾，还请王爷为了魔界，保重身体。"

一番客套话说得如此动听。沈璃眨眼，收敛了眸中情绪，神色沉静下来："有劳神君。"

他不是行云。

他的五官比行云多了几分英气，身材也比行云高大一些，这一身透骨的清冷也是行云不曾有过的。行云性子寡淡，但对人对事皆有分寸礼节，而这人，从他不请而入的行为来看，必定是常年横行霸道惯了。

"而且，接下来我还要在此处待一段时间，千年未曾来过，不知此地有何变化，我得先将此处地形勘探清楚，方能进入墟天渊加持封印，彼时尚得劳王爷为我带路。"

闻言，屋内三人皆是一怔，尚北将军道："神君若要人领路，军中有熟悉周边地形的将士可以效劳，王爷如今身受重伤，恐怕得静养些时日。"

"将军不必忧心，王爷的身体我自会为她调理，不出三日，她便能活动自如。带路一事对她并无妨害，多活动一下也有利身心。"

墨方眉头一蹙："在下愿替王爷为神君领路。"

行止的目光这才悠悠然地落在墨方身上，他定定地望了他一会儿，倏地一笑："不，我就要她带路。"见墨方拳头一紧，行止唇边的弧度更大。沈璃忙道："如此，这三天便有劳神君了。"

"就这么定了。"

走出沈璃营帐，尚北将军将墨方送去旁边的营帐。行止独自在军营中散步，转过一个营帐，忽见一个小兵正惊惶地望着他，他一琢磨，转头看了小兵一眼，小兵拔腿便要跑。"站住。"行止扬声唤住他，小兵便像被定住了一般，没有动弹。行止走到他身边，在他脑袋上轻轻一拍。"忘掉。"

小兵脑海里幕地闪过一个画面，他进王爷营帐收拾东西，却见白衣人在王爷床头坐着。

"好累……"

"歇歇吧,"白衣人用手摸了摸王爷的脑袋,"已经没事了。"

察觉到有人进来,白衣人转过头,食指放在嘴唇上,发出轻轻的"嘘"声。然后身影渐渐隐去,直至王爷醒来,大喝:"等等!"

小兵一睁眼,见白衣人在他面前走过,他脑子里有些模糊的印象,却什么也记不得了。他挠了挠头,心感奇怪,但又说不出哪里奇怪,只有目送白衣人离去,这才想起来,自己应该去王爷营帐里打扫了。

行止拆下沈璃手臂上的精钢夹板,在她的穴位上按了按,正治疗得专心,忽听沈璃问道:"你说千年前你在这周围留下了四个东西做墟天渊的二重封印,但常年在这周围巡查的将士并不知道有这几个东西。你记得大概把它们放在什么方位了吗?"

"嗯,一个在山顶,一个在湖底,还有……"行止一边答话,一边放开了沈璃的手,"手臂动一动。"

沈璃坐在床榻上乖乖听从行止的指挥,先弯了弯小臂,然后抡胳膊转了几圈,身上竟没有哪一处地方感到疼痛,这样的恢复速度让她感觉惊讶,若是往常,如此重伤至少也得恢复半个月,而行止只用了三天,便真的将她治愈了。

"嗯,看来是没有大问题了。"他抓住沈璃的手掌,沈璃下意识地往出一抽,行止不解地看她,沈璃这才轻咳一声:"作甚?"

行止轻笑:"威武如碧苍王,竟还会害羞吗?"他不客气地抓住沈璃的手,然后十指相扣,淡淡道:"只是想检查一下你左手的细小关节罢了。你用力握一下我的手。"

沈璃闻言猛地抬眼,望了行止一眼,但见他神色如常,沈璃又垂下眼眸,然而却半晌也没有使劲,行止奇怪:"何处不适?"

"没……"沈璃揉了揉眉心,"只是怕一用力,把你手捏碎了。"

这下倒换行止一愣,转而笑道:"王爷尽可放心大胆地捏,碎了我自

119

己赔就是。"

这话仿佛点醒了沈璃一般，她这才想起，坐在她面前的是天外天的行止神君，拥有不死之躯，哪儿是那个轻轻一捏就会死掉的凡人行云。尽管心里一遍又一遍地告诉自己，这是不同的两个人，但看着相似的面庞，还有这偶尔露出来的像极了的笑，沈璃真是太难控制自己的思绪了。心头一恼，沈璃手掌用力。

"嗯，好了。"行止几乎立即道，"恢复得很好。"他抽回手，道："如此，王爷收拾一下，今日下午便领我去四周走走吧。"

"下午就去？"

"晚上也可。"

"不，就下午吧。"

又……不知不觉地被他压制了，沈璃觉得，这个行止神君当真太难缠。

"这附近只有军营南方那一座高山，虽然这些年已不管什么用，但先前几百年却是它阻碍了瘴气往魔界其他地方流去。今天出来得晚，有湖的地方来不及去，我们便先去山中看看吧。"沈璃拿着将士给她画的地图，认真地给行止指路。

行止却在她身后不停地鼓捣衣袍。沈璃按捺住脾气，道："神君，今日先去山里看看吧。"

"嗯。"行止抓住拖地的衣摆，指尖一动，过长的衣摆被割断，行止随手一扔，洁白的绸缎随着带瘴气的风慢慢飘远，"走吧。"

沈璃的目光追随着那片云锦绸缎，一时没有转过来。在魔界，那样的衣料即便是魔君也穿不了，而在仙界，这样的东西却是别人随手丢弃之物，沈璃转头，看行止一身云锦绸缎做的白袍，即便是在魔界待了几天，也未见它有多脏。据说斩杀蝎尾狐那天她晕倒在行云身上，抹了他一身血渍，他也不过是沾水擦擦便干净了。

想着戍守边境的将士那一身肮脏，沈璃眼眸微垂，这样的不公平，还真是让人如鲠在喉呢。

见沈璃未动，行止奇怪，问道："怎么了？"

"没事。"沈璃摇头，接着一言不发地走在了前面。

下午时分，山中已是雾气氤氲，加上瘴气常年不散，即便是白日，这里在五步开外也已经无法视物。沈璃一边在前面看着地图找方向，一边用手折断挡路的枯枝，尽管那些枯枝在瘴气的侵蚀下已经脆弱得一碰就碎。

"此处离营地近，但是离墟天渊却比较远，将士不常来这个地方，对这里不大熟悉，所以地图也只画到了半山腰。这里瘴气漫天，就算我们直接飞上去，也根本看不到可以落脚的地方，所以上山的路我们还得自己寻一下。"沈璃说完这话，背后半天没有人应声，她心感奇怪，回头一看，背后只有朦胧雾霭，哪儿还有行止的身影。

她一愣，眨巴了两下眼睛。据说这神君来魔界的时候便找错了路，现在……莫不是又走失了吧？

"行止神君？"沈璃沿着来时路往回找去，"神君？"

没往回走多久，沈璃忽觉周遭空气微微一变，气息流动莫名变快，她又寻了几步路，一阵清风刮过，吹散遮眼浓雾，白衣仙人从彼方缓缓踏来，他走过的地方雾霭尽散，被瘴气笼罩了数百年的山林似被新雨洗过，虽仍不见绿叶，但空气却已清新。

沈璃愣愣地望着他，看那一身白衣在气息流动之下轻轻飞扬，反射着魔界稀有的光芒，映入沈璃眼底，让她心里那些阴暗的情绪也随之消失无迹。

这就是……上古神啊。

与天生好斗善战的魔族不一样的神，不管再污浊的空气也能涤荡干净……

翻飞的衣袂从她身边擦过，行止向前方走出两步，回过头来看她："该走哪边？"

与 凤 行

沈璃一眨眼，这才回过神来，刚想将手里的地图拿起来看看，但被脚边一个东西猛地一撞，手一滑，地图随风一转，飘下山，消失在下方的雾霭之中。沈璃欲一跃而下，却觉脚被什么东西拖住，低头一看，一头头上长了四个耳朵的小野猪咬着她的脚脖子，虽没伤到实质，但这一耽搁，却让她再也找不到那张地图。

她心头邪火一起，弯腰提着小野猪蜷着的尾巴，狠狠在它屁股上揍了两巴掌。"碍事的东西！"

小野猪极为狂躁地在她手上乱动。一双猩红的眼睛盯住沈璃，对她嘶叫。行止眉头一皱："它被瘴气污染，已化为魔物，把它放下，我来将它烧了。"

"没必要。"沈璃手臂一甩，那头小野猪便被她扔下山，伴着一串惊慌失措的尖叫声，没了踪迹。"这些年魔界受瘴气影响而化为魔物的东西多了去了，只是它们多是动物，攻击性不强，一般百姓也能对付。"沈璃凭着记忆找到刚才走的那条路，一边往上爬一边道："在这种山里活下来也不容易。就它而言，也没做出什么坏事来，就这样杀掉它，未免太不合理。就算它以后做坏事，也要等做了之后才能罚它。"

行止微怔，打量着沈璃的背影。"碧苍王竟也有这般善良心性啊。"他眸中情绪微微沉淀下来，随着沈璃走了一段路，才道："依我的习惯，倒是喜欢在麻烦变大之前，就将它控制住。"他顿住脚步，目光沉沉地盯住沈璃。

"那样的话……"沈璃侧过头瞥了他一眼，并没有留意到行止眼底的情绪，她唇角一勾，笑意中透露了天生的自信与不羁，"日子不是太无聊了吗？"

行止沉默了一瞬，倏地笑道："是挺无聊的。"

越往山上走，沈璃越找不到方向，眼瞅着天快黑了，沈璃不由得有些烦躁起来。行止却道："有月华相顾，自是更好。"他迈的步子像在自家后院散步一样，沈璃见他如此，也不好催促，只有和他一起慢慢在荒山上晃荡。

不知不觉走到天黑，穿过一条枯树丛生的山路，沈璃眼前豁然一亮，头顶的月亮又大又圆，让她惊讶得不由得微微张开了嘴，在魔界，已有多久没看见过这样的月色了？

"山顶，爬上来了。"行止自她后面走上前来。一袭白衣映着月光，在沈璃漆黑的瞳孔里照出了清晰的轮廓。他慢慢走向前，停在一棵巨大的枯树前。

沈璃这才看见，山顶这棵大树与别的树不同。它虽已枯败，但有的枝杈尖端还有树叶在随夜风而舞，簌簌欲落。

行止将手放在树干上，枯树好似发出了哭泣的声音，树干颤动，连大地也与它一起悲鸣。行止垂下眉眼，半是叹息，半是安抚道："辛苦你了。"白光自他手掌处蔓延开来，灌入枯树，顺着它的根系进入大地。沈璃几乎能看见那些光华在自己脚下流过的痕迹。

土地微颤，仿佛唤醒了山的神识，瘴气被荡尽。沈璃站在崖边往山下一望，这才发现，他们下午走过的路被光芒照亮，像是一道字符，印在山体上。

月光、枯树，还有这不明字符连成一线，贯通天地，散尽雾霭与瘴气。

原来，从一开始他就计算好了啊，下午出发，在山上画出封印字符，借着月华之力，清除山上瘴气，唤醒封印之物。如此周全的安排，他却没有透露半分。

这人……

"碧苍王。"行止忽然在树下对她招了招手。沈璃心中带了丝戒备走上前去，却见他踮起脚尖，从树上摘下一片刚长出来的新叶递给沈璃，笑道："魔界长出来的叶子。"

沈璃愣愣地接过，触摸到这微微冰凉的叶面，心头不知是何感触，魔界的叶子，这新绿的颜色多么有生气。真想让魔界的小孩以后能看到这样的叶子。她目光一柔，唇角弧度微微勾起。过于专注抚摩叶子的沈璃没有看见，身旁男子的眼神也随之柔和下来，望着她，无声地弯了弯唇角。

"要去树上坐一会儿吗？"

沈璃一呆："可以吗？"她有些小心地指了指树干，不大敢触碰它。"不会碎掉吗？"

行止被她逗笑："碎了我赔就是。"

他将沈璃的腰一揽，两个人坐上粗壮的树干。月华照进树叶还没长密实的树冠中，沈璃瞪大眼看着枝杈和新叶慢慢长了出来，不由得感慨："真美妙。"她道："它们像在唱歌。"

闻言，行止顺手摘了一片叶子放在唇边，一曲悠扬的调子自他嘴里吹出。沈璃惊喜地回头，望着行止，见他吹得那么轻松，便也将手里的叶子放在嘴边，学他吹起来。可她一用力，口中气息将叶子猛地吹出，那片新叶如利箭一般脱手而出，径直射进土地。

"呵！"树上音乐一停，沈璃愕然，转头看他，然后眼睛眯了起来。"神君，你是在嘲笑我是吗？"

"不，我是觉得，"行止望着夜空笑道，"今夜月色太好。"

山里清新的风吹到军营中，破开瘴气，让众将士仰头看见了天上的明月，军营中响起此起彼伏的惊叹，有人扶着伤兵出了营帐，这一轮明月是多少人求而不得的。

白石垒起来的练兵台上，墨方静静坐着，一双眼睛盯着那印了字符的山，神色沉静。

"给。"一壶酒蓦地扔进他怀里，尚北将军翻身跃上练兵台，在墨方旁边坐下，"伤者不宜饮酒，所以给你兑了点水，哈哈。"

墨方拿着酒壶晃了晃。"我不喝酒。误事。"

"喝不喝都拿着吧。"尚北将军仰头灌了一口酒，转头看了墨方一眼，"你可是还觉得行止神君欺负了小王爷？"墨方不答话，尚北笑道："那神君脾气着实奇怪，不过，你看看，感受一下那方清净的气息。今日去的若不是王爷，即便换作你我，只怕也早被那样的清净之气净化得腿都软了吧。"

墨方点头，他岂会想不通这个道理，即便当时想不明白，现在看了这轮明月，感受到了这徐徐清风，心里也明白了行止神君的考量。但墨方在意的并不是这个，而是……

"呃，不过说来，这月亮都出来这么久了，正事也该忙完了吧。神君和小王爷怎么还不回来？"

墨方握紧酒壶，沉默地拔开塞子，喝了一口闷酒，有了第一口，紧接着便有了第二口、第三口，直到脸颊升起红晕，尚北将军觉得差不多了，他嘿嘿一笑，眼珠转了又转，心里一遍又一遍地提醒自己说话要委婉，但一开口却是一句直愣愣的："你到底喜欢小王爷什么地方啊？"言罢，他便抽了自己两个嘴巴子。

而此时微醺的墨方却只愣愣地望着明月，似自言自语地呢喃着："什么地方？没什么地方不喜欢。"

尚北将军闻言一怔，挠了挠头："这可真是糟糕。"

天空中一道白光适时划过。落在主营那边，墨方忙起身走去，绕过营帐，但见行止将一片树叶从沈璃头上拿下，沈璃不客气地从他手里将叶子抢过，道："改日我定吹出声音给你听听。"

行止一笑："静候佳音。"他转身离去。沈璃也不留恋，转身欲进帐，但转身的一瞬，眼角余光瞥见了一旁的墨方，沈璃脚步一顿，扬声唤道："墨方。"

墨方眉目一垂，走过去，沈璃却静了一会儿，道："我此次出来魔君并不知晓，不如你先回王都，将此间事禀报魔君，顺便也早点回去养伤。"

是……支他走的意思吗？墨方单膝跪下，颔首领命："是。"

沈璃张了张嘴，本来嗅到他身带酒气，想嘱咐他，受伤不宜饮酒，但现在这样的情况，她还是什么都不要对他说比较好吧。她一转头，回了营帐。只留墨方在那处跪着，许久也没有起来。

翌日，沈璃在军营阵地外目送墨方一行人离开，她心中叹息，这千百年来好不容易碰见一个喜欢自己，还有胆量来表白的，只是碰见的时机不对啊。她若是喜欢一个人，定要将所有都给那个人才是。以后会变成怎样沈璃不知道，但她现在心里还装着行云，尽管行云已经不在了，她也没法去喜欢别人，因为那样，既对不住自己先前那番心意，又对不住别人现在这番情谊。

而且……沈璃额头一痛，无奈叹息。不是还有个拂容君嘛。

沈璃仰望澄净许多的天空，心头不由得轻快了一些，今天再带着行止神君去另一个封印的地方，这里的空气就会变得更好，将士的心情也会跟着好起来吧。她唇角一勾，倚着篱笆抱起了手，觉得自己已经好久没有这么期待去做一件事了。

可直等到日上三竿，行止才踏着慵懒的步子缓缓而来。沈璃按捺住脾气，道："神君可知现在是什么时候了？"

行止并不接她的话，反而轻声问道："叶子吹响了吗？"

沈璃脸色一僵，想到昨晚被自己吹得炸开了的绿叶，她轻咳一声，道："先办正事。昨日你说了两个封印的地方，山顶我们已经去过了，今日便去湖底吧。这附近只有西面才有湖，昨日山顶的净化已让视野清晰了许多，咱们驾云过去便是。"

"嗯。"

今日这一路倒是来得顺畅，只是到了湖边，沈璃不由得皱了眉头。这湖水常年吸纳瘴气，已变得混浊不堪，与其称湖水，不如叫泥潭。行止像没看见这水脏的模样，转头道："我们下去吧。"

沈璃一愣，愕然地抬眼望他："下去？"她立即摇头："不了，将士平日里巡查也没下去过。没有下面的地图，我也找不到路，帮不了你，神君自行下去就是，我在岸上等着。"

行止笑问沈璃："王爷可会凫水？"

沈璃天生与水犯冲，与水相关的法术她一概不会，凫水自然也是不会的，行云院里那么小个池塘都差点将她淹死，更别提这一湖什么都看不见的泥水了。沈璃不大习惯将弱点暴露在人前，但此时也只好扶额承认："不会。"

"避水术呢？"

"不会。"

行止点头，沈璃乖乖地往后退了一步，却听行止道："如此，我牵着你便是。"

"咦？"沈璃怔然，"等等……"哪儿还等她拒绝，行止不过手指一掐，沈璃眼前便一片黑暗，但她却能听见耳边"咕噜噜"冒水泡的声音。知道自己现在在水里，沈璃心头一紧，掌心传来另一个人的体温，此时什么依傍也没有的沈璃只好紧紧握住行止的手，她憋着气，浑身僵硬。

"不用这么紧张。"行止淡淡的声音从前面传来，"和在地面上一样呼吸就好。我的避水术还不至于被你吹破。"

沈璃闻言，尝试着吸了一口气，察觉当真没有水灌进嘴里，她这才松了一口气，放心地呼吸起来。然而消除紧张之后，沈璃心头升腾起的却是遏制不住的怒火。"你真是蛮不讲理！"

"松手的话避水术就没用了。"

闻言，即便心头还有邪火，沈璃也乖乖地将行止的手紧紧握住，嘴里还不满地喝道："这下面一片漆黑，你拖我下水有何用？让我上去！"

"因为一个人走会害怕。"

一句轻描淡写的话从前面丢过来，噎得沈璃一时不知该如何接。她哽了好半天才腹诽道：老人家一个人在天外天活了不知道多少年了，这天上天下什么风浪您没见过！湖水还会让您害怕吗！您逗我玩呢！

但想起昨日山上那道字符，沈璃心道，这人必定是心里早有计划，拖她下水必有原因。她就此揣了个心眼，接下来的一路走得无比戒备。

127

与凤行

但直至行止停住脚步，轻声说："到了。"这一路来什么也没发生。

沈璃心里正奇怪，忽见前方亮光一闪，她定睛一看，一个形状奇怪的石像正闪着透蓝的光，而行止的手掌放在石像的顶端。他轻轻闭着眼，口中念叨着沈璃听不懂的咒文，四周的水皆在颤动震荡。忽然间，那石像上掉落了一片尘埃，露出里面透明的晶状体，晶莹的光闪得沈璃眼睛微微刺痛。紧接着，掉落的尘埃越发多了起来，整个石像彻底蜕变成了一根坚固的冰柱！

随着行止力量的注入，沈璃觉得周遭的水温慢慢变得寒冷起来，而冰柱之中似有水在搅动，忽然之间，水流冲破冰柱顶端，径直往上冲向湖面。清澈透亮的水从柱子里面不断涌出。让漆黑黏稠的湖水逐渐变得干净透亮起来。

沈璃仰头，望着头顶逐渐透过湖水照进湖底的阳光，心里难得一片恬静澄澈。这不断涌出的新泉像是浇在了她的心上，洗涤了所有猜忌和戒备。

"以后湖里会有鱼吧？"

"自然。"

她回头看行止："不是还有两个封印吗？在哪里？赶快找到它们吧。"

"另外两个封印，更不用着急了。"行止轻轻拍了拍冰柱，像是安抚，他牵着沈璃转身往回走，"一个就在军营之中练兵台下的土地里，一会儿回去你让将士避让一下，便可加持封印；另外一个便是牵引着墟天渊的精钢锁链了，那链条就在墟天渊前。"

原来，他都记得这些东西在什么地方……沈璃一琢磨，呢喃道："山顶的是木，湖底的是水，营地中是土，墟天渊前是金。五行有其四。"她皱眉："还有火呢？五行不齐，那么大的二重封印可加持不了。"

行止一笑："待处理好另外两个，我自会寻有'火'的地方而去。王爷无须忧心，行止既然来了，便会还这边境一个清净。"行止转身欲走，不料衣服后摆却被冰柱钩住，他下意识地松了沈璃的手去拉扯衣服，待回过头来，看见沈璃正挑眉望着她自己的手心，继而眼神一转，神色微妙地打量他。

行止一愣，摇头笑道："暴露了。"他本以为沈璃又得对他一顿呵斥，哪承想一抬头，却对上沈璃愣然的目光。行止微微收敛了唇边的弧度，一边往前走，一边道："回去吧。"

依行止所言，剩下的两个封印，其中一个在营地中练兵台下的土地里，是镇地兽的石像，她让营中将士皆退避至营外三里地处，自己也欲离开时，行止却招手让她留下："加持这个封印有些费时，而且不得中断，你在旁边给我护法，别让人来打扰我。"

"将士都退到三里地外了，还有谁敢来打扰你……"沈璃张了张嘴，这话却咽到了肚子里。她沉默地在一旁站着，静静看着行止将手放在镇地兽的脑袋上，与之前两个封印一样，光华顿起，脚下土地颤动，而这次沈璃却没有注意周遭的变化，只盯着行止的侧脸打量，漆黑的眼睛里不知沉淀了什么情绪。

干燥如沙漠的土地渐渐湿润，有小草自各个营帐的角落慢慢长出，渐渐地，四周空气变得洁净，然而与之前两次不同的是，沈璃并未感觉心中轻快多少，反而有种快被这清净之气抽空力气的感觉。

只是这感觉只出现了一瞬，沈璃也并未在意。待行止施术完毕，她淡淡收回目光，转身往前走。"去墟天渊吧，待此事处理完毕，我也该回朝领罪了。"

行止望着她淡然离去的背影，目光微凝。

沈璃并未真正到过墟天渊前，上次斩杀妖兽的地方离墟天渊也还有一段距离。所以，当沈璃仰头看见延伸至天际的巨大黑色缝隙时，不由得愣了神。浓郁的黑色瘴气自缝隙中不断涌出，然而三个封印已被重新唤醒，压制了外溢的瘴气，使其在涌出之后极快地消失。但即便如此，这里的瘴气仍旧让靠近的人心中沉闷，可想而知，在封印被唤醒之前，这里的情况有多恶劣。

与凤行

墟天渊与依靠自然力量铸就的雪祭殿不同，墟天渊乃是从这个世界撕裂出来的另一个空间，是由她身旁这人，以一己之力撕出来的巨大囚笼，里面囚禁的是比蝎尾狐要强大数倍乃至数百倍的妖兽怪物。

沈璃目光微沉，稍稍一转，见身旁的人一步踏上前来。瘴气刮成的风拨乱他的衣袍与发丝，但却乱不了他眉宇间的坚定与淡然。

真的是……一模一样。

沈璃倏地失神，但见行止仰望天际的脸上，眉头微微一蹙。沈璃敏感地问道："怎么了？"

"没事，只是此处比我预想中要糟糕一点。"行止上前两步，右手往前一探，五指慢慢收紧，"不过也无妨。"他话音一落，只听"唰"的一声，一道光亮自土地中蹿出，猛地钻进行止的掌心。

沈璃定睛一看，那竟是一条布满锈迹的锁链，那链条一端被行止握住，另一端却还连在土地之中，行止口中念动咒文，手腕轻轻一动，锁链上锈迹尽褪，链条紧绷，沈璃听见自地底传来轰隆隆的声音，巨大的黑色缝隙两边也有链条转动，瘴气流出受阻，没了瘴气阻碍视线，沈璃这才看见那缝隙其实不过两尺来宽，且在锁链的拉动之下慢慢变窄。

忽然之间，墟天渊之中传来一声极为刺耳的嘶吼。沈璃心头一紧，手一探，红缨银枪霎时出现在手中，她一心戒备，却听行止不慌不忙道："别急，它们出不来。"

话音未落，里面又传来了此起彼伏的嘶叫声，伴随着巨大的撞击声，震动墟天渊的缝隙，令大地震颤不断。沈璃几乎感觉到了其中泄漏出来的汹涌杀气，夹杂着被囚禁千年的仇恨，欲要冲出来将行止杀而后快。

沈璃眉头紧皱，紧握红缨银枪的手用力到泛白，忽然，行止手中锁链一抖，妖兽嘶吼的声音中好似夹杂了一个人声，先是极小，模模糊糊让人听不清楚，待行止口中吟诵咒文，锁链周遭闪耀起极为刺目的白光，墟天渊中传来的颤动也越发剧烈。沈璃的心跳不由自主地跟随着那颤动加快，而那个人声像是破开封印冲了出来，在她耳边嘶叫着："吾必弑神！吾必弑神！"

其声凄厉乱人心弦，似一道魔音，钻进沈璃的耳朵里，不停地在她脑海里回响，使她头痛欲裂，即便沈璃再逞强，此时也不由得一手扶住额头。她闭上眼，待再一睁开时，瞳孔中泛出一片猩红，心底好似被人撩起了汹涌的杀气，欲寻一处战场痛痛快快地厮杀一场，渴望鲜血来冲刷心头的骚动……

行止的白衣翻飞，他一眼也没往身后看，只面不改色地吟诵完最后一句咒文，将锁链一松，携着炽白光芒的锁链被拉扯着缩进土地。紧接着，缝隙两旁的锁链上光芒一盛，里面妖兽的嘶吼近乎尖叫，却在这最吵闹之时戛然而止！

与此同时，一道清明之气也倏地闯进沈璃体内，其力蛮横，不似先前那几道封印一般使人如沐春风，而是径直在沈璃胸口一沉，撞掉她方才莫名涌起的嗜杀之意。逼得沈璃硬生生吐出一口黑血，血落入地，竟如沸水一般升腾出一股白气，消失不见。

清风一过，万籁俱寂。

巨大的缝隙也合得只有两指宽，天空澄澈，若是不留意，根本发现不了这便是封印数千妖兽的墟天渊。

沈璃愣然："这是……"

行止从衣袖中掏出一张白巾递给沈璃："污秽之气。"

沈璃怔愣地接过白巾，握在手里，看了好一会儿才放在唇边，擦干了自己嘴角的血渍。她抬眼看行止，却见他已行至墟天渊前，探手轻抚缝隙旁的锁链。"你先前与蝎尾狐争斗，被其吞入腹，身染瘴气，因你本是魔族中人，所以极易被瘴气侵蚀。我重塑封印之时也可清除你体内瘴气。"

"所以，非要我带路不可吗？"沈璃恍然，她定定地望着行止，目光一沉，"只为如此？"

"嗯，只为如此。"

与 凤 行

沈璃沉默。行止回过头来望着沈璃，声音轻浅道："属火的封印在墟天渊中，王爷体内瘴毒已除，不用再跟着我进去。自可回营地整顿军队，待此次事毕，我自会回天界。至此，不用再劳烦王爷了。"

风在两人之间横过，吹掉了沈璃手中的白巾。她直勾勾地盯着行止，抱拳，声音淡漠而疏离："多谢神君此次帮助魔界。"言罢，发丝在空中甩出了漂亮的弧度，她毫不犹豫地转身离去。

因为没回头，所以她不知道行止目送她走了多远。

是夜，明月朗朗，沈璃在营帐中收拾了一番，正准备躺下，忽见帘外有人在来回踱步，她扬声唤道："进来。"外面人影一顿，终是掀帘进帐，尚北将军看见沈璃，心里想着要委婉，但话语还是脱口而出："小王爷，你就这样把行止神君放了啦？"

沈璃淡淡看了他一眼："神君要走，又岂是我能拦得住的。"

"哎呀！"尚北将军悔得跺脚，"早知如此，我早该和神君说说的！"

"怎么？"沈璃一声冷嘲，"不过几天时间，你竟是看上了行止神君不成？"话一出口，沈璃被自己骇得一怔，尚北将军也跟着一怔，而后挠头道："小王爷说话倒越发令人惊异了。尚北岂敢有那份心思啊。不过是觉得如今王都也倍受瘴气困扰，若能请得神君去王都走一遭，即便是不施法除瘴气，也能让王都干净些时日啊。"他摇头叹气："我本还想带媳妇瞅瞅月亮的。"

沈璃默然。

待尚北将军走后，沈璃忽然睡意全无。她独自走出营帐，在军营里逛了几圈，明天，自王都来的将士要班师回朝，众人皆舍不得这清风明月，大都在营帐外坐着，或闲聊，或饮酒，畅想魔界若处处有此景该多好。沈璃只静静地从他们身边走过，心里琢磨着行止应该已经离开魔界了吧。走出军营，她仰头望着明月，不知是怎么想的，心中一个冲动竟直奔墟天渊而去。

此处气息已干净了许多。若不是两排链条在黑夜中发着微弱的光亮，沈璃几乎都要看不见那条细窄缝隙。

行止已经走了吧。伸手触碰上那条锁链，沈璃觉得她约莫是有了什么毛病，明知无人，却还巴巴地跑了过来。她自嘲一笑，刚欲抽手离去，缝隙里飘出来的风晃动了她的发丝。

沈璃一怔，鼻尖嗅到了奇怪的气息。她眉头一皱，抬头望向缝隙中的黑暗处，又是一阵风自里面吹来。

这气息……很熟悉。

沈璃正凝神回忆，忽然之间，一只眼睛出现在缝隙之中，沈璃一惊，身子欲往后退，但脚踝却像被抓住了一样，任她如何挣扎也逃脱不了。那只眼睛里流露出极为浓烈的情绪，似高兴，似疯狂。

沈璃的战斗经验是极为丰富的，除去初始那一瞬的惊讶，她立即稳住心神，掌心光华一过，银枪映着月光在她手里一转，毫不犹豫地朝缝隙中的眼睛扎去。可出人意料的是，沈璃这一枪扎去却并未落到实处，反而像扎进了沼泽地里，待她要将枪拔出，却觉得里面有股大力紧紧拽住了银枪。

沈璃咬牙，正欲动用法力，可脚下拖拽的力度忽然加大，没容沈璃呼唤一声，便将她整个人拖了进去。

微风拂过，墟天渊的缝隙外，什么也没留下。

第八章

——

花名远扬的拂容仙君

黑暗中有细碎的声音一直在耳边嘈杂作响，无论沈璃是捂住耳朵还是闭了五感，那道声音像是无孔不入的怪兽，在她脑海中，慢慢撕咬她的理智。

"闭嘴。"沈璃终是忍不住呵斥道，"闭嘴！"

"杀……"仅这一个字，时而高昂尖细，时而低沉阴狠，在她眼前慢慢化作猩红的血液，舞出她在战场上厮杀敌人的模样。胸腔中炙热的火焰燃起，沈璃眼底一热，红光乍现。忽然间，一股凉意却自她心脉中涌出，淌遍四肢百骸，像那只阳光中的温暖手掌轻轻抚摩她的脑袋。"咯咯哒，你怎么就那么暴躁呢？"

暴躁？她在那个小院已收敛了太多脾气……

"沈璃。"

一声呼唤让沈璃猛地惊醒。她睁开眼，在一片漆黑的背景之中，行止那身白衣便显得越发醒目。她望着他愣了一瞬，接着立马回神打量四周，蹙紧眉头问道："这可是在墟天渊中？"

行止一笑："王爷聪明。"

"你……神君为何还在此处？封印……"

"封印倒是重塑完了，不过是被几只妖兽的法术束住了脚步。"行止直言不讳，"这几日重塑封印花费了不少力气，不经意间让它们钻了空子。墟天渊中瘴气弥漫多年，我一时摆脱不了它们的法术，索性便在这里逛逛。"

被妖兽困在这么个瘴气弥漫、不见天日的地方，对他而言不过是换了个散步的地方嘛……沈璃本还想问他可有受伤，但听完此言，顿觉自己任何忧心都是多余的。

行止浅笑着望向沈璃："王爷也起了兴致想在墟天渊中走走？"

沈璃扶额："不，我没那兴致。不过是……"她话音一顿："不过是和将士正好巡逻到此地，我稍微走近了些，被这里的一股怪力给拖了进来。"

"哦。"行止以手托腮，琢磨了片刻，"竟然还能将你拖进来。这群妖兽倒是越发有趣了。"

这叫哪门子的有趣啊！

沈璃适时沉默了一瞬，上下打量了行止一眼。"神君如今可有法子从中脱身？不瞒神君，明日我便要随尚北将军回朝，若是早上他找不到我，必定会以为我又是……"她心头一叹，"以为我是逃婚走了。彼时又少不了一阵慌乱。"

"现在出不去。"行止扭头，缓步往前走，一片漆黑的世界之中，别说东西南北，便是连天地也分不清楚，但行止的脚步却踏得沉稳，好似他走过的地方便是坚实土地，无意之中便给了沈璃一个方向，沈璃果然顺着他的脚步往前走，略有些焦急道："神君，我当真没与你玩笑。这墟天渊中又不知时日多少，或许待咱们出去，尚北将军已经等不及，班师回朝了，回头他向魔君禀报我逃婚，我又得挨一顿责罚。"

真做了这事被罚沈璃也就认了，但这么莫名其妙地被罚，确实太让人委屈了一点。

行止转头正色地看沈璃："我像是在说谎吗？"

沈璃亦是正色道："神君说谎时从来不像说谎。"

行止神色更为严肃："这次当真出不去。"

"逗弄人很好玩吗？"

"好玩。"看见沈璃额上青筋一跳，行止终于忍不住轻轻一笑，转而问道，"你为何总是觉得我在骗你呢？"

"你难道不是总是在骗我吗！"沈璃厉声指控道，"找不到路要人领，避水术放手会失效，还有什么护法，件件事都是在骗人不是吗！"

行止一眨眼："你如此一说，倒好像是那么回事。"他浅笑："不过这件件事不都是为了清除你体内瘴毒嘛！小王爷怎还不知感恩啊？"

沈璃深吸一口气，遏制住心头邪火，平静道："多谢行止神君相救之恩，所以，咱们出去吧。"

行止一声叹息，终是拗不过沈璃，伸出手将宽大的衣袖挽上，沈璃定睛一看，这才发现行止的手臂竟不知被什么东西咬出了一排血肉模糊的印记。黑色的瘴气自伤口中蹿出，显得极为可怖。沈璃微微吸了一口气，抬头望向行止，他将衣袖放下，无奈摇头道："你看，本不想拿出来吓你的。"

"这是……"

"在处理火之封印时，不慎被妖物所伤。它们想扰我清净之力，以图封印力量变弱。"行云道，"但它们不知，如今封印既成，我即便是死在这里，封印也不会消失。除非再过千年。"

沈璃微怔，听他解释道："墟天渊是一重封印，然而如此大的一个封印，即便是神力也不足以支撑多久，所以我便随自然之力，取五行元素，成二重封印。二重封印之中，我又取火之封印置于墟天渊中，使两重封印相互融合，一则，令欲破封印者无论是从外还是从内，都无法瞬间破除封印，为守护封印的人赢取反应时间；二则，令一重封印依靠山水土地汲取自然之力更为稳固长久。然而自然之力却并非取之不竭之物，千年岁月已耗尽此处灵气。故而我前来加持此处灵气，得以让封印之力更强。"

"在重塑封印之后，这里便是以天地灵气为依托，行自然之道，锁尽瘴气。"行云晃了晃手臂，"所以，在伤口愈合之前，我出不去。至于你……我本已将你体内瘴毒除去，但这墟天渊中处处皆是瘴气，魔族的身体本就没有净化能力。很容易便会附上瘴气，虽对你无甚影响，但封印也是不会让你出去的。若是我无伤，尚可助你驱除瘴气，带你出去。至于现在嘛……"

反正就是要等到他伤好才能离开吗……沈璃眉头一皱："这伤，几时能好？"

行止轻描淡写地说："很快，逛两圈就好了。"言罢，他似想到了什么，笑眯眯地盯着沈璃："别怕，若是迟了，回头我便与你一同去王都，向魔君解释清楚就是。定不叫他冤枉你罚你。"

他手一抬，像是要去拍沈璃的脑袋，然而方向一转，却只是拍在沈璃肩头，安抚似的笑了笑。

沈璃怔怔地看着他抽手离去，想要憋住，但终究还是没憋住心里的话，对着他的背影脱口问道："神君会不会……在哪一天睡觉的时候，让神识化作人，在下界过活一辈子？"

行止脚步未停，悠闲地在前面走着。"或许会吧。"察觉沈璃没有跟上来，行止转头看她，"怎么了？"

沈璃直勾勾地盯着他，倏地一笑，三分讽刺，七分自嘲："没事，只是神君……偶尔会令我想起故人。"

"是吗？"行止继续悠闲地往前走，"与我相似之人，可当真稀少呢。"

"可不是嘛。"

黑暗之中寂静了许久，前方白色身影向前走着，像是永远也不会停下脚步一样。"碧苍王。"他忽然道，"于人于物，太过执着，总不是什么好事。"

沈璃眼眸一垂："沈璃，谢神君指点。"

沈璃落后一步，走在行止的后方，却失策地发现，于这一片漆黑之中，根本没有景色可以让自己的注意力从行止身上挪开，无论是衣袂摆动的弧度，抑或发丝随着脚步飘散的方向，都成了她仅有的可以注目的地方。

"但闻王爷先前曾逃婚而走。"行止忽然开口问道，"可否告知我，为何不愿接受这门亲事？"

提及这个话题，沈璃的眉头立即皱了起来，冷哼道："都快被墙外人摘秃了的红杏树，敢问神君想要吗？且身为天君三十三孙，一个男子活了也有千百年了，一没立过战功，二没参与政事，净学了些糟蹋姑娘的本事！若此人是沈璃的子孙，必剁了他，为魔界除此一害！"

听她说得这么义正词严，行止不由得掩唇一笑："拂容君还没有那么不堪，他并非只会糟蹋姑娘……"未等行止说完，沈璃便燃起了更大的怒火："不管他是什么家伙，我与他素不相识，何谈嫁娶！若不是神君乱点鸳鸯谱，本王岂会落到那步田地！本王还没问你，为何给我指了门这样的亲事！"

"因为……"行止仰头不知望向何方，"感觉挺相配啊。"

"阿……阿……阿嚏！"天宫中，正在撒了花瓣的浴池中泡澡的拂容君莫名打了个喷嚏，旁边随侍的仆从立即递上面巾道："仙君可是觉得水冷了？"

拂容君摆了摆手道："去给我拿点吃的。"身旁的仆从应了，刚走到门口，木门便被大力撞开，另一个仆从惊慌地从外面跌跌撞撞地跑进来。"仙君！仙君！"

拂容君连忙呵斥："站住！一身的土！不准脏了本君的沐浴圣地！"

仆从只好站在屏风外躬身道："仙君，方才有魔界的人来报，说从墟天渊中跑出来的妖兽已经被那碧苍王给斩啦！仙君您可不知，小的听说，那碧苍王猩红着眼，一枪便扎死了那天宫般巨大的妖兽啊！然后还生吞了妖兽的肉！吃得一身的血啊！"

拂容君骇得一张脸青白，忙扯了池边的衣服将周身一裹，光着脚便跑到屏风外，拽着仆从的衣襟，颤声道："当真？"

"千真万确！"

"准……准备！还不给本君准备！本君要去面见天君！"

与凤行

据说当日拂容君在天君殿前号了大半天的"孙儿不想死！"，最后，却被天君的侍从硬生生从天君殿拖了回去。

是夜，拂容君猛地自床上挣扎而起。"不成！"他道，"我得去魔界亲眼看看，再不济……再不济也不能洞房花烛那天惨死于新房！"

黑暗之中不知时间如何流逝，没有方向，没有目标，也不知行止说的"两圈"到底要走多远，沈璃不由得心头有些焦躁。她几次欲开口询问行止，但见他脚步一直悠闲，若再三询问，岂不显得碧苍王太过沉不住气……

沈璃不由得又叹了一声，她觉得，好似在行止面前，她越发地进退失据，来硬的他不接招，软的……她不会……

忽然，一阵疾风自她耳边擦过，四周杀气登时浓烈至极。沈璃面容一肃："有妖兽。"

行止却是淡淡一笑："终于等到一个沉不住气来找死的。"

沈璃闻言一怔，还未反应过来这话的意味，忽听一声嘶叫震颤耳膜，她下意识拿了银枪要往前冲，行止一拂袖，拦住她，玩似的转头问她："想看看墟天渊长什么样子吗？"

沈璃愣神，墟天渊……不就是长了一副什么都看不见的样子嘛……她心里还未想完，见行止掌心一道白光闪过，极亮的球自他掌心飞出，直直往前方撞去，只听一声撞击的巨响，白光炸开，刺破黑暗，让沈璃看见了被一击撞碎的妖兽，也让她看见了自己的四周——无数阴狠的眼睛！

那些奇形怪状的妖兽，蜷伏在四面八方，冷冷地盯着他们，有的微微咧开嘴，露出被光芒照亮的森冷尖齿，有的吐着长长的舌头，缩在别的妖兽身后，目光阴森狠戾。它们皆没有发出任何声响，像是动物捕猎之前的死亡寂静，看得人心弦紧绷。

即便是沈璃，见此场景也不由得骇得寒毛微竖，她强迫自己冷静下来，待白光隐去，四周又恢复黑暗，她问道："一路走来，你都知道这些妖兽一直在盯着我们吗？"

"自然知晓。"

他的语气还是那般淡然。沈璃心下沉默。杀一只蝎尾狐费了她那般大的力气，而这人谈笑间便夺了一只妖兽的生命，且能在这种地方悠闲自如地散步，撇开神明力量不谈，这家伙还真是……奇葩。

"碧苍王。"行止走了两步忽然转头看她，"这里的气息让你感觉阴森胆寒吗？"

"不然呢……"

"所以，"行止面容一肃，"待此次出去之后，休要再一人靠近这墟天渊。"

沈璃一怔，行止忽然握住她的手腕，一股清明之气从她掌心蹿入身体之中，沈璃能感觉到身体里有什么东西在往外溜走，而行止受伤的那只胳膊也散出了黑气。不消片刻，行止道："闭气。"

没有半分犹豫，沈璃闭紧气息，周遭的妖兽不知是察觉到了什么，忽然嘶叫着一起向他们扑来，沈璃只觉得脑袋微微一晕，那些刺耳的嘶吼被尽数甩在身后。待回过神来，她觉得眼前一亮，凉凉的月光洒在地上，她仰头一看，行止的侧脸逆着月光，轮廓越发分明，他呼吸有些急促，额上挂着两滴冷汗。

沈璃愣愣地问他："不是说……逛两圈吗？"

"呵。"行止抬手揉了揉额头，"你这次倒聪明，知道两圈没走完。"

"你又骗我？"

"不，带着瘴气出不来是真的。只是，方才那种情况若再不出来，恐怕便再难出来了。所以我便动了点手脚，施了个法。"他气息不稳，"只是此法有些伤神。容我歇歇……"

他松开沈璃的手，扶着额头自顾自地往前走了两步。沈璃怔然地看着他，被他握过的手腕经风一吹，有些凉意，竟是方才他掌心的汗浸湿了她的手腕。

与凤行

沈璃这才恍然了悟，这几天又是重塑封印，又是被妖兽所伤，即便是神，也有点吃不消吧。而且他手臂上的瘴气定不简单，所以先前他才没有自己驱除，察觉到那些妖兽群起而攻之的意图，他迫不得已才施法除去瘴气，强行从墟天渊中逃出。

沈璃用另一只手覆盖住被他握过的地方，原来，这么厉害的神也是会因受伤而难受的。原来……行止神君也爱逞强啊。

待沈璃与行止走回军营，军营中营帐的数量已少了许多，留守的将领举着火把前来，见到他二人，他怔然道："神君，王爷……你们这是……"

"出了点事。"沈璃一笔带过，"尚北将军人呢？"

听沈璃一提，守将忙道："王爷你可消失了五天啦！尚北将军以为你又……又跑了。他在这里着人寻了些时日，没有寻到，所以他就赶回去向魔君请罪了。"

沈璃叹息，果然……

行止问："他们何时走的？"

"昨日刚走。"

行止略一沉吟："大部队行程慢，还带着伤兵，更走不快。我们兴许还能比他们早些到王都。"

沈璃道："现在便回。"话音一落，她看了行止一眼，接收到沈璃的目光，行止只笑了笑："王爷不必忧心。行止还没有那般不济。"沈璃一默，点了点头，也不多言，径直驾云而去。行止也登云而上，跟在后面。

地面上的守将目送两人飞远，问一旁的小兵："……三子，是我多心感觉到了什么吗？"

小兵道："副将，我也多心了……"

行止与沈璃自然比大部队要走得快许多，是以他们回到都城之时，凯旋的将士还未到。但街头巷尾却难得地挂起了讨喜的彩旗，沈璃在云头看见民间的旗子，欣慰道："每次出征，最爱带着胜利而归的时刻，看着他们挂出的彩旗和大家欢呼着的笑脸，我才知道自己做的事情那么有意义。"

行止微怔，望着她扬起微笑的侧脸，也不由得弯了眉眼。"嗯，王爷有抱负。"

看见自己的府邸，沈璃道："我这一身太脏，直接去面见魔君太没礼数，我先回府沐浴一番，神君可要先行进宫？"

"我……"他刚开了个头，忽听下面一声女子的凄厉号哭："王爷！王爷！你回来呀！"

沈璃眉头一皱，往下一看，只见肉丫拎着水桶，哭着从客房里跑了出来，趴在地上便开始痛哭。沈璃忙落下云头，走到肉丫面前："何事惊慌？"肉丫一抬头，看见沈璃，一双圆滚滚的眼珠呆呆地盯着她，好似不相信自己看见的一样，沈璃皱眉："怎么了？"

肉丫扔了桶，双手将沈璃的腰紧紧一抱，哭道："呜呜！王爷！有妖兽！老是欺负肉丫！"

但听"妖兽"二字，沈璃只觉得心头一紧，还没来得及问话，忽听"砰"的一声，客房的门被大力推开，一个浑身冒着热气，只围了张棉布条在裤裆外的男子怒气冲冲地跑了出来。"死丫头！烫死本君了！看本君不剥了你的皮！"

话音一落，一阵凉风吹过，散去男子眼前的雾气，他望着院子里多出来的一男一女，一时有些怔神。沈璃也望着他被烫得红通通的身子微微眯起了眼："你是何人？"

男子静默，院里只有肉丫抱着沈璃不停抽泣的声音："王爷，王爷……"

知道了眼前女子的身份，男子通红的脸渐渐开始发青。其时，一件白色外衣倏地将他罩住，行止淡淡笑道："拂容君，天君可是未曾教导你，要穿好衣裳再出门？"望着行止脸上的笑，拂容君不由得背后猛地一寒，他忙退回屋里，甩手关上门。

院中再次静了下来。沈璃僵硬地扭头望向行止："他？拂容君？天孙？"

看见行止垂了眼眸，轻轻点头，沈璃嘴角一抽，默然之后，她拎起肉丫的衣襟，满面森冷："这种东西为什么会住进王府？"

肉丫泪流满面："肉丫也不想的啊！可……可这是魔君的命令！肉丫也没有办法啊！呜呜！"

放开肉丫，沈璃揉了揉自己的额头，听她声泪俱下地说道："王爷说什么'闭关'，明明就是自己跑了。后来宫里来人，把变成王爷模样的嘘嘘从床上抓起来，抖了两下嘘嘘就变成鸟了，他们把嘘嘘带走，说再也不还回来了。呜呜，肉丫好伤心。后来，又听说拂容君要来魔界，魔君安排他这段时间住在王府里，让肉丫伺候他。可他好难伺候！吃饭老是挑剔，气得厨子不肯干了。他又爱随手扔东西，张嫂也不干了。所有事情都让肉丫来干，连洗个澡，也要一会儿冷了一会儿热了地叫唤，呜呜，这么麻烦的人，王爷你打死他好不好呀！"

"放肆！"门再次拉开，拂容君怒道，"什么奴才竟敢这么说话！"

沈璃把肉丫一揽，往身后一护，冷眼盯着拂容君："我的丫头便敢如此说话，拂容君有什么不满，沈璃听着。"

拂容君想到她生吃妖兽的传闻，不由得咽了口唾沫，移开了眼神："我就是……说一说。"

"拂容君下界沈璃不知，先前冒犯了，但且容沈璃问一句，拂容君在天上好好的日子不过，为何要到我魔界来找不痛快？"她言语冰冷，表达直接，毫不掩饰心里的轻蔑，"难道你不知，前些日子沈璃逃婚失败，现在对你……很是看不惯吗？"

仿佛有杀气扎到肉里，拂容君默默往后退了一步，这家伙……他一头冷汗直流，这家伙果然不是能娶回去的女人啊！

若说拂容君先前还对沈璃侥幸地存着一丝一毫的幻想，此时便是幻想尽灭。他清了清嗓子，强撑着场面道："本……本君只是听闻魔界因墟天渊中妖兽逃出，瘴气四溢，所以好心来为魔族之人驱除瘴气。王爷怎能如此……"他一顿，换了个委婉的词道："不客气！"

沈璃眼睛一眯，上下打量了他一番，一脸阴柔之气，穿着花哨，连头上扎的发髻也用了闪瞎眼的金龙玉簪，当即一声冷笑："仙君说笑呢。本王这叫不客气吗？本王这是彻头彻尾的鄙弃！"

拂容君除了常常被他那皇爷爷嫌弃以外，数遍九十九重天，哪个仙人敢这样和他说话，他当即一恼，扬声道："你什么意思！你了解我吗？你凭什么这么打心眼里看不起我！你是不是以为本仙君没本事？我告诉你！别的本仙君不敢说，若要论净化这一本事，除了行止神君，这天上天下谁比得过我，你信不信我把你……"

"别吵了。"行止忽然插进话来，他淡淡地望着拂容君，"仙君此次到魔界，天君可知晓？"

拂容君看了行止一眼，不大自然地挠了挠头，这个神君虽然表情一直淡淡的，偶尔还会露出温和的笑容，但拂容君一与他说话，便会下意识地皮肉一紧，拂容君规规矩矩地答道："自是告诉了天君的。皇爷爷还让我在这里多待些时日，帮帮魔族百姓。"

借口，不过是想计他与沈璃发展感情！

在场的人谁不知道这背后含意，但却都懒得戳破。

沈璃揉了揉额头，心道接下来的一段日子只好与拂容君待在这同一屋檐下了。忽然，身后的行止正经道："如此正好，今日天色尚早，拂容君方才也沐浴过了，一身清明，是个造福百姓的好势头。"他指了指院门："仙君快些出门吧。"

"啊？"拂容君愣然，沈璃也微感讶异地望向行止，明知造福百姓不过是个托词，神君这是……沈璃了悟，在欺负拂容君啊。

"方才来时，我见都城东南角瘴气稍显浓郁，拂容君今日不妨去那处看看。"他点明了地方，让拂容君骑虎难下，拂容君唯有点了点头，认命

与凤行

道："好的，神君……"

待拂容君走后，沈璃不由得问道："他可是……得罪过神君？"

"王爷何出此言？"

"没……只是觉得，神君好像在欺负他。"

行止但笑不语，沈璃也不便再问，让肉丫去准备热水，便回房沐浴去了。

待得小院无人，行止只手揉了揉眉心，自言自语地呢喃道："我只是……看见他就忍不住来火气。"一声叹息，行止低低一笑："这到底是怎么了？"

沈璃收拾好自己，一身清爽的与行止入了魔宫。其时，尚北将军快马加鞭紧急报来的折子正放在魔君的桌子上。看完尚北将军写的内容，魔君还没来得及将青颜与赤容叫来，便听见门外有侍者通报道："君上，王爷和行止神君来了。"

魔君闻言一愣，将折子合上放到一边，默了一会儿才道："进来。"

房门被推开，魔君理了理衣袍起身相迎："行止神君大驾光临，魔族有失远迎，还望神君恕罪。"

"魔君客气了。"行止一笑，"我此次下界，本只为重塑墟天渊封印而来，不欲叨扰魔君，只是碧苍王需要一个证人……"他往后一望，沈璃立马行了个礼，解释道："魔君，沈璃此次当真没有逃婚！我去边境，只是为了斩杀妖兽。本来是打算与尚北将军一起回归，但……遇到了意外。"

魔君看了沈璃一眼："人既已回来，此事便不必多言。且先前我已听墨方说过，你此次立了战功，便当你将功补过，违背王命之事，我也不追究了。"

沈璃心头一喜，她虽自幼胆大，但心里还是对魔君有些敬畏，此时知道逃过一劫，垂下脑袋，难得稍稍露出了小孩一样偷得了糖沾沾自喜的模样。

行止见她如此，不由得目光一柔。

魔君的目光静静扫过两人的脸颊，而后开口道："神君远道而来，不如在魔界多待些日子，以让魔族尽地主之谊。"

"如此，我便叨扰些时日。"

魔君点头，扬声唤来一个侍者，着他在宫里布置一下行止神君的居所，话刚起了个头，行止便截断道："魔界之中，我目前只与小王爷最是熟悉，不如让我住在王爷府里，她也正好领我看看魔界的风土人情。"

沈璃一怔："可以是可以……"

银色面具后的眼睛在行止身上停了许久，最后道："如此，便这么定了。眼下我想与璃儿讲点家常话，神君可去偏厅等她。"行止点头，侍者领着他往偏厅走时，他脚步顿了顿，听魔君对沈璃问道："伤呢？"

"没大碍了。"

"拂容君下界，我令他也住在你府上，多了两人，可要再添奴仆？"

"约莫不用，对了，魔君，可否将我那只鹦鹉还我？"

"拿回去吧，吵死人了。"

掩上房门前，行止微微侧头一看，沈璃正挠头笑着："是有点吵。"她浑身放松，毫无防备，眼眸深处含的是对对面的人极其信任与依赖的感情。

这一瞬行止忽然想，能让沈璃这样对待……那也不错。

房门掩上，魔君耳郭微动，听见行止的脚步渐远，他忽然静了一瞬，语调微转："此次去边境，见到墟天渊了吗？"

沈璃一怔，想到墟天渊中那一片黑暗，以及白光刺破黑暗之后周遭那些妖兽，心中的情绪倏地一沉。"见到了。"她没说自己进去过，因为不想让魔君担心。

"里面的瘴气对你有无妨碍？"

沈璃摇头："行止神君已帮我清除过了。"

魔君若有所思地点了点头，他望了沈璃一会儿，像是下定了什么决心一般，转身往里屋走去。"随我来。"

行至书桌旁边，魔君打开桌上的一块暗板，手指在里面轻轻一按，脚下气息忽然一动，沈璃定睛一看，竟是一个法阵在她脚下打开。她愣然抬头，魔君手一挥，沈璃只觉四周气息涌动，而在这气流汹涌的风中，沈璃的鼻子却捕捉到了一丝诡异的气息，带着几分熟悉和几分森冷，就像……在墟天渊前嗅到的一样！

她心中戒备刚起，周围的风却是一停，沈璃往四周张望，此处是一个宽大的殿堂，正中间铺就的白玉石砖通向殿堂正中。那里有一个祭台，祭台上空供奉着一个盒子。

沈璃问道："此处是？"

"祭殿。"魔君说得轻描淡写，可是沈璃却从来不知魔界有这样的祭殿，也不知这里供奉的是什么东西，而且……这祭殿的入口竟是在魔君房里摆的法阵？

魔君探手扶上自己的面具，微微将它松下，然后慢慢放下，他脸色苍白，唇色微微泛青，像是久病未好的模样，一双黑眸在苍白的脸上出奇地有神，而这……却是一张女人的脸。

"璃儿。"她轻声唤道，嗓音也已恢复成女子的声调。

沈璃没有半分惊异，显然是知道她这副模样的，只乖乖上前，看了她一眼道："魔君许久不曾取下面具，我都快忘了你的面容了。"

魔君瞥了沈璃一眼，没理会她的打趣，牵着她的手一步一步走上祭台，然后打开祭台上悬空的小盒子。

"这是你的东西。"魔君说着，从中取出一颗晶莹剔透的珠子，"碧海苍珠，你含着它出生，然而此物力量强大，对当时的你来说是个负担，所以你娘央求我将此珠取走，而我怕有人起邪心打珠子的主意，便对外称它已化为你体内气息。转而将此珠存放于此，待到日后你需要之时再给你。"

沈璃愣愣地接过珠子，她早知道自己出生时含着一颗珠子，但却一直以为那珠子已被自己吞掉消化了，却没想到竟是被单独拿来，在这种神秘的地方放着。

剔透的珠子带着微微灼热的温度，沈璃轻声问："我娘……也见过这颗珠子吗？"

"自然。"

沈璃的目光忽地迷离起来，她父母皆在千年前对抗妖兽的那场战役中牺牲，她是在战场上生下来的孩子。从小便不知父母长什么样，只有魔君偶尔兴起，给她只言片语地描述一下。

沈璃将珠子拿在手中看了又看，这是她为数不多的与亲娘有过联系的东西啊。

"吞下去。"

"嗯？"沈璃一愣，"要吃掉吗？"

魔君见她一脸不舍，倏尔笑道："安心，它自会在你身体里寻找一个安生的地方，不会被消化掉的。"

"可是……"沈璃点了点头，她紧紧盯着珠子，"还是舍不得，这温度，像是从娘亲身上带来的……"

魔君垂下眼眸，目光微暗："是啊，你娘亲的掌心总是温热。"

行止在偏厅中闲逛了一会儿，忽地在帘后发现了一个笼子，里面关着一只奇怪的生物，他走近一看，那竟是只被拔了毛的鹦鹉。或许是被拔了有些时日，它身上的毛微微长了一点出来，但就是这半长不短的毛，让它看起来更是丑极了。

行止围着它转了两圈，鹦鹉忽然爪子一蹬，怒道："看什么看！看什么看呀！走开！走开！"行止怔愣，沉默了一瞬，然后捂住了唇，笑得微微弯起腰。嘘嘘更是愤怒："有仙气了不起啦！了不起啦，神仙！讨厌死了，神仙！"

"你便是碧苍王府上的鹦鹉？"行止忍着笑意道，"好霸气的鹦鹉。"

与凤行

"你在嘲笑我啊，神仙！真讨厌的神仙！走开啊，神仙！"

行止拍了拍笼子，收敛了笑意，一声叹息："是我害了你。"

嘘嘘脑袋转了两转，倏地大叫道："是你害了我呀，神仙！是你害了我呀，神仙！"它吵个不停，行止本不打算管它，但忽听沈璃的脚步声往这边而来，他对嘘嘘道："嘘，别吵了。再吵就露馅了。"

"你害了我呀！你害了我呀！"嘘嘘哪儿听他的话，一直在笼子里跳来跳去地叫。

耳闻沈璃的脚步声更近，行止对嘘嘘高深莫测地一笑，唇边轻轻吐出两个字："闭嘴。"

叫声戛然而止，嘘嘘的喙像是被粘上了一样，任凭它怎么努力也张不开，只急得在笼子里乱跳。沈璃适时一步踏进偏厅，往帘后一找，看见了行止和嘘嘘，道："老远便听见嘘嘘在叫，走近它倒还安静了。"

行止笑道："或许是叫累了吧。"

"神君欲在魔界待多久？"沈璃拎着嘘嘘，在回府的路上问道，"有个大致的时间，沈璃也好安排。"

行止琢磨了半晌："嗯……如此，我与拂容君一同回天界便是。"

听到这个名字，沈璃便觉一阵头疼，小声嘀咕道："明天走就好了。"沈璃话音未落，一道身影急匆匆地奔了出来，嘴里还高声叫道："王爷王爷！那拂容君又整出事了！"

事情未知因果，沈璃先来了三分火气："他出他的事，与我何干？不管！"

"不行啊，王爷！城东酒馆是赵丞相家的场子，拂容君在那儿与人家酒娘拼酒拼醉了，没付钱还轻薄了人家酒娘。他一身仙气，大家都知道他和王爷的关系，刚才有人找上门让王爷过去领人，那人才走呢。"

沈璃一边听，一边咬紧了牙，这东西在天界丢他自己的脸便算了，现在跑到魔界来，却拖她下水，一并把她的脸面也给撕了！

当真该死！

沈璃将手里的笼子往肉丫怀里一扔。"拿好，待我去将那祸害给撕了！"

肉丫吓得脸一白："王爷这可使不得呀！"白衣广袖拦在肉丫面前，行止侧头对肉丫一笑。"安心，我拉得住你家主子。"

肉丫自幼长在魔界，从没见过哪个男子能笑得这么好看，当时便愣住了神，待两人走远，这才反应过来，高喊了几声"王爷"，但却没人理她，肉丫这才低声道："我忘了说，方才墨方将军在府里坐着呢，他已经跟着那人去处理了……"

沈璃没听见肉丫这话，自然，带着火气而去的她也没料到竟会看见墨方。

其时，墨方冷着一张脸将烂醉如泥的拂容君从桌子上拉起来，酒馆的酒娘却是个泼辣性子，并不害怕墨方一身轻甲和他腰间的那把长刀，高声道："虽说我是做陪酒生意的，但好歹也是个女子。不是我矫情，这客官确实做得太过分了！光天化日的，这都是些什么事啊！"

拂容君应景一般地抬手高呼了一句："小娘子再喝一杯，嗯，肤如凝脂……"

沈璃拳头一紧，面色黑青，可她还没出声，另一道呵斥的声音却炸响。"够了！"墨方拎着拂容君的衣襟，黑眸如冰，"你的名声本与我无关，但休连累我王上声誉。"

这话撞进沈璃耳中，听得她一怔，握紧的拳头微松，呆愣之后，她心头倏地升起一股无力感……明明她已经那般对他。

便在众人皆被墨方这话唬住时，拂容君忽然不要命似的抬起头来，望着墨方一笑，一只胳膊极为轻佻地挽住墨方的脖子。"嗯，此处小倌也长得甚是英俊。双眸如星，有神。"一语评价完毕，他一噘嘴，"啵"的一声亲在墨方的脸上。

那声轻响像是波浪，在所有人心头荡过，在寂静之后，掀起惊涛骇浪。

与凤行

四周一片惊惶的抽气声。

即便是沈璃，此时也不由得愕然地张开嘴，僵硬地转头看向身后的行止："拂……拂容君，确实不止那点糟蹋姑娘的本事。他连男子……也不曾放过！"沈璃指着拂容君道："你们天界好山好水，却养出了只什么怪物？"

行止亦是看得颇为惊叹，摸着下巴打量了拂容君许久，点头道："王爷问倒我了，行止亦不知，此乃何物。"

而身为当事者之一的墨方，在长久的呆怔之后，径直一记手刀砍在拂容君的后颈上。拂容君两眼一翻，晕了过去，墨方极为淡定地一抹脸，环顾四周。"此事，若有人说出，我必割其舌，饲喂牲畜。"然而话音未落，墨方的目光忽然扫到了站在酒馆外的沈璃与行止。

他的身形微不可见地一僵。

沈璃是想扭头当作什么都没看见，给墨方留个颜面，但四目已经相接，她唯有面容一肃，淡然地走上前，装作一副什么都没看见的模样，正色道："给你添麻烦了，我将他带回去就是。"

墨方一垂头："这是墨方该做的，墨方来就好，王爷……"墨方面上再如何淡定，心里却还是起了波澜，这话说了一半，便不知该如何接下去，唯有一扭头，提着拂容君，擦过沈璃身旁，快速离去。

待他身影消失，酒馆里的人慢慢开始窃窃私语起来。沈璃眉目一沉，扫视四周："噤声。"她这一身打扮和气势唬得众人静了下来。"此事不得外泄。"她在魔界享誉极高，魔族之人对她也极是尊重，既然听得碧苍王发话，大家便都静了下来。沈璃缓步走向酒娘："你有何冤，来与我说。"

"没……"酒娘语塞，"已经没了……"

"你莫怕。"沈璃寻了凳子坐下，"一事归一事。方才那醉鬼找了你的碴，你一五一十列好，我必帮你把这委屈给找回来。"她不能打死他，但是，等到欺辱魔族子民、横行市野之事被报上天宫，自会有人打死他。

离开酒馆，沈璃将酒娘写的书信折好递给行止，道："那拂容君娇生惯养，约莫待不了多久便要回去。此事我也不想禀报魔君，以免……伤及无辜。"这无辜，自然说的是墨方。天君远在天宫，只要让他知道自己孙子做的混账事就行了。而魔君便在此处，他要是细问下来，怕是瞒不住，彼时让墨方多尴尬。"所以带信一事，唯有劳烦行止君了。"

行止将信捏在手中，沉默了一会儿："即便我带了这封信上去，天君也不会收回成命，取消婚约。王爷何不放他一马？好歹也是你注定要嫁的人。"

"取消婚约？"沈璃一笑，"神君想多了。自打被魔君从人界带回来之后，沈璃便没有逃过这场婚事的想法。"她转过身，不让行止看见她的表情，一边向前走，一边道："我只是，单纯地想找拂容君的不痛快而已。"

她不想嫁拂容君，也不喜欢拂容君，所以压根没想过要让拂容君变得多好，也没想过自己嫁给他之后能过得多好。她只是想在自己还能肆意妄为的时候，能活得更随性一些。

"而且……"沈璃脚步一顿，声音微肃，但却仍旧没有转过头来，"天君不会取消婚约，是因为他不能，而能取消婚约的……"她侧头看了行止一眼："神君何不放我一马？"

行止垂眸沉默。

当天晚上睡觉的时候，沈璃觉得浑身燥热，她只当是吞了那颗珠子第一晚会有些不适应，一晚叫肉丫送了四壶水，喝完了还是口渴。第二天清醒之后，口干舌燥的感觉虽减轻了不少，但头却开始隐隐作痛。

肉丫忧心地问她："王爷是不是病啦？"

"你见我病过？"沈璃一句话将肉丫的担忧堵了回去，肉丫伺候她穿衣洗漱。沈璃刚一开房门，便在院子里看见了来回踱步的拂容君，沈璃立时便皱起了眉头。

拂容君心中一怵，下意识地往后站了站，但犹豫了半晌还是硬着头

153

与 凤 行

皮道:"你……王爷可知，昨日扶我回来的那男青年是谁？"

沈璃想起昨日荡过心头的那"啵"的一声，嘴角一抽，道:"作甚？"

"啊……昨日我不是醉酒嘛，我与他回来的时候，走到半路酒醒了些许，兴致起了与他对了两招，他功夫不错，打到最后我酒醒了大半，兴致又起，吟了首诗，不想他竟能随随便便接出我的下句！这在拂容舞文弄墨的数百年间可是从没遇见过的！拂容心生仰慕，想与他多探讨探讨。"

沈璃一撇嘴，这拂容君原来却有两分腐儒气质，不过想来也是，他在天界众星捧月地被人侍奉着，敢与他过招，能和他对诗的人当是极少吧，遇见墨方这么个年纪相近且兴趣相投的人，是有几分巧遇知己的感慨。

只是沈璃没想到，墨方竟也有那么高的文采，素日里行军打仗的，遇见墨方了，必定是有什么战事，他们哪儿来那些时间吟诵风月？所以沈璃没多少这方面的天赋，自然也没有注意到墨方在这方面的天赋。

其实沈璃不知，昨晚拂容君与墨方文武一战，他已经将墨方引为知己，这千百年来好不容易遇见一个能让他仰慕的同龄人，实在难得。

只是这个同龄人好似不怎么待见他……

于是，以拂容君的性子自是要想尽方法让人家待见他。

他向沈璃一摊手:"这是昨晚比武过招时，从他身上掉下来的玉佩，我想去还给他呢……呃，顺道说声抱歉……"

沈璃垂眸一看，他手中正拿着一块青玉佩，沈璃知道，这是墨方常年挂在腰间的佩饰，腰间的佩饰……为何会落在拂容君手里，沈璃不由得坏心眼地想到，他们昨天除了比文比武还有没有干出其他什么事……

没办法抑制地想到一些奇怪的东西，沈璃觉得自己的脑袋比先前更疼了几分，正揉着额头在想要怎么回答时，一旁肉丫嘴快，道:"这是墨方将军的东西啊，他就住在三条街对面，不过将军们好像都有晨练，所以现在或许在郊外营地……"

154

"闭嘴！"

沈璃一喝，吓得肉丫一惊，愣愣地望着她，有些委屈和惶然，道："肉丫……指错路了吗？"

沈璃扶额，拂容君却欢喜极了，将墨方这个名字来来回回念叨了两遍，然后对肉丫抛了个媚眼："小丫头还是有聪明的时候嘛，本君走啦。"

"站住！"沈璃喝住他，但却不知道怎么警告他，若从武力上来说，墨方绝对不会吃亏，但……憋了半天沈璃干脆一伸手，道，"军营重地，外人不得入内。玉佩给我，我帮你去还。"

拂容君眼珠一转，忽然指着沈璃背后一声大叫，肉丫惊慌地转头去看，沈璃也微微分神，可后面什么也没有，待她们转过头来时，哪儿还有拂容君的身影。沈璃一脸铁青地站在原地，拳头捏紧，心中只觉阵阵屈辱，竟被……这种手段给耍了。

肉丫呢喃："这拂容君真像个小孩一样呢，以后能照顾王爷吗？"

还指望他照顾？沈璃咬牙切齿道："若我有子如此，必将其捏死。"

沈璃本打算去军营里将拂容君给拎回来，但头疼更甚，她哪里也不想去，唯愿墨方能护住自己，让她歇在房里逗嘘嘘玩，但不知为何，嘘嘘今日出奇地安静，她逗了许久，嘘嘘只是跳来跳去地在笼子里蹦跶，并不开口说一句话，沈璃失了兴致，索性往榻上一躺，闭眼休息。

歇到中午，她忽觉身边来了个人，下意识地觉得是肉丫，张嘴便道："给我点水。"

好一会儿后，茶杯才递到嘴边，沈璃懒得动，张嘴由人喂着喝了点水，抿了抿唇，忽觉有点不对劲，她睁眼一看，行止正侧身将茶杯放到桌上，回过头，四目相对，行止轻声问："还要？"

不知为何，沈璃看着他微微逆光的脸，像是被蛊惑了一般，又点了点头："要。"

行止便又喂了她一杯，不是递给她，而是将杯子放在她唇边，静静

与 凤 行

喂她喝了一杯。沈璃愣然，心中一时各种情绪涌起，最后夺过杯子握在手里。"我还是自己来吧，不劳神君。"

"身体可有不适？"

沈璃摇头："无妨，许是前些日子一直奔波并未觉得，歇下来才发现累。有点嗜睡。"她往窗外一望，发现现在已是午时，忙道："吃食的话，我让肉丫去准备。"

"不用。"行止摇头，"不吃东西也没事。"

"哦。"沈璃点头，今日阳光的角度偏得太刁钻，她险些忘了，行止是神，哪儿还用吃东西。

他和那个善下厨的凡人，不一样啊。

第九章

——

揍他，打死了算我的

当天晚上，沈璃的身子烫得越发厉害，眼睛都有些睁不开了。肉丫给她喂了水，搭了毛巾都不管用，心里不由得着急起来，伺候了沈璃这么久，从来没遇到过这种情况，即便是受了重伤，沈璃的意识也都是清醒的，肉丫无措之下便想到——此时王府里还有两个仙人住着呢。

只是这大半夜的，请神君来有些不妥，拂容君既与沈璃有婚约，叫他过来也无妨。肉丫琢磨着便急急忙忙地跑去拂容君的院子，可敲了许久的门也未见他出来，肉丫慌得不行，这才去找了行止。

待行止赶去，沈璃的脸颊已是通红一片。他肃容，坐在沈璃床边，伸手把脉，却奇怪地皱了眉头。

“神君，我家王爷到底怎么了？”

“并无异样，只是单纯地发烧了。”行止松开手，问道，“府里有药草吗？”

肉丫摇头：“王爷从不生病的，魔界的人也很少生病，以前魔界常见草木的时候外面还有的卖，瘴气浓了后，就没什么药草卖了。”

行止沉吟，随即将手掌贴在沈璃的额头上，白色的光芒在他掌心闪现，烧得迷迷糊糊的沈璃好似觉得舒服了一些，无意识地在他掌心蹭了蹭，行止目光不自觉地一柔，手掌未动，小拇指却悄悄摸到她发际线处，把她散乱的几根发丝往后捋了捋。

肉丫紧紧地盯了一会儿，发现沈璃的呼吸渐渐变得平稳，确实好受许多，一颗悬着的心这才放了下来，紧接着心里难免起了点抱怨。“神君给我家王爷指了个什么样的姑爷啊，”她噘嘴道，“还没成亲就已经夜不归宿了，也不来打个招呼，今日若是神君不在，王爷的病情耽搁了又该怎么办。"

行止没有说话，只是将放在沈璃额头上的手掌悄悄地挪到她的脸颊上，指腹轻轻摩挲着她还在微微发烫的脸颊，一言未发。

"昨天便惹出了事损了王爷声誉，今天早上拿了块玉佩说去找墨方将军，哼，谁知道他是不是去找墨方将军呢！"肉丫对拂容君本就极为不满，但之前主子不在不敢得罪他，现在有人撑腰，她便将心头的怒气与担忧一并抱怨出来，"这还是在魔界，待以后王爷嫁去了天界，举目无亲，她还得受多少委屈？王爷脾气犟，日后若是受了委屈，必定也不会告知魔君，那时候……"肉丫越想越严重，眼眶一红，竟是快哭出来："那时候，谁还会为她心疼。"

"是啊。"行止无意识地呢喃出声，"谁还会心疼。"

然而这句话便像是一颗无意划过皮肤的尖锐石子，擦疼了他的脸颊，让他不由得微微垂下了眼眸，凝视着沈璃的睡颜。他的指腹滑过沈璃的脸颊、眉眼、鼻梁，挨个摸了一遍，他才收回了手。

"已经没有大碍了。"他让指腹离开光滑的皮肤，在床榻边又沉默了许久才站起身来。

肉丫害怕沈璃病情反复，一双眼睛紧张地盯着他："神君去哪儿？"

"不走远。"他道，"若有事再到院子里找我便是。"言罢，他头也没回地离开了沈璃的屋子。

肉丫看了看沈璃，又看了看行止，红着眼眶嘟囔："怎么这样啊，王爷还没醒呢，连多待一会儿也不行吗？天界的神仙真是冷心薄情。"

冷心薄情吗……

行止站在院子里看着自己的指腹，他似乎能感受到尚残留在指腹上的沈璃的体温，那般灼热，像要一路烧进心里一样。白色的光芒再次在掌心亮起，只是这次，行止不知自己要驱散的热度到底在哪里，这种像被烫伤了一样的感觉，到底是从哪里发出来的。

与凤行

他不知道……

肉丫将帕子拧了，细心地搭在沈璃额头上，自言自语地嘀咕着："王爷啊，以后要是你真的嫁到天界去了，你也别对那些个神仙上心啊，你看，一个这样，两个也这样。都不是好人。"

沈璃的眼皮微微动了动："本王知道。"

沙哑至极的声音从她嘴里吐出，肉丫吓了一跳，而后惊喜道："王爷醒了？还有哪里不舒服吗？"

沈璃慢慢睁开眼，没看肉丫，只是无意识地重复着："我知道。"

神仙本就心性寡凉。

清晨醒来的时候，沈璃觉得神清气爽多了，身体里有一股力量在充实着她的血脉，让她感觉身体比平日轻盈许多，她这才意识到，昨天和前天的不适，或许只是因为身体在适应那颗碧海苍珠。魔君也在她服食珠子之后交代过，虽然本是她的东西，但离开她的身体也有千年的时间，突然回归，造成不适也是应该的。

沈璃将五指一握，从床上翻身坐起，扬声道："肉丫，拿本王的铠甲来！今日我要去营里练兵！"沈璃的铠甲是不常穿的，她常对付的那些妖兽，就防御的角度来说，穿铠甲与不穿铠甲都差不多，这些精钢或许还没她的肉来得皮实。但去营地练兵却不一样，在那里，她是将军，不是战士。

待收拾好了，沈璃走过前厅，看见行止正从他那院里出来，两个人打了个照面，行止难得面上表露出了微怔的神色，他上下打量了她一眼："王爷这是要去何处？"

"练兵。"沈璃简洁一答，也不再多说，抱拳俯首，"神君今日尽可在魔界随意游玩，但凡有收取银钱处，报碧苍王府的名号便可。沈璃先告辞了。"言罢，她没有半分犹豫，扭头就走。行止独自留在前厅，望着她的背影眯眼沉思。

兵营在城外。沈璃烧了一晚上，压根就忘了拂容君来找墨方一事，是以走进军营时，看见墨方一脸铁青地向她走来还有些怔然，但见他背后追得气喘吁吁的拂容君，沈璃恍然了悟，然后一声叹息。

拂容君在墨方身后唤着："哎，玉佩啊，本君还你，你怎么不要啊！昨日扯断了绳子是我不对，我不是给你拧了根绳子穿好了嘛！你这人身为将军，怎还如此小气？"墨方黑着脸不理他，待走到这边看见沈璃，脚步微微一顿，终还是上前来，拱手一行礼。而他背后的拂容君则在看见沈璃后，面色一僵，下意识地往后退了退。

墨方许是心中带着羞恼和火气，没与沈璃说一句话，转身便往营地里走。

沈璃拽住他，轻声道："慢着。"墨方一愣，目光落在沈璃抓住他手腕的手上。心中情绪涌动，但最终所有的情绪都只化作眼里一道暗光，转瞬即逝。沈璃只拽了他一下，便立即放了手，悄声对墨方道："他……确实是有给你造成麻烦？"

"是。"即便是墨方也忍不住叹息着揉了揉额头。

"不想理他？"

"王上。"墨方正色道，"墨方此生，从未如此厌恶一人。奈何……"他咬牙。"又不能痛揍一顿。"

沈璃点头："回营吧，这里交给我。"墨方一愣，眼看沈璃向拂容君走去，他虽很想去打探，但最终还是本能地遵从沈璃的命令，默默回营，而进入营地前一刻，他好似看见有个白色身影慢慢向沈璃那边走去，而沈璃背对着那人，什么也没察觉。一名老将军适时上前来拽墨方："你小子还偷懒呢！"墨方唯有随老将军进了军营。

沈璃站在拂容君跟前，上下打量了他一眼，拂容君强压着颤抖的声音问："有何贵干？"

沈璃道："直说吧。我的属下不似仙君这般闲，他没时间，也由不得仙君肆意捉弄。"

拂容君不服气地一扬眉："你凭什么觉得我是在捉弄他？"

"那你在做什么？"

"本君欣赏你魔界的将军，想与他交个朋友，怎么？不行？"

"不行。"沈璃斩钉截铁道，"我魔界将士，是用来上战场杀敌除害的。不是拿来与尔等闲人交朋友的，且墨方他不愿交你这个朋友，所以你的所作所为对他来说是打扰、祸害，令人不悦！我碧苍王是护短的，你要令墨方不悦，我便要令你不悦。怎么，拂容君昨日与墨方过了招之后，今日是想来试试本王的枪法？"

拂容君被沈璃唬得一震，随即抖着声音道："这是墨方的事，与你何干！"

沈璃心下觉得此人甚是麻烦，眉毛一挑继续挑衅道："哦？你不知道吗？墨方可是本王的人。"

拂容君脸色一青，只觉这碧苍王真是欺人太甚，但是无奈确实打不过她……

沈璃轻蔑地看了他一眼，心道，这家伙这么怕她，以后定是不敢去找墨方麻烦了，回头再想办法欺负他几次，待他受不了自会回天界去，彼时行止也走了，正好乐得轻松……

沈璃一转头，恰好看到三步开外的白衣男子，她微微一愣。

行止……

他起初一脸冰冷，与沈璃目光相对后，唇角愣是慢慢磨出了一个笑来。沈璃也收敛了脸上所有情绪，淡淡问道："神君为何在此？"

"王爷不是让我随意逛嘛，我恰好想看看魔界的军营，便来了。"他唇角笑的弧度更大，但眼眸中却是连沈璃也能感觉到的寒凉，"只是方才不小心听到王爷的话，心里却奇怪，为何与我在边境军营中听到的不一样呢？行止记得，王爷当时可是狠狠地拒绝了墨方将军啊。"

来找碴的。沈璃在心里给他这段话做了如是总结。

拂容君一听此言，微微一愣："被……被拒绝？"他如今觉得墨方是个不错的人，而沈璃是个除了武力强点，别的地方都不怎么样的女人，这样不怎么样的女人居然拒绝了他觉得还不错的人？

荒唐！

拂容君怒视沈璃："你不是说墨方是你的人嘛！可你明明都把人拒绝了！"

沈璃目光一转，也不为行止戳穿自己而生气，对拂容君不屑道："那又怎样，我还是护着他，还是要揍让他不开心的人，你若觉得自己有本事就来与我抢，尽管与我来战。"言罢，她转身往军营走去，一眼也没看行止。

唇微微抿紧，行止盯着她的背影，眼神微凉。

沈璃走进军营，因为被坏了事，心中带着些许不甘的火气，但见周围将士熟悉的面孔，她暂时将那些不快都甩在脑后，一一回了来行礼的将士。其中才回王都的尚北将军看见她，更是忙上前来，微带抱怨道："王爷离开也不与我说声，害末将一通好找啊！"

沈璃一笑，拍了下他的手臂。"是本王的不是，回头你挑一家酒馆，本王做东，任你喝到尽兴！"

旁边立马有将军道：

"王爷可不能厚此薄彼。"

"哎，这话我可听见了，王爷，见者有份啊！"

"成，都请了！"沈璃看见练兵台，想起今日来军营的目的，扬声道："本王今日兴致好，让将士都来与我练练，过得了十招的，一并与将军们吃酒去！"

能与碧苍王过招，输了也是荣耀。一时间兵营中热闹起来，将军们将手下的精英都唤来，令其与沈璃过招，每一个人沈璃都不放水，能用一招打倒的，绝不让其撑到第二招。一个时辰下来，上台者已有数十人，却没一人能过三招。

沈璃额上热汗淋漓，但眼睛却越发闪亮，眼下这个人是唯一一个在她手里过了五招的人，她夸道："有潜力。"言罢，身形一动，绕至那人

与风行

身后，那人反应也不慢，侧身要躲，哪承想沈璃却是伸脚一扫，攻他下盘，再将他肩膀一擒，摁在青石板搭的练兵台上。那人忙认了输，沈璃松开他，指点了几句他的缺点，让他下场。

"下一个来战！"

忽地一阵清风拂过。沈璃一转眼，白衣披发的男子静静地站在练兵台的另一侧，笑道："行止请战。"

台下一片哗然，竟没人注意到行止神君是什么时候到军营之中的，更没有人看见他是如何上台的。沈璃面色微微一冷，一把抹去脸上的汗水，盯住行止："神君这是何意？"

"行止独自在天外天待得久了，许久不见如此热闹的场景，便想来凑凑热闹，王爷可是不肯与我比试？"

"神君尊体，沈璃不敢冒犯……"话未说完，行止身形一闪，落在沈璃身后，伸手一擒，抓住沈璃的肩头，欲将她制住，这手法竟是方才沈璃与那将士过招时用的。沈璃侧身一让，肩头一震，以法力弹开行止的手，转身挥拳便往行止脸上招呼，但眼瞅着快揍上他的脸颊，没等行止自行躲开，沈璃自己动作便是一顿，让行止抓住机会，一手擒住她的手腕，往身后一拧，沈璃再次被制住。

"王爷可是怕伤了我？"行止语带笑意。

沈璃心头一恼，腰一弯，顺着行止的力道，一个空翻解了困。另一只手还在空中抓住了行止的肩头，待她脚一落地，只听她大喝一声，一个摔肩便将行止扔了出去。可待行止被扔出之时，沈璃只觉掌心一空，他人已不见，"嗒"的一声脚步轻响，沈璃猛地一回头，与此同时，手肘毫不犹豫地击中行止的腹部，但却如打到棉花里一样，力道尽数被散开。

这样的打斗就像是她平时与行止的对话，每一句攻击性的语言，皆被他从有化无，分散而去，从来没有一次让她打到实地。

如此一想，沈璃心头更觉憋屈，动作更是急躁，但她越急，越是拿行止没有办法。

沈璃气恼之时，却在恍然之间想到，为什么这人说要与她斗，她就必须与他斗？他将她玩弄在掌心，凭什么她就不能自己跃出他的手掌？她攻击的动作一顿，行止也跟着停了下来。

沈璃这才发现，原来，除了最开始那一招是行止主动攻来，后面的他一直都在防御，像逗着她玩一样，从头到尾都是她自己唱的独角戏。

其时，她正与行止面对面站着，距离极近，她一只手停在行止颈项处，手腕正巧被行止握住。她仰头看着行止，见行止对她笑道："王爷，十招早已经过了。"

沈璃一用力，挣开行止的手，退开两步道："神君到底意欲何为？"

"先前听王爷说与你过了十招便可讨得酒喝，行止不爱喝酒，所以想向王爷讨个别的东西。"

沈璃脸色冰冷，但碍于场合还是好声道："神君今日既然赢了沈璃，有何想要的，但说无妨。"

"我欲问王爷几个问题。"行止扫了一眼台下众将士，待看见外圈站着的墨方与另一边的拂容君时，唇角弧度一扬，"第一，欲问王爷，尚北将军是你何人？"

被点名的尚北将军一愣，周遭将士皆用怀疑的目光打量他，尚北将军急得一头大汗："神君怎的如此问话啊！末将可是有家室的人！"沈璃眉头一皱："只是同僚。"

"你可会护着他？"

"他是我魔界将领，我自然得护着他。"

"哦，那王爷可会护得让他连交别的朋友的权利都没有？"

"自然不会。"

行止一笑："这位将军又是王爷何人？"他指着另一名年轻将军问。

"亦是同僚。"

"王爷可会因为护着他而不让他交友？"

"自然不会。"

与 凤 行

"那么，墨方将军呢？"行止直勾勾地盯着沈璃，像是个收网的猎手，让沈璃恨得牙痒痒，却也无可奈何，迎着众将士的目光，她眼角余光瞥见了外圈的墨方，又瞅见了另一边忽然目放亮光的拂容君。

这行止君今天是想将她的话拆个彻底啊！墨方先前向她表白了心意，当时她既明确拒绝了，便不该在任何场合让墨方心抱希望。同拂容君私下说的话也只是为了吓吓他，让他知难而退。而现在……她今天既是为了帮墨方才撒了这个谎，自然不能因要圆一个谎又害墨方错抱希望。且今天将士们皆在此，若让他们误会她待墨方有所不同，回头又让她怎么解释……

"自然不会。"她淡淡说出这话，换得行止满意地勾了唇角。"还望王爷记得此话。"

下面的将士都为这莫名其妙的几个问题挠起了头，不知道行止到底打的什么哑谜，唯有拂容君一人又腰笑了起来。此时此刻，即便沈璃再三告诉自己要对这些事置之不理，但仍旧忍不住微微捏紧了拳头。

"行止神君果然是好样的！"

"今日比试到此为止。"她冷冷地瞥了行止一眼，转身下台，走到了墨方身边，冷着脸交代他道，"日后若那拂容君再缠着你，揍。打死了算我的。"

墨方一愣，小声问道："王爷可是……没帮到我？"

沈璃脸色又是一黑，瞪了他一眼，墨方立时噤声。其时，周遭的将军皆抛开了方才的疑惑，围上前来，让沈璃请他们去吃酒。待沈璃被将军们拖走，墨方站在原处定定地望着她与将军们说话的背影，唇角不自觉地一动，颔首道："谢王上心意。"

忽然冷风一刮，墨方方觉脊梁寒了一瞬，还没找到寒意是从哪方传来，便听有人喊他。"墨方。"人群中的沈璃突然回过头来冲他招手，"走啊。"

墨方一愣，摇头道："我留守军营便好。"

"把他扛走。"沈璃下令，转身继续往前。两个将军扛着墨方，一行人热热闹闹地离开了军营，将士们留下来接着做日常的练习。拂容君跑上练兵台，虽不敢造次，但还是难掩喜悦地对行止鞠躬道："多谢神君帮我！"

"我不是想帮你。"行止瞥了拂容君一眼，"只是……想逗人玩玩。"但……玩出的结果明明和他预想的一样，可为什么没让他开心起来呢？

他想看见的，不是那样淡然相对的沈璃……

拂容君一抬头，看见行止没有笑意的脸，想说：神君，你这可不像是玩了别人的样子……但话到嘴边，拂容君还是识趣地咽了下去，转而道："如此，拂容便告辞啦。"说着便要向沈璃离去的那个方向追去。不料步子还未迈开，便听行止淡淡道："你在这里，似乎也太放肆了些。"

拂容君浑身皮一紧，僵硬地转头望行止，却见他脸上又勾出了抹淡淡的微笑。"自然，行止不会责备皇孙什么。"拂容君心里暗暗松了口气。"我昨日已折纸鹤送信去了天界，一切交给天君定夺。"

行止转身离开，独留拂容君一人站在练兵台上，一头冷汗如雨下。他好像……听见了天君拍案怒喝的声音……

晚上，沈璃与将军们喝到深夜才回。

墨方将微醺的沈璃送回王府。告别了他，沈璃推门进屋，绕过大门前的影壁，却见行止随意披了件衣裳站在前院，他目光微凉，定定地望着她。四目相对，沈璃一句话也没对他说，扭头便要去找肉丫。

"王爷也是要嫁去天界的人，如此与男子一同晚归。这可不好。"

沈璃脚步一顿，院里灯笼打在她脸上的光让她的五官更为立体，而她眼眸中却没有光亮照进去。"哦？不好？那神君说说，如何叫好？"沈璃一顿，冷笑，"看着与自己缔结婚姻的人，去纠缠自己的下属，这便是神君的'好'？"

鲜少听见沈璃用如此语气与人说话，行止眉头一皱："你喝醉了。"

与 凤 行

"可清醒着呢。"沈璃眼眸中藏着三分森冷，三分恼怒，还有更多不明的情绪，她冷笑道，"若要论哪样是好，沈璃今日骗得拂容君相信我的话，那才是好。打消他的心思，帮了我的下属，也免得以后拂容君把事情闹大后，我的脸上无光。而今日行止君却做了什么？哈！好啊！"沈璃一声笑。"终于逼得沈璃认输了，您可满意？只是行止君约莫不知道吧，您的那些举动看在沈璃眼里，简直就像一个吃了醋的凡人在想尽办法证明些什么，怎么？神君这可是看上沈璃了？"

行止沉默，移开目光，侧头一笑："王爷醉了，神，哪儿来的感情呢？"

上古神，无欲无求，哪里会去喜欢别人呢？沈璃早该知道的。

"既然如此，"沈璃转身往自己屋里走去，只在夜风中留下冰冷的话，"日后沈璃无论护何人，做何事，还望行止神君休要多语。放沈璃一条生路吧。"

凉风过，撩起行止的发丝。他仰头，望着魔界灰蒙蒙的天空，许久之后才自言自语道："好吧，我尽量。"

翌日。

一大早，魔宫中便来人将沈璃叫了去。

魔宫议事殿中，魔君坐在上座，墨方在一旁立着，还有几位将士站在另一边。见沈璃入殿，魔君挥手让几名将士退下，开口便道："昨晚，拂容君跑到人界去了。"

沈璃一怔，那边墨方倏地垂头跪下，声音微沉："都是墨方的错。墨方愿承担全部责任，将拂容仙君找回来，再接受任何惩罚。"

"怎么突然……"沈璃望着墨方，还有点没反应过来，愣愣道，"你打他了？"沈璃只是随口一问，不料墨方还真点了点头，沉重道："昨日喝得有些多了。"他似头疼似无奈地捏了捏眉心："一个没注意就……踹了他……"

看来他是嫌弃拂容君到了极点。

168

沈璃看墨方一身轻甲衣未换，想来是昨天就一直穿着，没有脱下来，他脚上那双魔族特制的黑铁精钢靴堪称能应付得了所有恶劣环境，且极具攻击力。

沈璃脑子里闪过拂容君那一心交友的模样，娇生惯养的仙君，好不容易遇到了一个值得自己敬仰的人，结果却被那般嫌弃……沈璃顿觉墨方这一脚，应当是给了他一个不小的心理打击。"揍了便揍了。"沈璃轻蔑道，"他还小吗？挨了打就跑，以为能威胁谁呢？而且人界也没什么妖魔鬼怪的，害不死他，随他去。"

"不行。"魔君递给沈璃一张明黄的宣纸，"天君昨夜加急传来的旨意，着拂容君三日之内必回天界。"

沈璃一怔，想起她前天交给行止的那封酒娘的信，心里对这突如其来的旨意大概有个底了。那人虽然看起来一副没放在心上的模样，但事情却办得这么快，天君的旨意来得如此急，必定是他还在信中说了些别的吧。

沈璃垂下眼，一时不知心里是何种滋味。

"所以，三日之内必须将拂容君带回来。"魔君淡淡道，"不过好在人界的时间过得慢，还有不少时间去寻。"

沈璃点头，看了眼垂头认错的墨方，又看了眼魔君："所以，这是要我去寻？"

"君上！这皆是墨方惹出来的祸事，不该连累王爷。"魔君一摆手，打断墨方的话："在人界的时间还长着，此一行，目的并非是将拂容君多快地带回来，而是让你们年轻人正好多了解一下彼此。璃儿，你可明白？"

明白。这门婚事是躲不掉了，所以便要她对拂容君上上心，顺带也勾引得拂容君对她上上心。沈璃点头："我回去收拾收拾便出发去人界。"

墨方见状，本还欲阻拦，但方才魔君的话犹在耳边回响，就像有鱼刺噎住了他的喉咙，刺痛得让他什么也无法说出来。魔君继续交代道：

"至于墨方将军，对拂容君动手，以下犯上的事仍旧要予以处罚……"

"别罚了。"沈璃道，"是我让他揍的，要罚算我头上，待我带拂容君回来之后，自会来魔君面前领罚。"言罢，沈璃向魔君行了个礼，转身便出了议事殿。

墨方跪在地上，默默握紧了拳头。

沈璃离开王府的时候只知会了肉丫一声，一眼都没看行止住的别院。她想，反正他们现在也没什么关系了。

第十章

———

回人界

再到人界时晴日正好，天空碧蓝，微风徐徐，沈璃踏白云落在京城中一个小角落。呼吸着久违的干净空气，沈璃不由得伸展了一下腰身，深吸一口气，眯起了眼，忽然很想找个有葡萄架的阴凉处睡一觉，她想，如果还有吱呀作响的摇椅在耳边催眠那就再好不过了。

呼出一口长气，沈璃睁开双眼看着陌生的小巷，轻轻一笑。

想什么呢，那都是过去了。

出魔界之时，士兵告诉她拂容君是向着扬州方向去的。可沈璃没管，驾了云便先来了京城这边，找拂容君之前，她得自己玩个够。这次没了追兵在后，沈璃要悠闲许多，她特意逛了集市。在小摊面前穿着一身绸缎昂首走过，竟让她有一种一雪前耻的感觉。

逛过集市，沈璃凭着记忆找到了当年行云住的那个小院。

此时的人界距离她上次来的时候，已过了数十年的时间，有些街道小巷的模样都已经改变了，行云那座被烧得焦黑的宅院也已经重新修了起来。只是样子已与之前大不相同。她在门口站了一会儿，有几个孩子闹腾着从她身边跑过，嘻嘻哈哈的笑声撒了一路，扰了一方清净。这是以前行云院子门口从来不会出现的场景，那家伙是那么偏爱清净。

已经……完全不一样了啊。

沈璃转身，又去了当时的睿王府。皇家府邸倒是未曾有什么变化，还是在那个地方，里面的亭台楼阁修得比当年还要富丽堂皇。只是这里的主人已经换人。沈璃忽然想看看当年那株呆呆的小荷，它是否还在池塘中枯萎，又忽然很想知道，当年的睿王和他深爱的那个女子，最后结果如何。

她念了个诀，使了障眼法，从大门走了进去，可是走了一圈才发现，当年的那个池塘已经被填平了，又盖了一间屋舍，沈璃默然。王府里也没有当年睿王的痕迹，新的主人照着自己喜欢的模样把这里改成了他的天地。

物已非，人已非。

沈璃忽然觉得有点不甘心，对她来说还像是前不久才发生的事情，那些她拥有的记忆，于这世间而言，却好似连痕迹也没有了。就像是……被这个世界抛弃了一样。又或者，会不会……这世上根本没有行云其人，一切只是她虚妄幻想……

她心中一惊，急于求证，身形一遁便找去了皇宫，在陈放史书的地方，翻阅了记载当年事迹的书籍。

睿王最终还是杀了他的哥哥，登上了皇位，而当年死而复生的睿王妃，却终其一生没有接受"皇后"这个头衔，她出了家，伴着青灯古佛过了一生，睿王也因她一直未立后。

其间原因，史书中并未记载，或许是因为史官觉得，这不过是帝王峥嵘的一生当中不足为道的一笔。沈璃看着这寥寥几笔的记述，又想到了义无反顾的小荷，与叶诗相比，她连一笔的记述也没有。没人知道她的存在，或许连那个帝王也忘了。毕竟，为皇帝而死的人那么多。她的指尖在书页上划过，静静地落在"国师行云"四个字上面。

他是睿王一生中最倚重的人，但却一直没受封号，只在死后被睿王追封为大国师。

他在这世间留下的痕迹，就只有这么一点了，这一页翻过，便是别人的历史。沈璃忽然觉得一阵好笑，她到底在求证什么，寻找什么！就算全天下都记得行云，与她何干。她的记忆只因为和自己有关，只是自己的回忆。而且不管行云是真是假，他都已成过往。没有哪一段过去是能找得回来的。

与 凤 行

沈璃拍了拍自己的额头，摇头低笑。她怎么会为了一段回忆，失措成这个样子？真是有损碧苍王的英名。

沈璃身形一隐，离开皇宫。走在宫城外，她却忽然脚步一顿，紧接着转了方向，往集市走去。她买了两壶酒，又悠闲地出了城。行至城郊小河边，沈璃一揽衣袍，在草地上坐下，扬声唤道："神君还要跟多久？"

树后白衣男子静静地走出来，半点没有被人点破行踪的尴尬，行止坦然地在沈璃旁边坐下，淡淡道："什么时候察觉到的？"

"神君。"沈璃递给他一壶酒，"沈璃若愚笨至此，早在战场上被杀了。"

行止一笑，接过酒壶晃了晃，两人一阵静默。

"昨日……"

"神君……"

两人同时开口，又同时沉默下来。最后，行止一笑，道："昨日是我的不对。本想今日与你道歉，结果一觉睡醒才知你已来了人界，这才跟了上来。"他的目光落在流淌的河水上，眼中映着潋滟的光芒，语气虽淡，但却能听出因不常道歉而微微别扭的叹息："抱歉。"

沈璃向来是吃软不吃硬的脾气，行止这么一说，倒弄得她有些怔然，她愣了一会儿才道："没事……左右欺负拂容君的法子还多着。而且冲着神君发脾气……用魔君训斥的话来说，便是以下犯上，沈璃也有不对。"

行止一默。两人再次安静下来。

"以前……"沈璃像是下了什么决心，忽然指着前面不远处的一块草地道，"有一次我以原形的身体躺在那里，筋疲力尽，动弹不得，我此一生，从未如此难堪狼狈过。"

好似想起了什么，行止眼里流露出一丝笑意。

沈璃扭头看见他微微弯起来的眉眼，心中却有几分涩然。"当时，被人捡回去时，我虽没说，但确确实实有一种被救赎的感觉，像是遇见了传说中的英雄。"她一笑，"这辈子头一次见到自己的英雄，却是个那么

174

普通的凡人，掐住他的脖子，不用使太大劲，便能让他窒息而死。"

"大概是从那个时候起，我对行云，上了心。"这是她第一次在行止面前如此冷静清醒地提起行云。她等了一会儿，没听见行止开口，她微微叹息道："神君，行云，沈璃不笨。"

小河静静流淌，水流的声音混着沈璃的话钻进耳朵，行止倏地一笑："又被看穿了。"

天色渐晚，夕阳落出一片绚烂，连带着小河也被映得波光潋滟。

这是在魔界鲜少能见到的美景，沈璃望着金灿灿的水流，饮了口酒。"其实我早有察觉。只是一直想不通，好好的天外天不住，你为何要跑到人界，去做一个憋屈的凡人。"

"呵。"行云摇头，"这个位置，才是真憋屈。"他话音一顿。"而且，等你活得和我这样久时，就会知道，无聊会成为你做很多事情的理由。当初下界，我本只欲投胎成为一个普通的凡人，过凡人该过的一生，奈何……"行止无奈一笑，"轮回道给我换了个凡人的身体，但孟婆汤却没有洗掉我身为神明的记忆。"

沈璃一愣，没想到他是真的入了轮回道，喝了孟婆汤。但是，一碗孟婆汤却没洗掉神的记忆。所以行云才懂那么多奇怪的阵术，但却没有半点法力，连鬼魂也看不见。"以凡人之躯，哪儿能负担得了那么多记忆，难怪是个病秧子。"沈璃了悟，话音一顿，"既然你全部记得，为何却装作与我不识？"

行止一默，侧头看沈璃："与你在魔界边境赶墨方回王都的理由一样。"

因为不喜欢，所以不想让对方因为自己而被耽搁。也是呢，在身为行云的时候，他也没有对她说出一句接受，归位之后，更不可能了吧。与其相识，不如装作陌生吗……沈璃眼眸一垂，他是这样的意思啊。上古神无法回应她对行云产生的感情，所以干脆装作不认识她，避免她将对行云的感情延续到他身上。

断绝她一切念想吗？

沈璃一笑："神君，你到底知不知道什么样的举动才能让对方不会喜欢上自己？"她叹道："你的那些举动，根本就是在勾引人啊……"还是说……有时候，他自己也不知道自己在做什么。

行止目光一动："你被勾引了？"

明明想要斩断两人之间的联系，却还敢问出这样的话……还真是个肆意妄为的家伙。

沈璃握住酒壶笑出声来："可能吗？"她止住笑，道："神君当真思虑过多。碧苍王沈璃岂会那般没有分寸。在人界的时候，沈璃面对的只是凡人行云，所以能去喜欢行云，但现在你是上古神，我怎会把感情延续到你身上？"

行止拳头一紧，唇边却是浅浅一笑。

沈璃继续道："身份的改变会改变太多事。就像睿王为了皇位会杀掉兄弟，他那么爱王妃，最终仍旧为了子嗣朝堂，家国天下，娶了那么多妃子，这并不是他错了，只是身份使然。如果沈璃有朝一日在战场上与你相遇，我也会成全身为碧苍王的沈璃。"

行止定定地望着沈璃，目光微凝。沈璃继续笑着："自然，魔界与天界都要联姻了，估计也没有那么一天。我今日想说的只是——你不愿做行云，便不再是行云，没什么好隐瞒和伪装的。本来对我来说，行云也已经死了。而我现在面对的，是神——行止。"

行止插进话来："沈璃，从始至终，行云行止，都只是我一人。"行云是在人界生活的行止，记忆性格无一不同，只是换了个身体。他下意识地不想让沈璃将他分开来看。

但沈璃却摇头道："对我来说，是不一样的。所以……"沈璃拿酒壶与他碰了一下："行止神君，我做我的碧苍王，遵从旨意嫁给拂容君。与你不会再有什么瓜葛，你不必忧心了。"

"叮"的一声，酒壶碰撞，一声脆响传来的震动好似击打进胸口，让他不由得心尖一颤，有一丝疼痛在血液里无声蔓延，暗淡了他的目光。可沉默许久之后，他还是扯了扯嘴角，笑道："好，王爷能如此想，再好不过。"

夕阳落山，余晖仍在，沈璃已喝完了壶中的酒，将酒壶随手扔进小河中，"咕咚"一声，像是给这段对话画上句号。

沈璃站起身道："城门约莫关了，沈璃从今以后也不用再来这京城了，我欲下扬州寻人，神君如何打算？"行止没有答话，沉默之时，他们忽听几个奇怪的脚步声在背后响起。

之所以奇怪，是因为沈璃与行止都轻易地听出了，这绝对不是凡人能踩出来的沉重步伐。

沈璃神色一凛，俯下身子，此处是河滩草地，地势较浅，且有草木阻挡，行道在上方的堤坝上，此时天色微暗，不注意的话，是看不见草地中有人的。行止看沈璃面色沉凝，反而轻轻一笑，道："为何要躲？"

沈璃斜了他一眼："感觉不出来吗？"她盯着堤坝，收敛了呼吸："气息太奇怪了，而且并非善类。"还在黄昏时刻——人界邪气极重的时刻出现……

"即便如此，你也不用拉着我一起躲啊。"行止看了看沈璃将他摁倒在草地上的手。

沈璃轻咳一声，收回手。先前话说得漂亮，可是在此情此景下，沈璃还是下意识地把行止当成了那个需要她保护的脆弱的肉眼凡胎，而忘了——现在的行止神君，即便要在三界里横着走，旁边的人也只有给他让道送行。

可沈璃怎么也没想到，她将行止一放，行止就真当什么也不知道一样，站起身，拍了拍衣裳。简直完全不将对方放在眼中……放肆极了。

是啊，沈璃怎么忘了，即便在作为那样弱小的行云的时候，这家伙也可以在重重包围下，当面戏谑皇太子的身材，更别说他现在是神君的身体了。不管脸上表情多么淡然，在心里，他从始至终都是那般放肆张狂。

声响惊动了堤坝上走过的一行四人，其中一个人好像是被另外三个人押着，手一直放在身后。沈璃定睛一看，在飘动的巨大头巾之中看见了他头顶鹿角的形状，思及此处地界，她试探地唤："湖鹿？"

被押那人浑身一颤，虽未开口，却肯定了沈璃的猜测。

湖鹿是地仙，没有天界的旨意，谁敢胡乱擒人，而这三个人一看便不是天界的兵将。沈璃眉头一皱，他们这方还没出手，那领头的黑衣人倏地拔刀出鞘，一言未发便径直砍了过来。

沈璃手掌一握，红缨银枪还未显形，行止便将她的肩一按，沈璃侧头看他，只见一道水柱猛地自他身后冲上前来，"哗"地把领头的黑衣人全身都弄湿了，紧接着寒气四起，那领头的黑衣人像是脚突然被粘在地上了一样动弹不得。领头的黑衣人周身慢慢凝结出细小的冰碴，竟是被冻住了。另外两个黑衣人见状欲跑，行止不过手一挥，如法炮制地将那二人也留在了原地。

沈璃眉一挑："凝冰术？"

"不对，止水术。"

沈璃对水系法术不甚了解，所以也没觉得这是多了不起的法术，她踏步上前，走到湖鹿身前，将罩住他头的大头巾取了下来，看见湖鹿头上的角被一道亮光缠住，光芒顺着他的脑袋往下延伸，绑住了他的嘴，又勒住喉咙没入衣领之中。沈璃眉头一皱："这是什么封印？"

其时，行止也拉下一个黑衣人的头巾，看见黑衣人正睁着大眼睛瞪他，行止扯着他的眼睫毛，让他把眼睛闭上。黑衣人更怒，但眼皮还是被行止拉了下来。听得沈璃问他，行止转头一瞅，眉头微微一皱，这才放了黑衣人向沈璃走去。"缚仙术。"

他指尖凝光，在湖鹿额上轻轻一点，缚仙术随之而破，湖鹿腰一弯，解脱了似的大声喘气。待喘过气来，湖鹿望着眼前的两个人，眼睛里哗啦啦地滚出了泪水来。"多谢大仙救命之恩！我以为这次都活不成了，呜呜……"

沈璃嘴角一抽，这大个子还真是半点没变，像以前一样软弱啊。

待湖鹿哭够，抹干了泪，这才细细打量了沈璃一眼："啊……你，你是……"

"嗯，没错，我是。但这次不是来胁迫你的。"沈璃点点头，她指了指旁边三个人，"他们是怎么回事？"

"说来话长，这都是一个修仙门派惹出来的祸事。"湖鹿一声叹息，"三个月前，一个叫'浮生门'的修仙小派在江湖上名声大起，这本不关我们的事，但是他们却开始设宴请各处地仙前去一聚，不少地仙都受邀而去，但去过之后都没了音信。那时大家都还没怎么在意，但那门派又派人来请了第二批地仙过去，第二批地仙走了也同样没有回来，大家这才感觉到有些不对劲。等那门派第三次来邀时，大家都不肯过去，可没想到，他们竟翻脸开始强行抓人。"

行止眼睛一眯："私擒地仙，可是犯天条的大罪，既有此情况，为何不上报天界？"

"大家想报啊，初时着灵物去送，可是第二天就看见灵物死在荒野里，后来有的地仙又想自己去，但一去就没了音信。地仙能有多少，被请去了两批，抓了一批，零零散散地扣走些人，便没剩几个了。"一提到这事，湖鹿又开始抹眼泪，"京城周遭方圆百里，恐怕抓得就只剩下我一个地仙了。我还是躲到了城中借着人多才隐藏了这么些时日，但是今天还是被抓住了。要不是你们……呜呜，我还不知道要被怎样对待呢。"

沈璃奇怪："你们地仙好歹有个仙身，法力不强，但也不至于弱到这种程度吧，软柿子吗？由人随意捏捡？"

湖鹿委屈地看了沈璃一眼："不是没有反抗……一些法力高强的地仙也有过反抗，只是对方好似有专门对付仙人的法子，像这缚仙术，被定住后，任是如何挣扎也逃脱不了了。而且……先前我听别的地仙提过，这修仙门派的人使的招数，不像是仙术，而……"

与 凤 行

他看了沈璃几眼，犹豫着说了出来："像是魔界的法术……"

魔界的法术？沈璃眉眼一沉。

魔界归顺于天界，族中虽有不服者，但因为魔君政策施行得当，最大限度地保留了魔族的利益，所以也未见有人与天界起冲突。而天界之中却老是有人认为魔族其心险恶，纵使臣服千年也不过是韬光养晦，伺机报复，但魔界一直未曾出过大问题，所以那些闲人便有如无的放矢。

而此次地仙被相继捉走的事，若是被天界知道与魔界有一星半点的关系，哪怕这些关系只能找到一丁点的证据，天界的人也会认为魔族用心险恶，其罪可诛。魔君与族人被泼了脏水不说，本就不是极为稳固的两界关系必定受到不小的冲击。

沈璃虽打心眼里觉得与天界的人撕破脸皮没什么可怕的，但撕破脸若是因为受人挑拨，难免让她感觉自己被人戏耍了，多么不爽。

"把你那什么水术解开。"沈璃一边向领头那人走去，一边指挥行止。行止挑眉："使唤上神可不是个好习惯。"言罢，行止还是乖乖解了那人身上的法术。只见沈璃已经一把揪住了那人衣襟，挥拳便将他揍到地上，二话没说，往他肚子上一坐，两只脚分别踩住黑衣人的左右手，而后将他下颌一捏，防止他咬舌或者吞毒。

"我每个问题只会问一遍，你若不答，我便剁了你的手指头让你吞进去，你且算好自己有几根手指头。"她目光森冷，行止知道，她不是在威胁或者玩笑，而是当真会说到做到，身为魔界的王爷，该心狠的时候，她的表现从来不逊色。

领头的黑衣人浑身颤抖，想要挣脱沈璃，但压力好似千斤坠，让他无法动弹。

"谁指使你们做的？"

领头的黑衣人额上青筋暴起，死命憋着不答话，沈璃另一只空着的手在那黑衣人腰间摸出一把匕首，匕首在她掌中极为熟练地一转，眼瞅着匕首便要落下将手指斩断，领头的黑衣人嘴里慢慢挤出两个字：

180

"门主……"

沈璃眉头一皱，还没问第二个问题，便见黑衣人脸色越来越青，直至呈绛紫色，而他额上的青筋中像是有虫子在不停蠕动，最后他双目暴突，喉间发出疼痛的尖细嘶叫，沈璃只听"砰"的一声——

黏腻的血液溅了她满手，连脸上也不可避免地被糊上了温热。沈璃看着身下的尸体，扔了匕首，站起身来，那黑衣人健壮的身体好似沙一样，从衣服里流出来，撒了一地。

尸骨全无。

"定是之前便被下了咒。"她看出其中端倪，"若答到这些问题，便会死亡。"

湖鹿早已吓得浑身瘫软，坐在地上。"多……多么恶毒的咒术啊……"

行止目光沉凝，转头看另外两个黑衣人，这才发现他们已经闭上了眼睛，竟是在方才都自尽了，只是……没有死得那么难看。沈璃显然也发现了这一点，她微微皱起了眉头："线索都断了。"

"我……我之前倒是无意间听到过，"湖鹿犹豫着开口，"他们好像要把抓去的地仙先带去一个有巨大瀑布并布满青藤的悬崖洞穴里，这方圆百里，唯有青崖洞府这个地方符合描述。"

沈璃走过来："先去那里看看，若有别的地仙被困，先救出来再说。"

行止沉吟了一会儿却道："为免打草惊蛇，我们先扮作这几人，靠近那洞府后，一切好办。"

"行，到时候阵法法术交给你，揍人我来。"

行止闻言一笑，随手捡了根木棍，顺手敲了敲沈璃的脑门。"姑娘，矜持。"

沈璃被敲得一愣，摸了摸自己的脑门，扭过头去，未发一言。先前行止在她面前还要刻意隐藏，这下全都说破，行止的那些劣根性便暴露出来了。他这一下，神态语气竟是与行云别无二致，弄得沈璃心里不停犯嘀咕，只想将他拖来狠揍一顿。哪儿有像他这样，一边拒绝又一边勾引的人啊。

沈璃心里还没埋怨完，忽觉自己周身衣裳一变，化为一身黑色短打衣裳，是与方才那三个黑衣人一样的打扮，行止将手中木棍一扔，木棍化出个人形，是方才那领头人的模样，紧接着他自己的衣裳也是一变，束身黑衣让他显得尤为干练，让这向来慵懒闲散的人顷刻间多了些英气。

沈璃清了清嗓子："走吧。"

由湖鹿指路，几个人很快便到了相距百里的青崖洞府，洞府在瀑布里面，沈璃对穿越这样的水帘下意识地觉得不安，但此时没有办法，也只有硬着头皮上了。她一声没吭，跟着湖鹿的脚步就踏到巨大的水帘之中，但出乎意料的是，当她一脚踏入水帘之后的洞穴时，身上竟没有被淋湿半点，她一抬头，看见金光屏障在头顶一闪而逝，沈璃转头望行止，他只目不转睛地盯着前方黑暗的洞穴，迈步向前。

那就向前吧，像什么都没发生一样。

顺着一条黑暗的路走到深处，下了几级阶梯，他们忽然眼前一亮，朱红色的大门幕地出现在前方，阻断了道路。

湖鹿说这里先前是个大妖怪住的地方，妖怪性子不坏，与地仙们井水不犯河水。只是不知为何，现在这里却成了关押地仙的囚笼。

几个人在门前没站多久，朱红色大门微微开了一条缝。"令牌。"里面的人冷声道。他们没有收走黑衣人身上的令牌，沈璃眉眼一沉，欲上前强行将门打开，行止却握住她的手，摇了摇头。

用木棍化出的"领头人"，两步走上前，却似受了重伤一样将门把住，里面的人微带戒备："怎么？"

"门……门主……"木棍人嘴里发出的声音竟与方才那人死之前的声音一模一样。

里面的人闻言，虽不知发生何事，但却放松了警惕，大门一开，行止将沈璃的手一松。"现在。"沈璃会意，身形一闪，钻进门内，将守门的人一拳揍晕在地。右侧还有一名守卫，还没等那人反应过来，沈璃一记手刀便打在他颈项处。

守门的两人被轻松解决掉。行止对湖鹿说："里面交给我们就行了，你回自己的领地休息，这些地仙不久也都会被放回去。"

湖鹿却有些犹豫："他们很厉害的……你们没关系吧？要不我还是和你们一起吧……"

行止一笑，沈璃不屑道："你该为对方担心。"

行止将木棍变了回来，放在湖鹿手心。"拿去防身吧。不用谢。"言罢，行止转身进了洞府。湖鹿不解地看了看手里的木棍，这东西……怎么防身？

沈璃斜眼看行止："好歹是个上古神，给人礼物怎的如此小气。"

行止一笑："若他不将那木棍扔了，方圆百里，应该没人能打得过他了。"行止想，这是谢他提供了有用线索，也是谢上一次在人界，他特意赶来相救之恩，虽然没救成功……

又走过一个极长的通道之后，沈璃总算在前面看到点亮光，她疾步走上前，眼前忽地大亮，只见此处是个呈圆柱状的巨大溶洞，下方有水，泛着幽绿的光，照得整个溶洞皆是一片青碧之色，洞壁上盘绕着向上的路，细数下来竟有十条之多。被抓来的地仙们被单独关在铁笼子里，从顶上一个连一个地吊下来，在溶洞中央拉出了一条笔直的线。每个笼子外面都笼罩着一层薄薄的光，约莫与先前湖鹿身上的缚仙术是一样的。

而一群黑衣人则在盘绕的路上来来回回地忙碌，搬运着一些木头箱子。

沈璃定睛一看，那些箱子里放着陶罐和一些黑色不明物体，像是炼制失败的……药丸？

他们这是在炼药？可炼药抓地仙来做什么？吸干他们的精气？

沈璃脑子里突然浮现出大家干着害羞事情的诡异画面，她甩了甩脑袋，正色道："怎么救他们？"

与凤行

行止一笑："如先前你说的那般，阵法法术交给我，揍人你来。"言罢，他手一挥，一道金光如蛇一般从上到下将囚笼缠绕了一遍。"破。"他的声音轻极，却穿透了整个溶洞，那些缚仙术应声而破。

忙碌的黑衣人这才反应过来，一部分人更加紧张地搬运木箱，另一部分人提着大刀便攻了过来。沈璃的银枪已握在手中，行止则跃身飞至铁笼旁，从最下面一个开始，挨个将铁笼打开。待他将其中的地仙尽数放出，沈璃也收拾完了攻来的黑衣人，另外一些则跑没了影子。

地仙们皆颔首拜谢。

"此地不宜久留。"行止道，"都先出去再说。"

重见天日让许多胆小的地仙都哭了出来，众人更是感谢行止，但奇怪的是没有人来沈璃跟前对她说声谢谢，沈璃本就没注意到这一点，但当她问"你们可知先前那些地仙被抓去了哪里？"时，众地仙的目光这才落到她身上，半天也没有人答话。

其中有一个青年男子沉不住气，指着沈璃道："你这魔族的家伙居然还有脸来问！你会不知道他们去了哪里？"他话音一落，旁边立即有人拽了拽他的衣角。"她好歹也救了我们，你别这样！"

沈璃眉眼一沉："我只说一遍，生擒地仙一事与我魔族没有半点关系。我亦是今日才无意得知……"

"胡说！"许是被囚禁了许久，此刻终于得到释放，心里的焦急皆化为愤怒，青年男子打断沈璃的话，"就是你们这些魔族之人，野蛮横行，居心叵测，一直图谋不轨，此次擒了我们不知要做什么，下次是不是就要去天界抓人了？你们这些魔族的家伙，没一个好东西！你们的魔君更是……"

话未说完，沈璃已站在他跟前，只手掐住他的脖子将他提了起来。"你尽可再放肆一句，我碧苍王必让你尸首分家。"

看见沈璃眼底的红光，被掐着脖子的青年男子几乎要吓晕过去，旁边的地仙吓坏了，忙连声道歉，劝沈璃放了那人，而沈璃却像没听到似的，手指慢慢收紧，眼见那人脸色渐渐泛青。

行止这才不赞同地蹙眉唤道："沈璃。"他目光微沉，沈璃只斜眼瞥了他一眼，没有松手，但力道却小了些许。

"残……残暴野蛮……"得了空隙，那青年男子挣扎着说出这几个字，沈璃冷冷一笑，只盯着他道："我本不欲杀你，但你既然已将我定罪，我便将这罪名坐实了，让你死得踏实一些可好？"

言罢，她五指用力，青年男子脸色更是青紫，嘴角微微泛出白沫。旁边的地仙连连惊呼。有的地仙已经被吓得哭了出来。

一只手适时握住她的手腕，行止没有强迫她松手，只是劝道："你若杀了他，便更难为魔界洗脱冤屈了。"

沈璃心头更是憋屈，咬牙切齿道："此人满嘴喷粪，贱我族民，辱我君王，捏造我魔族未行之事，不废他，难消我心头之怒。"

"沈璃……"行止一声轻叹，无奈至极。

沈璃心中哪会不明白杀了这地仙的后果，但魔族向来便被这种爱闲言碎语的家伙恶语中伤，每次都得忍耐克制，叫她如何甘心。

沈璃一咬牙，最终手臂一用力，径直将这地仙扔出去老远，撞断了数棵小树，方才止住去势。那人两眼一翻，颓然倒地，竟是晕过去了。有地仙急急忙忙跑了过去，见他伤得重，不由得有些埋怨道："不过是说了几句，何至于这么大的火气。你们魔族中人，难道就不能体谅一下……"

"体谅？"沈璃只觉这些仙人好笑至极，声音中暗含法力，震得众人皆是心头一颤，有体弱者捂住耳朵面露痛色，"我便是不体谅你们，你们又奈我何？"

她正在气头上，出口之时法力激荡，毫无收敛，可口中尚有法力未出，一只大掌倏地捂上她的嘴，让她将法力尽数噎回去了不说，还强硬地将她往后面一揽，沈璃只觉自己的后背贴在了温热的胸膛上，行止身上温和的气息瞬间便包裹了她，像是被施了什么法术一样，宛如清风吹散雾霭，让她心中戾气尽消，唯剩些不甘与委屈堵在心口，闷得心慌。

"各位仙友，那些擒住你们的人身上带有魔气，并非代表此事是魔族之人所为，或许是有心人从中作梗，故意挑拨天魔两界的关系，还望各位仙友勿要听信谣言，以免中了奸人之计。"

行止说话的声音带动胸腔震动，让沈璃不由自主地有些失神，但看见前面那些地仙，她又觉气不打一处来，没好气地推开行止的手，沈璃从他怀里挣出去，扭头瞪了他一眼，转身便往另一头走去，一边走，一边踢飞脚下的乱石杂草，竟是像小孩子一样在使气。

行止望着她的背影，叹息着摇头浅笑。他没急着走，扭头继续对众地仙道："不瞒各位，我前些日子才在魔界待过，魔族人并非如各位所想的那般嗜血好战，他们性格爽朗，行事直接果断。而且在军营之中，也不见有大型军事活动的准备。大家试想一下，若擒拿地仙一事当真是魔族所为，那他们必定已做好与天界对战的准备，而这些准备若没有武装预演和大规模军队调动，是绝对不可能做到的。"

众地仙听他如此一说，沉思起来。

一位白发老者摸了摸胡子道："据老朽所知，前些日子去魔界的唯有天君皇孙拂容君，方才那女子自称碧苍王沈璃，莫非，眼前当真是这夫妇二人？"

行止眉梢微微一动，回头看了一眼，见沈璃在远处倚树站着，眺望着瀑布，那方声大，她约莫是什么也没听见。行止转过头来，唇角勾着弧度，只道："拂容君与碧苍王尚未完婚。"却并不否认两人的关系。

老者点了点头："既是仙君的话，当是为真。"

"碧苍王一心为魔族，且极为护短，听不得别人损她魔族半句。她方才那般皆是因为来了脾气。望各位见谅。"行止一笑，"若论品性诚实，处事厚道一说，我倒还不如她。所以碧苍王方才的话，尽可相信。"

白发老者捋了捋胡子："仙君对王爷倒是极好，不如先前传闻中那般……呃……哈哈。"老者没说完，自己打起了哈哈。

行止沉默，唇角弧度却有些收敛，只眉眼微垂，轻声道："因为，她值得。"

询问了一番被擒之后的事宜，行止便交代众地仙回自己的领地守着，这一带的黑衣人短时间内约莫是不会再来了。行止让他们趁机向天界通报此事宜。遣散众地仙，行止慢慢走到沈璃背后，没有唤她，沈璃却已察觉到了他的存在，微微侧头看了他一眼。

"都走了？"

行止点头："好像在他们之前还有一批人被押走了，应该是往南方去的，但具体方位他们并不知晓。"

"这是你们天界的事，与我无关。要救人你自己去吧。我去扬州了。"言罢，沈璃驾云而走，可飞了一阵子发现行止一直在身后跟着，沈璃扭头瞪他，"跟着作甚！"

行止无奈一笑："扬州也在南方啊。我们是同路。"

沈璃一默，心中虽还有几分气未消，但也没急着赶人走了，行止在她后面跟了一会儿，距离越来越近，最后与她齐头并行，他瞥了沈璃几眼，问道："想吃点东西吗？"

沈璃嘴硬，冷冷地吐出一句"不想"，但肚子却没出息地应了一声。她嘴角一抽，听行止在旁边不厚道地笑。沈璃心中更是恼怒，眼瞅着要驾云奔走，手腕却被行止一拽。"下面正好有户人家，咱们去借下厨房弄点吃食吧。久未食五谷，倒有些想念。"

沈璃眼珠子一动："你做？"

行止浅笑："我做。"

"下去吧。"

第十一章

——

上古神君的烦恼

行止做的东西，或者说行云做的东西确实有几分让人想念。

山里这户人家正好在路边，似乎习惯了有路人在这里借地休息，在屋子外边还摆了几张桌子，一块写着大大的"茶"字的招牌在一边挂着。沈璃与行止还没坐下，一个农妇打扮的中年女子便从屋里出来了。"哎，两位喝茶啊？"她热情地招呼着，"坐坐坐。"

"大娘，我们赶路饿了，可否借您厨房一用，弄些吃食？"

农妇眨了眨眼，在两人之间一打量，忙笑道："你们要吃什么，我帮你们做就是。"

行止笑道："我妹妹嘴刁，怕您弄得不合口味，回头报酬还是会给您的。"

农妇沉默了一瞬："呃，那好吧，我去把厨房收拾一下。你们先喝茶。"说着，她殷勤地把杯子拿来，给他们倒上茶，然后急匆匆地往厨房走去。

"黑店。"沈璃摸着茶杯杯沿下了定论。

"王爷可是怕了？"

沈璃一仰头便喝下了手中的茶。"我以为，他们还是黑不过神君的。"

行止浅笑："王爷抬举。"

待农妇收拾好了，再从屋子里出来，见两人还笔挺地坐着，面上闪过一丝疑虑，但又堆起了笑走过来。"已经收拾好啦，公子去吧。"她将桌上的茶壶一提，感觉里面只剩半壶水，表情有些诧异地望向两人。

沈璃当着她的面抿了口茶："怎么了？"

与 凤 行

农妇笑了笑："没有，只是走到这荒山野岭也不见疲色，我觉得姑娘的身体很好。"

沈璃一笑："还行，杀过千百只妖兽怪物而已。"

农妇眼中幽绿的光一闪而过："姑娘可真爱开玩笑。"沈璃不如行止这般沉得住气，也不像他那样喜欢卖关子，当下一把抓了农妇的脖子，将她往桌子上一摁。"我不爱开玩笑。"言罢，她将那壶茶一提，径直灌进了农妇嘴里。

农妇手脚拼命挣扎，只是哪儿还有她说话的份儿，被沈璃一阵猛灌，农妇当即便晕得找不到方向了。沈璃提着她，将她一抖，农妇四肢缩短，皮肉慢慢蜕变成光溜溜的蛇皮，尾巴拖在地上来回甩动，竟化作一条青蟒。

把浑身已经无力的蟒蛇往地上一扔，沈璃冷声道："都出来，再躲我就杀了她。"

沈璃话音一落，一个少女连滚带爬地从一旁的草堆里跑了出来。"别！别杀我娘！"她声音软糯，路还有些走不稳，下半身一会儿是蛇尾，一会儿是人腿，来回变换，还没跑到青蟒身边，她便自己把自己绊摔在地上，扑了一脸的灰。

行止一笑，刚想调侃几句，忽见沈璃猛地上前两步将少女扶了起来，她不嫌脏地拍了拍她的脸颊，欣喜道："小荷！"

少女愣愣地看着沈璃，因为害怕，声音有些颤抖："我不是小荷……对不起……"

少女的身体实在是抖得厉害，沈璃只好暂且放开她。

方才一时欣喜，沈璃竟然忘了自己认识的那个小荷已经为她喜欢的人牺牲了自己，且不论这少女是不是仅与小荷长得相像，就算她真是小荷的转世又如何，不是人人都是行止，孟婆汤对普通人来说，是毒药也是解脱，这一世，她不再认识那个被称为睿王的人，也没有因被那般算计而伤心过。

沈璃一时沉默，行止上前一步，问少女："你们道行也不高，却敢明目张胆摆摊害人，委实有些放肆，就不怕此处山神问你们的罪？"

少女战战兢兢地将青蟒的脖子抱在腿上，小声答道："此处的山神早就被抓走了。"

闻言，沈璃与行止对视一眼，沈璃问道："什么时候被抓走的，你是否看见他们被抓去了哪儿？"她问话时，声音不自觉地微微严厉起来，吓得少女更是抖得不行，两片粉嫩的唇颤了半天愣是没挤出一个字来。

"我没揍你啊……"沈璃一声叹息，有些颓然。行止在旁边闷笑。

沈璃正无奈之际，趴在少女腿上的青蟒动了动脑袋，微哑着嗓子道："大仙饶命。"青蟒费力地撑起脑袋，沈璃方才只抖了她两下便让她如此吃不消，她心里知道自己与沈璃实力的差距，态度更是恭敬："我们母女本也不想做这种害人生意，但实在是被现实所逼，无可奈何之下才做出了这样的事。但是在这几月当中，我们绝对没有害人性命啊！只是取走钱财便将人放了，不曾害过一个人！还望大仙饶命。"

"你们从什么时候开始在这里摆摊的？"沈璃换了问题问道，"又是为什么被迫做出这种事？"

谈到此事，青蟒一声叹息："说来也是四处的山神不停消失的原因，我们本住在扬州城三十里地外的山林中。这孩子的父亲是个凡人。此前我们靠她父亲自己种的粮食和我从山上带回来的野味也勉强能生活。但是三个月前，我们居住的那山林不知道出了什么事，树木凋敝，瘴气四起，寸草不生……"想到那样的场景，青蟒好似还心有余悸。她叹了口气道："山神一个都不在，后来才听山上别的妖怪说，他们被一些来自浮生门的家伙带走了。"

又是浮生门。沈璃皱起了眉头，看来他们不只抓了京城周围的地仙。一个近年刚崛起的小修仙门派到底是哪儿来的本事将这么多地仙皆擒住，而且还有那样的魔气，此时甚至连沈璃都开始怀疑，是不是魔界有了什么图谋不轨之人。

"所以我只好带着这孩子躲到此处来。哪承想这山里可以吃的东西也少得可怜，无奈之下，我们才想到此下策，打劫路人的银钱食物，用于

与凤行

维持生计。"

"你丈夫呢？"行止轻声问着，却不是关于浮生门的事，"他不跟来，一个凡人如何生活呢？"

"他……"青蟒稍一犹豫，还是老实说道，"他与我成亲之前是个道士，虽然平时与我在一起生活，但是他心中除魔卫道的责任却一直没放下，这次山里瘴气四溢，他早在我们母女跑出来之前便带着他收的弟子去扬州城了。他说瘴气那般厉害，城里肯定会受到影响……"

沈璃闻言一怔，这个蛇妖与凡人在一起生下子嗣便罢，那男人竟还是个道士？人妖本就殊途，再加上身份的束缚，一人一蛇在一起必定极为不易。沈璃一时间竟有些佩服起这条青蟒来。

沈璃沉默的这一刻，行止忽然做了决定："既然如此，我们现在便去扬州吧。"他浅笑："这顿饭，改日再做给你吃。"他的语气不自觉地亲昵，沈璃听得一愣，然后扭过头，不自然地咳了一声。

"大……大仙！"少女突然道，"你们可以带我一起去扬州吗？我很想念爹爹和景言哥哥。"她脸颊微红，不知是急的还是害羞。

城中若有瘴气，对这种小妖的影响还是挺大的，行止刚要拒绝，沈璃却一口应了下来："走吧。"她回头看了一眼行止。"给她一个避瘴气的符纸便行了。"语气果断，完全不带商量的口吻。她是不想再单独与行止走下去了。

行止望着沈璃，稍稍怅然，随即一笑，走到少女面前，在她脑门上写了个字，道："入了城，若有不适，记得与我说。"

少女极为感激地点了点头，然后身体一变，化作一条小青蛇，钻进了沈璃的衣袖，她露出个脑袋来，看了看沈璃，沈璃一笑："走吧。"

到扬州时，已是夕阳西下的时候，但却不见夕阳美妙的影子，城上空笼罩着黑蒙蒙的瘴气，不仔细看，沈璃还以为自己到了魔界的哪个地方。据小青蛇景惜说，扬州城里城外的地仙被抓得一个不剩，外围的山林中又瘴气四溢，每日从山上飘下来的瘴气在城中积累，便成了这个样子。

沈璃皱眉："魔族之人天生对瘴气有一定的适应性，但是凡人之躯必定受不了这样的瘴气。"

如她所言，城里兴起了疫病。老幼无一不患病，偶尔有几个身体强健的人还能在街上走几步，但这传说中繁华富庶的江南俨然已变成一座死城。

小青蛇在沈璃的衣袖里颤抖，沈璃安抚似的摸了摸她。"我们会找到你家人的。"

他们沿街走了一段路，沈璃问行止："可有办法驱除瘴气？"

"自然可以，只是城中瘴气乃是受山林之害，清此处瘴气只治标，清林间瘴气才是治本。"

"先治标，再治本。"沈璃果断道，"缓一缓总比什么都不做来得好。"

沈璃话音未落，斜前方忽然横冲出一个人来，他一身衣服灰扑扑的，满头头发参开，一脸黑灰。"终……终于有人来了！"他激动得捂脸，几乎要喜极而泣，"终于熬到人来了！"

沈璃问："你是何人？"

来人将脸一抹，几乎哭了出来："我是拂容君啊！"他用脏兮兮的衣服擦了擦脏兮兮的脸，弄得脸更脏，然后指着自己的脸道："拂容君。"

沈璃眉头一皱，极是嫌弃："走开。我现在没空理你。"

拂容君一愣，望了望一旁也扭过头不看他的行止神君。"太过分了！"他怒道，"本仙君舍命救了一座城，你们就这样对我！要不是本仙君赶到扬州城，这里的人早被瘴气给吞了！是本仙君用净化法术才把局面控制下来了！你们这种嫌弃到底是怎么回事！"

行止仰头看了看天："是有被净化过的痕迹。"

听行止肯定他，拂容君的愤怒中转出了一点委屈来："本是来寻一点逍遥，可是却撞见了这样的事，但撞见了，总不能撒手不管吧。我费尽

与 凤 行

全力净化了城中瘴气，可不到一天，瘴气又弥漫开来。城里病号太多，生病太重的管不了，我便把病情稍轻之人一起带到城北庙里面，设了个结界把他们圈住，自己每天出来净化瘴气，可这些日子瘴气越来越重，我也没法了。"

他说得极为心酸，沈璃一语点破："为何你发现的时候不上报天界？你是怕自己被抓回去吧。所以硬撑着想以一己之力净化瘴气，现在担不住了，才想起找人了吧。"沈璃瞥了他一眼："什么救了一座城，也好意思说。"

拂容君噎住，正难堪之际，只见一道青光一闪，妙龄少女忽然站在他的面前，因为脚站不稳，趔趄了两步扑进拂容君怀里，又连忙退开："仙君，你可有在城里见过一个道士带着一个徒弟？"

这声软软的呼唤唤得拂容君浑身舒畅，他上下打量了景惜一眼，桃花眼一眯："自然有看见，都在本君设的那个结界里面。"

"可以带我过去吗？"

"当然。"说着，拂容君伸出手，"我牵着你吧，这里瘴气遮眼，当心看不见。"

沈璃将景惜拦腰一抱，径直扛在肩上，而后吩咐拂容君："去，带路。"

拂容君悻悻然地瞪了沈璃一眼，扭头走在前面。

沈璃没想到一直被她当作花瓶的拂容君竟真的有本事在城北庙里设一圈结界，护住了其中至少数百人的性命。待进了结界，民众对拂容君皆是笑脸相迎，像是感激极了。

拂容君得意地扭头瞅沈璃，好似在炫耀自己的功德。沈璃扭头不理他，倒是景惜被唬得一愣一愣的，一路上不停地夸："仙君好厉害，仙君真是大善人。"拂容君高兴得哈哈大笑。

走到庙里，景惜一眼便扫到了角落里的两人，大唤一声，跑了过去。

"爹，景言哥哥！"

沈璃闻言看去，微微一怔，景惜的爹看起来只是个普通的道士，但她那景言哥哥竟与上一世的睿王长得十分相似。而此时，景言身边正躺着一个粉衣女子，看样子是生了病，正昏睡着。那女子的模样居然与上一世的叶诗也有所相像。

景惜急匆匆地跑过去，却换来景言一声低喝："别吵，没看见有人睡着了吗？"

景惜一愣，委屈地往后挪了挪，走到一旁拽住了她爹的衣袖。

这一幕场景却让沈璃莫名想到了那个地室当中三人微妙的关系。难道这一世那种事情又要上演？沈璃不禁问道："他们是在重复自己的宿命吗？"

行止摇头："不过是巧合罢了。"

看着景惜有些委屈的模样，沈璃突然想到了小荷，不由得自语道："睿王称帝之后，在他一生中那么多个日夜里，有没有哪怕一个瞬间，会回想起曾经有个才露尖尖角的小荷，为了成全他而再无机会盛放。"

"会想起的。"行止答道，"在他称帝后，御花园里，种满了荷花。"

沈璃一怔，没想到行止会回答她，但怔愣之后，又是一声轻叹："虽然没什么用，但小荷若知道了，应该会高兴的。至少，她被人记住了。"

"你怎么到这儿来了？"景惜的爹声音微厉，"你娘呢？为何放任你到此处？"

景惜拽着她爹的衣袖，有些委屈："娘也担心你，可她受了伤，怕受瘴气影响，所以没敢来。"

"胡闹！"他衣袖一拂，"你便不怕受瘴气影响？快些离开！"

景惜回头看了景言一眼，见景言根本没把注意力放在她身上。景惜喉间一涩，没有说话。正是沉默之际，拂容君突然横插一手，往景惜跟前一站，隔开她与她爹，笑道："此结界之中无甚瘴气，道长大可不必如此急着赶令千金走。她也是思父心切，道长莫要怪罪。"

与凤行

拂容君回头看了看景惜，见她一双眼亮亮地盯着他，拂容君心底不由自主地一软，也随之柔了目光，几乎是下意识地一笑，尽管他如今满脸的灰，但眼中的温暖仍旧让景惜心中升腾出感激之意。

道士见拂容君开口，便没好再说话。

沈璃在地上昏睡的姑娘跟前蹲下，打量了她一会儿，见她唇色泛乌，白皙的皮肤之下隐隐透出青色的血管，像一条条潜伏在皮肤之下的虫子，看起来令人生畏。沈璃问道："这便是此次扬州城因瘴气四溢而出现的疫病？"对面的景言看了沈璃一眼，不满于她的打扰，沈璃毫不客气地回望他，语气微带不满："如何？你不知道，那你守着她作甚？不如让懂的人来看看。"她一转眼看向行止："神君有劳。"

行止看到她这种为景惜打抱不平的举动，有些叹息，不管理智再怎么约束，沈璃还是沈璃，忠于自己内心的感情，不喜欢的、看不惯的，都忍不住在面上表现出来。

心里虽然这样想，但行止仍是走了过去，将这女子仔细一打量，眉头一皱，把着她的脉搏。隔了一会儿，他道："我去看看别的患者。"他神色微凝，在庙里转了一圈回来，眉头蹙起，转而问拂容君："仙君在此处数日，可有发现哪个方向的瘴气最为浓郁？"

拂容君一琢磨："西边。城西的瘴气总是最为刺人。"

行止沉吟了一会儿："若我没猜错，瘴气或许并不是从城外溢入城内，而是由城内向城外溢出的，而这样的溢出，怕是已有一段时间了。"

闻言，庙里的人皆是一惊。道士首先反驳道："不可能，我虽隐居山林，但偶尔也会入扬州城购买生活所用之物，上个月我才来过一次，那时城外已经有了瘴气，而城内却是比较干净。"

"他们这样的表现并非得了疫病，而是吸入太多瘴气导致经脉逆行。"行止将衣袖往上一挽，在他手臂上，也有隐隐泛青的血管在皮肤下显现。他道："说来惭愧，数日前我不慎被瘴气入体，它们在我体内便留下了这样的痕迹。"

沈璃知道，那是行止在墟天渊时被妖兽偷袭之后留下的伤口，只是沈璃不承想，那妖兽留下的痕迹竟然至今还在，而这段时间行止竟然一声也没吭。

"这样的痕迹，若不是受过身带瘴气之物的袭击，便是常年吸入瘴气致血脉逆行，瘴气积累到一定程度之时，终于爆发。"行止放下衣袖，"各地地仙消失，神秘的修仙门派，瘴气肆虐不止，此事的答案或许就在城西。"

事关魔族声誉，沈璃心觉耽搁不得，当下也不想管这里的男女之事，"去城西。"她起身便道，又吩咐拂容君，"好好守着这儿。"

越是靠近城西，瘴气果然越发刺人，沈璃浑身戒备起来，她对行止道："若发现此事真凶，必交由我魔族来处置。"

行止一默，在沈璃满心以为他没有异议之时，行止却道："不行，此事与众多山神、地仙有所牵扯，天界必当追究到底。"

沈璃脚步微微一顿，转头看向行止，见他唇角虽是与平时一样淡淡的微笑，但眼神中却是不容否决的坚定，沈璃此时忽然有一种终于看见了行止真实一面的感觉，原来看似漫不经心的神态之下，他的立场是那么清楚，在涉及天界的问题上，他不会退步半分。

"好。"沈璃点头，"联审。"她提出意见。

行止侧眼看她，还没说话，忽觉两人走到了瘴气最浓郁之地。其气息刺人的程度让已经习惯了瘴气侵袭的沈璃也微微不适，更别说在人界生活的凡人了。

眼瞅着快走到城西城墙处，仍旧没见到可能溢出瘴气的东西，沈璃心头觉得奇怪："找的都快撞上城墙了。"

行止顺手扯了沈璃一根头发，沈璃不觉得痛，只是奇怪地看他："作甚？"但见行止轻轻一笑，修长的手指灵活地将她这根头发卷成了蝴蝶的形状。"变戏法给你看。"言罢，他手一松，只见沈璃这根头发化作一只白色的蝴蝶，扑腾着往空中飞去，所过之处瘴气尽消。两扇朱红色的大门开在城墙处。而这朱红色的大门，与他们在京城郊外解救地仙时看到的那个妖怪洞府的大门一模一样。

行止一笑："看，出现了。"

沈璃斜了他一眼，跨步上前，手中银枪已经紧握。"下次拔你自己的头发。"

心知此处必定是那什么"浮生门"的老巢，沈璃半点没客气，一脚踹在朱红色大门之上，两扇大门剧烈震颤，但却没有打开，沈璃将法力灌入脚底，只听"哐"的一声巨响，两扇大门打开，一股瘴气扑面而来。白色的蝴蝶极为配合地自沈璃耳后飞过，飞得不复先前那般悠闲散漫，而是如箭一般直直地往门里寻去，一路将瘴气驱除得彻彻底底。

沈璃走在前面，她没想到这城墙里面，或者说依靠法术附着在城墙上的朱红大门后竟是一个富丽如皇宫一般的地方。

自她闯入的那一刻起，便不停地有黑衣人从四面八方的墙壁里如鬼魅一样冒出来，欲将沈璃杀掉，而沈璃手中银枪一挥，便是杀敌的招数，鲜血流了一地，沈璃面无表情地踩踏而过。

在她看来，令魔族蒙此诬蔑和羞辱是不可原谅的。

一路毫不留情地杀敌，直至岔路口出现，沈璃随手抓了一人，当着他的面，冷漠地将一个黑衣人自心口处扎穿，法力震荡，自银枪上祭出，径直震碎了那人五脏六腑，让他张大着嘴，在沈璃抓来的这人面前灰飞烟灭。

"说。"沈璃的声音好似来自地狱，"主谋在何处？"

被抓的黑衣人浑身颤抖，终是抵不过心底恐惧，道："右……右边。"

"左边是何处？"

"关押各地山神、地仙之处。"

沈璃放了他，却在他逃离之前的最后一刻将他头发一抓，拽着他便往旁边的石壁上一磕，磕得那人晕死过去。

其时，行止刚从后面跟来，见沈璃如此，他眉头微皱："嗜血好杀并非什么好事，即便对方是你的敌人。"

沈璃银枪上滑落下来的血已经染红了她的双手，沈璃冷冷瞥了行止一眼："不劳神君说教。此路左方乃是关押各处山神、地仙之处，沈璃法术不精，便不去了，神君且自行去救你们天界的山神、地仙们，待沈璃擒得此案真凶，还望神君在两界联审之时还魔界一个清白，休叫他人再胡言乱语。"

行止眉头微皱，沈璃一转身，往右方疾行而去。

行止望着她离去的方向许久，最后脚尖仍是没转方向，往左侧行去。

越是靠近最后一个房间，前来阻拦的人便越多，当沈璃单枪刺破最后一道大门时，金光闪闪的大殿出现在沈璃眼前，她左右一望，殿中已是无人，她带着戒备，小心翼翼地踏入殿内。

四周皆静，连拦路的黑衣人也没有了。

忽然之间，脚下一阵颤动，沈璃头微微一侧，三个如山般伟岸的壮汉从天而降。他们赤裸着上身，呈三角之势将沈璃围在其中，其面目狰狞，獠牙尖利如狼，眼底赤红，俨然已是一副野兽的模样。他们冲着沈璃嘶吼，唾沫飞溅，满身腥气。

沈璃面上虽镇定自若，但心底却有几分震惊，她从未见过这样的对手，似人似兽，简直就像是……人变成了妖兽的模样。

四人僵持了一段时间，忽然，一个壮汉猛地扑上前来，沈璃举枪一挡，枪尖径直扎向那人眼珠，但那人却不躲不避，伸手往枪尖上一抓，凭着蛮力将沈璃手中的银枪握住，他的手也因枪刃的锋利而被划得鲜血直流，而他却似没感觉到一样，嘶吼着往沈璃脖子上咬来。

即便是如沈璃这般喜欢在战斗中硬碰硬的人，此时都不由得一怔，松开银枪往旁边一躲。而另一个壮汉此时又从另一个方向攻来，沈璃一时不慎，后背被硬生生击中，她往旁边一滚，没有一点喘息的时间，手指一握，本来被其中一个壮汉握住的银枪再次回到沈璃的手里。

三角之势已破，大门在三个人背后，她被围堵在大殿之中。

与风行

这三个人，极不好对付啊……

气息在房中沉淀，沈璃冷眼打量着三个壮汉，她周身杀气四溢，而那三个人张着血盆大口，獠牙尖利，黏腻的唾液不受控制地往下滴落。沈璃的目光落在一个壮汉的手上，方才他握了她的银枪，被枪刃划破了掌心，而此时，他掌心的伤口却以肉眼可见的速度快速愈合……

简直……与她在魔界斩杀的那只妖兽蝎尾狐一样，是怪物……

他们周身瘴气一动，沈璃立即敏锐地判断出三人欲攻上前来。她的银枪一震，纵身一跃，一杆银枪径直杀向中间那人的天灵盖，中间那人一声嘶吼，像是根本不知道什么叫躲避一样，迎面而来，伸手便要抓沈璃的银枪，此次沈璃有了戒备之心，岂会如此容易让他抓住，当下在空中身形一扭，落在地上，甩身回来便杀了个回马枪，欲斩断那人双脚，乱他下盘。

可沈璃如何也想不到，陪她战遍四海八荒的红缨银枪在这全力一击之下没有如她所愿地斩断那人双脚，竟宛如砍上了坚硬至极的精钢铁柱。只听"当啷"一声，银枪震颤，几乎震裂了沈璃的虎口。她一个后空翻，退身到安全的地方，枪刃映着沈璃的半边脸，她清晰地看见枪刃上豁了一个小口。

沈璃心中震惊，枪之一器善于刺，不善砍、斩这类的攻击，但在沈璃的法力驱动下，数百年来这杆银枪在她手里能变幻出匪夷所思的用法，连枪杆也能横斩首级，更别说锋利的枪刃。而今天的撞击却让她的红缨银枪豁了一个口……

没给沈璃更多吃惊的时间，另外两个壮汉从两旁包抄而上，宛如野狗扑食，恨不能将沈璃撕成碎片，沈璃往空中一跃，欲倒挂在殿中房梁之上，以寻找攻下三人之法，但不承想她还没跃起来，另一道身影就跳到比她高的高度，一掌从她头上拍下，避无可避，沈璃头微微一偏，抓住壮汉的手腕，五指用力，一声低喝，灌注法力，只听"咔嚓"一声，她竟硬生生捏碎了壮汉的手腕骨！

壮汉仰头嘶吼，胸前没有防备，沈璃毫不犹豫，举枪直刺他心口处，枪尖扎进他心口，坚硬的肌肉阻挡了武器的去势，沈璃大喝，只见银枪上光芒一盛，一声撕裂的响声之后，壮汉背后破出一道厉芒，鲜血在空中滴下，沈璃用力，将他一摔，枪尖拔出，壮汉如球一般狠狠撞在墙壁之上，击碎墙上硬石，在墙上撞出了一个深深的坑，而他陷入其中，再没了动静。

解决了一人，沈璃已是气喘吁吁，可还没等她缓过气来，又是两道身影跃上半空，将她包围于其中，沈璃举枪挡住其中一人的攻击，但另一人的巴掌正中沈璃后心，其力道之大，径直将沈璃拍在地上，摔出了半人深的大坑。

两个壮汉脚步沉重地落在地上，坑中尘土飞扬，看不见里面的人影，两人迈步走到坑边，正在向里面探望，忽觉其中红光一闪，一人还未反应过来，只见厉芒逼至眼前。枪尖自其眼中穿过，径直从他的脑后穿出。沈璃横枪一扫，削掉他半个脑袋，壮汉如山的身子颓然倒地。

尘埃在沈璃身边散去，她身上看不见什么伤，但嘴角已挂着不少血迹，眼底似染了血一般猩红一片，她目光森冷，抹去唇边的血迹，轻声道："很痛啊。"刚才那一击让她每一次呼吸都如关节被撑断一般疼痛。肉搏战中，竟被三个不知名的家伙逼至如此境地，沈璃目光一沉，踏步上前，眼底猩红更重。"既然要战，那便不死不休。"

仅剩的一个壮汉一声嘶吼，声音震颤大殿，致使殿中砖墙破裂，他浑身肌肉暴起，踩过地上那壮汉的尸体，径直向沈璃冲来。

沈璃不躲不避，预测了他行动的路线，纵身一跃，举枪自壮汉头顶刺下，欲刺穿他的头颅，但不想这人动作竟比方才那两人要快上三分，他抬手一挡，枪尖扎入他粗壮的手臂，他好像没有痛觉一样，隔开沈璃的攻击，另一只手直冲沈璃的面门挥来，沈璃也不甘示弱，掌心凝聚法力，硬生生接下那人挥来的一拳，拳风震得沈璃鬓边碎发一颤，沈璃腿往上一抬，双腿夹住那人的脖子，腰间使力，当空一翻，带动壮汉的身子旋转，她腿一使力便将壮汉甩了出去，壮汉径直撞在天花板的一角，砖石掉落，出人意料的是，在那砖石之后竟是一间亮堂的屋子！

此时一人正站在破损的砖石旁，居高临下地看着沈璃，他一身青袍，周身气场诡异。撞进天花板上面屋子的壮汉甩了甩脑袋爬起来，那青袍男人使劲将壮汉一踹，壮汉便从那上方又掉落下来，摔起了一片尘土。

沈璃冷眼盯着上面那人，颜如修罗。"你便是那幕后黑手？"她银枪一震，"陷害我魔族，有何居心？"

"陷害？"青袍男人站在阴影之中，沈璃看不清他的面容，只觉得他的声音莫名地熟悉。"这可算不得陷害。"

沈璃眉头一皱，刚欲上前将那人捉住仔细询问，被他踹下来的壮汉忽然在角落里站起身来，抖了抖身上的尘土，一声大吼，又提起战意，当真是如沈璃所说的"不死不休"。

"麻烦的人来了，恕我不能再看碧苍王接下来的英姿。"那人身子一转，侧脸在光影中忽明忽暗，沈璃紧紧地盯着他，脑海中忽地浮现出一个人的身影，沈璃只见过那人一面，但却对他印象深刻，因为那人便是烧掉行云院子的那个领头将领，名字好似叫……

苻生！

苻生，浮生门……

但他明明是个凡人，为什么会活这么久！

沈璃心急欲追，而那壮汉却猛地扑上前来，沈璃大怒，眼底凶光大盛："烦死了！"只听得这一声低吼，枪刃擦过壮汉的双眼，断了他的视线，沈璃身形一跃，闪至被那壮汉撞出的砖石缺口，她欲擒苻生，苻生却不慌不忙地一挥衣袖。

沈璃初始并未觉得不适，不过片刻之后，她只觉眼前一花，浑身一僵，身子不由自主地往后仰，直挺挺地往下摔去，那殿中的壮汉一跃而起，双手握拳，如重锤一般重击沈璃的腹部。

五脏仿佛被震碎了一般，沈璃重重地摔在地上。

壮汉与沈璃一同落在尘埃之中，在灰蒙蒙的尘埃里摸到了沈璃的脖子，他探手抓住，粗暴地将她拎了起来，像是要掐死她一样。

沈璃紧紧盯着符生，只见符生的身影渐渐隐去，沈璃身体之中的无力感更甚，内脏受了那般重击，即便是沈璃，对这样的疼痛也已有些承受不住，鲜血自她口中涌出，染了壮汉满手，壮汉拎着她，胜利一般大吼。

"这是……在做什么？"

一个森冷至极的声音自大殿门口不紧不慢地传来。

壮汉头一转，看见一个白色的身影站在殿门口，他一声嘶吼，将沈璃像掷武器一般向门口那人掷去。

此时，沈璃已全然无法控制自己的身体，可她却没有遭到预料之中的撞击，而是被一只手在空中托住后背，随着她来的力道，抱着她转了一圈，将那些蛮力化去。待得沈璃看清行止的脸时，她已稳稳地躺在了他怀里。

一身血染污了行止的白衣。沈璃在此时竟有个奇怪的念头，纳闷她怎么老是弄脏他的衣服……还好不用帮他洗，不然得比杀妖兽麻烦多少。

"你受了多重的伤？"沈璃从未听过行止的声音如此低沉，其中隐含着愤怒。

沈璃摇头："幕后人……逃走……"

行止坚持问："多重的伤？"

沈璃沉默，不是因为不想回答，而是因为实在说不出话了，她很想告诉行止，这样的伤还要不了她的命，而现在抓住主谋的机会再难得到，不能错过，此事关乎魔界和魔君的声誉，她不想再听到任何人对她家乡和家人的诋毁……

行止握住沈璃的手腕给她把脉，忽然之间，一旁的壮汉不甘示弱地大吼一声，直挺挺地冲了过来，他沉重的身躯在地上跑动时发出的声响让行止很难探出沈璃已经越发虚弱的脉搏。

与凤行

行止头一转，望向冲来的壮汉，面色如冬夜寒霜般冰冷。"滚！"

气息自行止周身扩散开，时光仿佛停止了流动，空中的尘埃也好似被定住一般，不再继续飘动，壮汉以奔跑的姿态在空中停顿，周身凝结出细小的冰碴。

一字之威令几乎要晕过去的沈璃看得愣神。

她恍然了悟，行止口中所说的"止水术"原来这般厉害。

行止握住沈璃的脉搏，极度安静之下，沈璃几乎能听见自己心脏跳动的声音……她太虚弱了，心跳的速度却有些快。只是一点细微的变化，沈璃感觉到了，但她毫不犹豫地选择忽略，而行止，甚至根本就不会感觉出来吧。

他只会觉得……她身体有问题。

"你中毒了。"行止蹙眉。

沈璃在他漆黑的眼珠里看见了自己乌青的脸和没有血色的嘴。她虚弱道："毒，伤不了我……主谋……"

她话音未落，房间里似乎响起了一个吟咒的声音，声音从极小到极大，钻进沈璃的耳朵里，令她头痛欲裂，沈璃不由自主地咬牙，行止见她脸色越发不对，心中不由得一急，问："怎么了？"

"声音……"

行止面色更冷，显然，这个声音是针对沈璃而来。砖石在身后响起，行止微微转过头，看见一个被削掉半个脑袋的壮汉从废砖石里爬了出来，石壁上，被沈璃摔晕在墙上的壮汉也掉落下来，这两名壮汉皆是满身鲜血，他们像听从了谁的指挥，毫无意识地向行止走来。

沈璃见此情景，手指下意识握紧，欲起身再战。肩头却被行止死死按住："你不想活了吗？"他声音冷厉，沈璃扯了扯嘴角："就是因为想活。"

行止唇微抿，心底泛起一股遏制不住的情绪，他连头也没回，衣袖一挥，五指向着两名壮汉的方向一收，宛如晨钟大响，清天下浊气，极净之气自他周身溢出，光芒刺目之时，周遭一切皆化为灰烬。

"我会让你活着。"

沈璃脑袋已经完全迷糊，心里的话拦不住一样呢喃出口："以前……没有哪个人是行止……"

按住沈璃肩头的手指收紧，看着已经昏过去的人，行止漆黑的眼眸里看不出情绪。

应该去追。行止清楚抓住这幕后之人的重要性，也知道沈璃必定也是希望他去将那人抓回来，还魔界一个清白。但是……他走不开。

看着怀中人苍白的脸色，行止把住沈璃脉搏的手不由自主地收紧。这个女子，大概从来没像女人一样活过，不沾胭脂，不会软弱，因为太强大，所以从来不会站在别人的背后，她就像她手里那杆银枪，煞气逼人。如她所说，以前没有谁是行止，没有谁能将她护住，所以她总是习惯单枪匹马，去战斗，去守护，去承担伤痛，去背负本是男人应该背负的家国天下。

可就是这样强大的沈璃，一旦脆弱起来，便更让人心疼，像一只猫懒洋洋地伸出爪子在心尖挠了一下，初时没有察觉，待察觉之时，已是又疼又痒，滋味难言。

"真是个……麻烦。"空荡荡的房间里只飘出这样一句话。而那个人却始终抱着怀里的人，一动没动。

庙里，拂容君让景惜做了自己的小跟班，在庙里走来走去的，让景惜帮他拎着根本用不着的药箱。景惜道行不高，怕极了自己走着走着会不小心露出蛇尾，悄悄地唤了几声拂容君，拂容君才笑眯眯地转头来看她："累啦？那歇会儿？"

景惜将药箱递到拂容君面前："仙君，我很想帮你，可是我怕自己忍不住变回原形……"

"不会。"拂容君笑眯眯地围着景惜转了一圈，"本神君的法力已经通到你身上啦！绝对不会让你化出原形的。"说着，他以手中破折扇挑逗似的在景惜大腿上轻轻一划，三分玩暧昧，七分占便宜。景惜脸颊微微一红，不好意思地往后退了两步。拂容君又上前一步，面上轻浮的笑容还未展开，一道身影蓦地插到两人中间，黑色宝剑往拂容君胸前一挡，将他推得往后退了两步。

"仙君自重。"

景言只落了四个字，转身将景惜手里的药箱往地上一扔，拽了她的手便往庙里走。

拂容君脸色一青："你的相好不是在地上躺着嘛！出来作甚！"

景惜闻言愣愣地盯着景言，只见景言微微转头，冷冷睨了他一眼："我与施萝姑娘并无私情，只是见她有几分面善，便多照顾了一些，仙君莫要污了施萝姑娘的清誉。"他将景惜手一拽，面色有些不悦。"还站着干什么？想留下来？"景惜立马垂了脑袋，有些委屈："好凶。"

景言眉梢微动，还未说话，忽听庙门前面传来嘈杂的声音，他转过墙角，看见行止抱着一个血糊糊的人疾步踏进屋来，行止的声音不大，但却传遍了每一个人的耳朵："拂容君何在？"

拂容君也看见了这一幕，神色一肃，疾步上前，跟着行止的脚步进了殿内。"这是怎么了？"

景惜也好奇地探头打量，景言回头，正瞅见了她目光追随拂容君的模样，景言胸口一闷，身形一动挡住了她的视线。"还想让别人占你便宜？"

"仙君是好人……"

"闭嘴。"

见景言脸色难看至极，景惜嘟囔道："我又没做错什么……不开心，你就回去照顾地上那个姑娘去，为什么老凶我。"

景言瞥了景惜一眼，有些不自在地道："照顾施萝姑娘只是……有些原因。"

景惜一扭头："反正景言哥哥你做什么都是对的，有原因的，我做什么都是错的。"她转身离开，独留景言在原地愣神。

与此同时，在庙里面，拂容君看见满身是血的沈璃不由得吃惊道："她怎么会伤成这个样子？"

行止没有搭理他，只是把沈璃往地上一放，让她躺平，然后握住她的右手，对拂容君命令道："将她左手握住，施净神术便可。"拂容君不敢怠慢，依言握住了沈璃的左手，却在触碰到她皮肤的那一刻又是一惊。

他只觉沈璃体温极低，体内有一股莫名的气息在涌动，像是与血融合在一起，让人分不清她到底是中了毒还是中了咒术。拂容君嘴里冒出了嘀咕："不就离开这么一会儿时间，怎么会弄成这样？若有什么发现，待大家一起商量之后再去，岂不是更好？"

"她不会信任你。"

行止声音极淡，话说出口的同时，心里面也在想着，沈璃也不会相信他，不会相信天界的任何人。若不是实在伤重动不了，今日她怕是还得去追那幕后之人的，固执到了极致。

拂容君一咬牙，净神术已经启动，他嘴里还是忍不住小声埋怨道："所以说谁敢娶这样的女壮士回家啊！这种家伙哪儿有半点娇柔弱小惹人怜惜的女人味。"

行止淡淡地瞅了拂容君一眼。拂容君心道这婚是行止赐的，他那般说话定是让行止心有不悦，他一撇嘴，耷拉了脑袋，乖乖为沈璃疗伤，不知庙里安静了多久，拂容君恍惚间听到了一个十分轻淡的"有"字。

拂容君抬头愣愣地望向行止，但见他面色如常，目光毫不躲闪，拂容君只道方才是自己耳朵出了问题，听错了。这个行止冷心冷情，连他姐姐洛天神女都不能让他动心，他怎么会怜惜沈璃这种女壮士。

沈璃的伤比拂容君想象的更为严重，即便是他与行止一起施净神术，仍旧用了一个下午的时间才将沈璃身体中的气息慢慢遏制住了。她周身的伤口不再淌血，脸色看起来虽然还是苍白，但已经比刚被抱回来时的那副死人相要好看许多。

控制住了沈璃身体里的气息，拂容君长舒口气，道："神君，到底是什么样的妖怪能把碧苍王伤成这样？"在拂容君的印象里，这个魔界的王爷简直就是金刚战士，打不坏摔不烂，突然露出这么一面，让拂容君有些措手不及。

"此次掳走山神、地仙的事只怕不简单。"行止沉吟，"幕后主使尚未抓到，不知他还有什么阴谋，沈璃伤重，体中又带毒，不宜回魔界，所以待今夜歇后，明日一早你便先去魔界，告知魔君此间事宜，让他有个心理准备，之后立马启程回天界，兹事体大，不得耽搁。"

拂容君一愣："我？我去？"他有些不情愿，"可是……好不容易才解决了扬州这些事，就不玩会儿……"

行止抬眼望着拂容君，倏尔一笑："拂容君想如何玩？可要行止唤两只神兽陪陪你？"

养在天外天的神兽可不是什么人都能招架得住的。拂容君立即摇头："我明日就走，可是扬州城里的瘴气以及这些吸了瘴气的人怎么办？"

"瘴气来源已被我斩断，四方地仙也已经归位，消除瘴气只是早晚的事，至于这些病人，我自有办法。"行止看了看沈璃的脸色，"这里已经没什么事了，你去收拾一下，明日便走。"

拂容君撇了撇嘴，有些不高兴地应了声"知道了"，他转身出屋，外面传来他寻找景惜的声音。

"捉住……"躺在地上的沈璃气弱地吐出这一句话，双眼吃力地睁开，她的神志已经清醒了，行止将她扶起，让她靠在自己身上，给她摆了个舒服的姿势。"哪里还有不适？"

沈璃缓了一会儿，倏地双眸微亮，拽住行止的衣服问："苻生，抓住了没？"

"苻生？"

"当年烧了行云院子的那个家伙。"沈璃咬牙,"当初没觉得有什么不对,现在仔细想想,那个晚上发生的事情太过集中了。他烧了行云的院子,咱们一去睿王府,小荷便莫名地知道了睿王隐瞒她的那些事,当时我确有感觉到一股隐隐约约的魔气,却没有细究……"知道那人身上确有魔气,沈璃只道是同族的人私下在进行什么动作。"现在他又抓山神、地仙,造出那样的怪物,混账东西,不知是从哪里跑出来的小兔崽子,竟敢背着魔界行如此恶事,待我捉住他……喀……"

行止目光微沉,不知想到了什么,拍了拍她的背。"先养伤,别的稍后再说。"

沈璃缓了一口气,这才反应过来自己被行止抱在怀里,她有些不自在地扭了两下:"让我躺地上就好。"行止像没听到一样,抱着她没动,一股凉凉的气流从她掌心流进身体里,沈璃知道他还在给自己疗伤,便乖乖地倚在他怀里没有动。

"我中的这毒难解吗?"

"有些困难。"行止的声音淡淡的,虽说的是困难,但给人的感觉却是轻轻松松,沈璃也没有多在意:"我们大概什么时候能回魔界?"

"缓缓吧。"行止的声音带了几分恍惚,"待我将消解瘴毒之法教给该教的人。"

今夜瘴气渐消,拂容君撤了结界,将景惜带去房顶坐着。"想看星星吗?"

景惜眨巴着大眼睛望他:"可以吗?"

拂容君勾唇一笑:"你想要的,我都可以给你。"言罢手一挥,好似清风拂过,景惜头顶的那一片天空瘴气全消,露出了璀璨的星空。景惜惊讶得张开了嘴:"真的出现了,好漂亮。"

拂容君深情地望着景惜:"在我眼里,你的眼睛与星空一样美丽。"景惜愣然地转过头来,拂容君紧紧盯住她的眼眸,唇慢慢往她的唇上印去。

"景惜！"一声厉喝夹着控制不住的怒气，震人耳膜。

景惜立马转过头，看见下面的景言，还没来得及说话，便听拂容君怒道："怎么又是你！"

景言目光森冷，如箭一般扎在拂容君身上，拂容君是个欺软怕硬的主，知道这家伙打不过自己，顶着他要杀人的目光，将景惜的手一牵："他总是对你那么凶，我们不理他。"

景惜却往后一缩，抽回了自己的手。"我……我还是下去……"

拂容君把嘴巴凑到景惜耳边小声道："我知道你喜欢他，但是他之前为了另一个女人对你那么凶，你不让他吃一下醋，紧张一下，他会把你吃得死死的。"拂容君笑着对景惜眨了眨眼："相信我没错，本仙君可是情圣呢。"

景惜愣愣地望着拂容君："仙君……是在帮我？"

"没错，不过我可是要报酬的，你得亲亲我。"

景惜脸蓦地涨红，连忙摆手："使不得使不得。"

拂容君哈哈一笑："逗你可真好玩。"言罢，他将她腰身一揽，身形一转便没了人影。下方的景言愕然了一瞬，巨大的愤怒涌上来之时，还有一股遏制不住的恐慌在心里撕出了一个巨大的口子，像是与他一起长大、一直属于他的这个姑娘被人偷走了一样，让他抑制不住地惊惶。

第十二章

———

醋意蚀骨

沈璃恢复的速度极快，第二天早上身体便好了许多。

她睁开眼，环视四周，景言在意的女子已经醒了，静静地坐在墙角，见沈璃望向她，她点头招呼，沈璃亦回了个礼。沈璃目光一转，看见行止倚着庙中柱子闭目休憩，阳光从破陋的窗户纸外透进来，有一星半点落在行止脸上，让他看起来闲散静好，恍惚间沈璃仿佛又看见了那个在小院葡萄藤下坐摇椅的凡人。

沈璃闭了眼，静了一会儿，抛开脑海里所有思绪，待她再睁眼时，却不想正对上行止初醒的眼眸。"身体可有好点？"

"嗯……"沈璃移开眼神，眨巴了两下眼睛，倏地站起身，推开庙门，晨光铺洒了她一身。天上的瘴气已消退得差不多了，风中虽还有些气息残留，但已比之前好了许多，沈璃深吸一口气，阳光虽衬得她面色苍白，但也令她眼中的光亮极为耀眼，她唇角一扬："此次虽然没捉住主谋，但能换得此间安宁，也算有所收获。"

行止倚着庙中柱子睡了一晚，肩背有些僵硬，他一边揉着胳膊，一边嗓音微哑着道："在我看来，王爷不过是智谋不够，命来凑。"

沈璃一挑眉，回头看他。"说来也奇怪，在遇见神君之前，沈璃不管是上战场杀敌，还是私下里斗殴，可都没伤得这般重过。偏偏遇到神君之后，逢战必伤，每伤必重。"她话音一顿，揶揄道，"若再这样下去，沈璃哪一日死在战场上也说不定，到时候，神君可得拿命来赔。"

行止一笑："无稽之谈。"

沈璃在逆光中转头看他，带几分玩笑的语气说："神君这是舍不得自己金贵的身体吧。"

行止站起身来，一边拍自己的衣摆，一边漫不经心地说："若有那么一天，行止拿这条命赔你便是。"

没想到他真会说出这样的话，沈璃一怔，定定地望了行止许久，倏尔转头一笑，摇了摇头，什么话也没再说。

"啊！"庙外突然传来一声惊呼，沈璃听出那是景惜的声音。静静坐在墙角的施萝神色一动，微微探身往外看去。沈璃眉头一皱，迈步往那边走去，还没走近便听见一阵嘈杂，是许多围观之人的窃窃私语，还有景惜着急的声音："景言哥哥！你在做什么！"

沈璃挤进人群，往里一看，见拂容君摔坐在地上，他的表情不见窘迫，倒有些奸计得逞的得意，反而是景言，虽然站着，一身杀气汹涌，但面色却微带憔悴，目光狠戾地盯着拂容君，好似恨不能将他杀而后快。

景惜往拂容君跟前一挡，眼中尽是不满："景言哥哥太过分了！"

景言面色更冷："闪开，今日我必除了他不可。"

拂容君说着风凉话："小惜，你哥哥好厉害啊。"

一看这情景，沈璃不用想也知道是怎么回事，当下冷了脸色上前两步，一脚踹在拂容君屁股上："装什么？起来，又在祸害人！"

拂容君挨了一脚，转过头刚想发脾气，但见来人是沈璃，心里的恼怒瞬间变成了惊叹："壮士！恢复得可真快。"见行止也慢慢走过来，拂容君一声轻咳，站起身来，冲围观的人摆了摆手："别看了别看了，都回自己的地方待着去。"

人群四散而去，有一人却静静立着没有动。景惜看见施萝，表情僵了一瞬，默默地垂下脑袋，景言见她这个反应，便也向施萝那儿看去，但见施萝脸色苍白地在那方立着，景言一怔，脸上的愤怒稍稍一收，有些不自然地握紧了拳头。

行止缓步踏来，浅浅一笑："拂容君这场戏散得可真早，行止还什么都没来得及看到呢。"

与凤行

拂容君一撇嘴："行止神君昨日下了赶人的命令，拂容自是不敢耽搁半分的。这便打算回天界了。"

"想走？"听出拂容君言下之意，景言心底的怒火又被撩起，他忽然拔剑出鞘，直向拂容君刺去，景惜急得不管不顾地往拂容君跟前一挡，厉声道："你到底要做什么！"

剑尖在景惜胸前一转，在空中划出了一道弧线，剑被景言大力地扔到了一边，金属撞击地面的清脆声音挑动景惜与施萝的神经，景惜愕然地看着一向冷静克制的景言，他仿佛再也隐忍不下去了一般，瞪着她，怒道："与一个莫名其妙的男人在一起彻夜未归！你道我是要做什么！"

景惜一愣，呆了半晌才道："仙君只是带着我去看了一晚上星星……"

景言脸色铁青，沈璃瞥向一旁的拂容君，目带怀疑："当真？"拂容君伸出手指立誓一般道："自然当真。"他转而瞟了景言一眼。"你这么大火气，莫不是找了一宿找不到人，醋意蚀骨，忍不住了吧？"

景惜眼眸微微一亮，目带希冀地望向景言，景言眸底的光暗了一瞬，转而瞥了施萝一眼，却一直没有开口说话。景惜眸中的光便在期待之中慢慢暗淡了下去，她突然很想开口问，他说在意施萝姑娘是有原因的，那这个原因到底是什么？

正当场面静默之时，行止突然插进话来："这眉来眼去的一场戏看得我好生头晕。与女子相处太过劳累，景言公子可有兴趣与行止走走？"闻言，众人愕然地望向行止，行止一笑，"别误会，只是想走走而已。"

庙外荒树林中一个人都没有，因为瘴气初退，连天上飞鸟也没有一只，在寂静的林间走了一会儿，离寺庙渐渐远了，沉默了一路的行止才道："景言公子师从道门，可有习得一些法术？"

景言一默："说来惭愧，我自幼跟随师父，但却没有学会半点道法，师父说我天分不在此，所以只教了我一些武功。"

行止沉默地走了两步："我有一术欲教与景言公子。此法可驱除人体中瘴毒，不知景言公子可有兴趣？"

景言一愣："自是想学……可是我……"

"你若想学，那便一定能学会。"行止顿住脚步，手臂轻抬，在景言额上轻轻一碰，光华没入他的额头，只见景言眼中倏地一空，那道光华在他周身一游，随即消失于无形。

景言眼底闪过一道光亮，待眸中再次有神时，他的瞳色已变成了银灰色，添了几分令人肃然起敬的冷然。

行止唇角的弧度轻浅，但却是极为舒畅的微笑："清夜，好久不见。"

"吾友行止。"景言一声喟叹，声调却与方才大有不同，"我本以为，我们再无相见之日。"

"若不是两世皆遇见你，我亦是不知，这便是你的转世。"行止摇头，"天道之力，便是我以神的身份活到现在，也无法窥其万一。能找到你，全属缘分了。"

清夜苦笑："以前不知，所以轻狂，而今世世受天道所累，方知即使你我，也是尘埃一粟，再强大，都不过是天赐福分，它说要收回，谁也没有反抗的余地。"他一叹，"吾友行止，此时你唤醒我的神格，非天道所授，不可为之啊。"

"我不会做多余的事，不过通通你的经脉，让今世的你习得消除瘴气的法术。"行止一默，"也开开天眼，让你看看你生生世世寻找的人今生到底投作了谁，别又入了歧途，错许姻缘。"

清夜一愣，笑道："你倒是……比从前爱管闲事了一些。对神明来说，这可不是好事。"

行止笑了笑："另外，我还有一事欲问你。苻生此人，你可还记得？"

清夜略一沉吟："有几分印象，身为睿王之时，我早年被皇太子谋害过，而后听说那计谋便是此人献的。后来你也参与过睿王与皇太子的皇位之争，应当知晓苻生那人在其中起了多关键的作用，我犹记得是将他处死了。"

"这一世你可有觉得谁与那人相像？"

"这……"他琢磨了半晌，"确有一人，此生景言乃是孤儿一名，父母皆在他幼时遭难。景言过了两年被监禁的日子，后来在一名女童的帮助下逃出生天，遇上了景惜的父母，而那名女童却没了下落。细想下来，害景言父母之人，的确与苻生有几分相似。"

行止静默，微冷的目光中不知沉淀了什么情绪，待他回过神来，景言眼眸中的银光却在渐渐消散，只听得清夜道："你的神力约莫只能坚持到这里了。此一别不知何时再能相见，吾友，保重。"

行止眼眸一暗，却还是笑道："嗯，保重。"

光华褪去，景言倏地身子一软，单膝跪地，行止将他手臂扶住："试试碰一碰土地。"哪儿还用行止交代，景言因为身体太过无力，另一只手撑在地上，他只觉掌心一热，待回过神来，竟发现面前这块土地已经被净化得比周围的土地要干净许多。"这……这是？"

"净化术。"行止道，"能力初显，身体有些不适是正常的，你且回去歇着，不日便可为大家消除瘴毒了。"

景言惊奇极了，缓了一会儿，身体能站直了，他一刻也不肯耽搁，赶回了庙里。见他身影消失，行止捡了颗石子，随手往身后的枯木上一掷。"还要尾行多久？"

沈璃从树干后面慢慢绕了过来，清了清嗓子："我散步而已。"

行止失笑："如此，便陪我再走走吧。"

林间树无叶，一路走来竟如深秋一般使人心感萧瑟。

沈璃斜眼瞅了行止几眼，嘴边的话还是没有问出来。行止走着走着，哑然失笑："这么犹豫的表现，可不像我认识的碧苍王。"

被点破，沈璃也不再掩饰，直接问道："天界的事我虽不甚了解，但也知道，这天上天下也就剩你一个神明了。方才那景言又是怎么回事？"

"现在只有我一个没错，可是在很久以前，天外天住着的神，可不止我一个。"行止的目光放得遥远，几乎找不到焦点，"因为太久远，不只对你们，甚至对我自己来说，那都是遥远得无法追溯的事了。"他唇边的笑弧度未变，可却淡漠至极。"景言是上一世的睿王，也是我曾经的挚友，名唤清夜，银发银瞳，当初他可是艳绝一时的天神。"

沈璃侧头看了行止一眼，他的侧颜即便她看了那么多次，也还是觉得漂亮得令人嫉妒，沈璃不由得脱口道："与神君相比呢？"

行止一侧头，轻轻瞥了沈璃一眼，唇边的笑有几分醉人。"自是我更美。"

他这话中的自满与自夸不令人反感，反而让沈璃勾唇一笑："我也是如此认为的。"沈璃如此坦然夸奖他的容貌，倒让行止有一分怔然，沈璃却没在这个话题上继续停留，接着问道："之后呢？你的挚友为何不是神明了？"

"因为他爱上了一个凡人。"行止神色依旧，眸中的光却有几分暗淡，"他动了私情，为救凡人，逆行天道，神格被废。"

沈璃一愣："还有谁……能处罚神明？"

"神乃天生，自然受天道制衡。如此强大的力量若沦为私用，这世间岂不乱套。"他转头看沈璃，"天外天并不比世间其他地方逍遥多少。"行止脚步未停，边走边道："清夜被贬到凡间。生生受轮回之苦，世世与爱人相误。"

沈璃想到前一世的睿王，不管他想要的女子到底是谁，他终究是将两个女子都错过了，而这一世的景言，身边亦是出现了两个人……沈璃心中疑惑："他喜欢的人到底投胎成了谁？"

"或许只有每一世的最后，他与爱人相误时，才能有所定论吧。"

沈璃沉默。

"不过，我方才唤醒了他的神格，通了他一丝神力，或许他会发现一点蛛丝马迹吧。但到底会成何种结果，皆看造化。"行止望天，"也盼天道，莫要太过赶尽杀绝。"

与凤行

沈璃沉默了半晌却道："不对。"她脚步一顿："我觉得对事情何不看得简单一点，虽说清夜如今是没了神格，但并不代表上天时时刻刻都在干扰他的生活。上一世他是睿王，他与他的王妃生死与共，自然心里是爱王妃的。可这一世他是景言，他与景惜一同长大，很明显现在他心里是有景惜的。上一世和这一世不是绝对关联的，他的命运乃是三分天造七分人择，怪不得宿命。"

行止也顿下脚步回头来望她："你这番话倒是新鲜。不过不管再如何说，景言这一世的磨砺必定与情有关，这是你我都插手不了的事，我们的热闹也只能看到这里了。"

沈璃一默，不再纠结这个话题，转而道："你既然说清夜被废了神格，那方才你又是如何唤醒他的神格的？就不怕也遭了天谴？"

"清夜虽是被天罚，但并非犯了罪大恶极的过错，所以现在虽为凡人，身上或多或少也带着几分神气。只是他在人界待得太久，那丝气息连我也不曾察觉。多亏你上次那句重复宿命的话点了我一下，这才让我心中有了猜测，仔细一探，果然如此。我这才施了法，勾出他体内的那股气息。但气息太弱，连他从前力量的万分之一也不及，不过解这些人身上的瘴毒倒是够用了。"他一顿，笑道，"至于天谴，一星半点的小动作，倒是勾不出天谴的。"

那要什么样的大过错……话到嘴边，沈璃将它咽了下去，方才行止不是说了，清夜是因为动了私情啊……

她恍然想起在魔界时，她微醺夜归的那个晚上，行止笑着说："神，哪儿来的感情呢。"她这才知道，神不是没有感情，他们是不能动感情。

见沈璃沉默不言，行止一笑，掩盖了眼眸里所有的情绪。"走得差不多了，咱们回吧。"

是夜，月色朗朗，扬州城在劫难之后第一次点燃了烛灯，虽然灯火不比往日，但也稍稍恢复了几分往日的人气。

拂容君已经乖乖去了魔界报信。听说他走之前又让景言好好吃了一番醋，沈璃估摸着，那拂容君心里，只有一分是真心想帮景惜那个笨丫头，其余的心思皆是想占人家姑娘的便宜。偏景惜把拂容君的话当真，知道他走了，好生难过了一阵。而且不只是景惜难过，庙里好些见过拂容君的姑娘知道他走了，皆是一副叹断了肠的模样。

沈璃看在眼里，对拂容君更是气愤，那家伙在魔界对墨方下手不成，转而又到人界来勾搭姑娘，他对人对事，哪儿有半分真心。

"好色花心之徒，到哪儿都改不了本性。"沈璃对拂容君不屑极了，行止刚给一个中年人驱除了瘴毒，一站起身便听见沈璃这声低骂，他转头一看，只见街对面几个才病愈的女子在抢夺一块白绢帕子，仔细一看，那是天官上织云娘子们的手艺，能留下这种东西的人必定是拂容君无疑。

"人走了，东西还在祸害人界。"沈璃想想便为这些姑娘感到痛心，"蠢姑娘们！除去城中瘴气这事分明与那草包半分干系也没有！"

行止闻言低笑："王爷这可是在为拂容君抢了你的风头而心怀怨恨？"

"魔界不比天界逍遥，因常年征战，赏罚制度可是很分明的，谁的功劳便是谁的功劳，不会落到别人头上去。"沈璃好面子，心里又有点虚荣。她此生最享受的便是敌人倒在脚下的感觉，还有将士们和百姓们拥戴她的欢呼，而这次两个都没得到，沈璃难免觉得不满。"替你们天界办事，劳心劳力中毒受伤不说，事情结了，功劳还是别人的。你们天界的人倒是都大度！"

行止失笑："王爷的功劳行止记在心里，必定告知天君，让他好好赏你。"

"别的赏就免了。"沈璃斜眼瞥行止，"能废了我与拂容君的这门亲事，天界便是再让我去杀十头妖兽，我也是愿意的。"

行止沉默了一瞬，还没说话，其时，天空忽然一片斑斓，紧接着，一个爆破的响声震动整个扬州城。行止一笑："沈璃，转头。扬州城开始放烟花了。"

与凤行

沈璃一转头，大街的另一端，有一大堆人聚集在一起放烟花，五彩缤纷的烟花在天空绽放，映得空中流光溢彩，极为美丽，伴随着烟花绽放的声音，整条大街像过年一样热闹起来，家家户户皆推开了门，人们渐渐走到了大街上，驱散了扬州城中的死气沉沉。

方才被行止治愈的中年人咳嗽了两声，点头道："新日子，迎新日子喽。扬州城这才有点人味啊！"

耳边的声音渐渐嘈杂，随着一朵朵烟花的绽放，扬州城这条中央大街上越来越热闹，人们跟着烟花绽放的声音欢呼。沈璃愣愣地看着那些烟花，心里竟莫名地有几分感触，明明这只是人界而已，但这些人对未来的期望、对好日子的期盼，和魔界的族人没什么两样，他们的愿望质朴而真实。

"走吧。"行止道，"我们也去凑凑热闹，除除霉气。"

沈璃没动："烟花在天上炸，哪儿能炸掉人身上的霉气，让他们热闹就……"

手腕被温热的手掌抓住，沈璃的身子被拉得一个趔趄，行止不由分说地拽着她便往前走。"入乡随俗。难得能体验一下人界的群体活动，他们在迎接新生活，这生活是你给的，你便当他们是在谢你好了。"

"等……"

哪儿还听沈璃说话，行止拉着她一头扎进了吵闹的人群，离烟花越近，爆裂的声音便越震耳，人们的欢呼声便越发响亮，大家脸上都洋溢着快乐与希望，在绚烂烟花的映衬下，每个人的眼睛里都装进了千百种颜色。

前面拽着她手的男子信步往前走着，带她在拥挤的人群里穿梭，分享他们的欢乐，烟花的绚丽在他的白衣上映出各种色彩，让他根本就不像一个真实的人。她忽然手指使力，将行止拽住，此时他们正站在人群中间，四周欢呼声不断，沈璃凑到行止的耳边大声道："你太漂亮了！不要走在我前面！"

因为她看见了他，就再也看不见别的色彩了。

行止侧过头静静看了沈璃一会儿。"沈璃。"他的口型是这个样子，但他的声音却被淹没了，沈璃耳朵凑近，大声道："什么？我听不清！"

行止张了张嘴巴，似乎说了句什么话，但沈璃还是没听见，她疑惑地望他，显然行止不愿意再说第二遍了，只是摸了摸她的脑袋，轻轻一笑，继续走在她前面。

沈璃脑海里一直在重复他方才的口型。一个字一个字地仔细想，待得想通，周围的嘈杂皆空，她好似听见了他轻浅的嗓音柔声说着："我在前面才能护着你。"

烟花绽放得绚丽，在破庙之中，施萝披着披风倚墙站着，仰头望着远处的烟花，眼睛里被晕染出了缤纷的颜色。

"伤还没好全吧？"景言的声音从一旁传出，"还是先进屋……"

"景惜姑娘呢？"施萝轻声道，"你还是别和我单独待在一起了，她见了会不高兴。"

景言一默，忽然话题一转，道："幼时我曾许你白头偕老，承诺日后会照顾你一辈子，但是那时……"

"那时咱们都还小呢。"施萝一笑，"孩童说的话怎么当得真？当初我救你一命，如今你救我一命，已是两两相报了。景言公子现在……是喜欢景惜姑娘的吧，她也挺喜欢你，施萝不会那么不识趣，还拿幼时的约定来强迫你，能再遇见，已是施萝的福气了。"

扬州城的烟花和人们的欢笑好像离他们很远似的，施萝对景言轻轻一矮身："公子慢走。"

景言静了半晌，只道："抱歉，此生景言心里已住进了一个景惜，耽误了姑娘……"

"未曾相许何谈相负。公子走吧，景惜姑娘现在估计正在找人陪她看烟花呢。"

未再犹豫，景言点了点头："告辞。"

与凤行

目送景言渐行渐远，施萝有些出神地摸着自己的左手虎口，那里有朵荷花一般的印记，每次看见景言的时候都会灼热发痛，像是提醒着她，有什么事情还要继续下去……

比行止估计的速度还要快上几天，沈璃身上的伤已经痊愈得差不多了，只是身体里的毒还未彻底消除，行止欲让她在人界多待些日子，待余毒消除之后再回魔界，沈璃却坐不住了，害怕魔君知道此间事宜之后有什么安排，找不到人手。

行止只好随沈璃急匆匆地赶回魔界。

哪承想他们回到魔界的时候，得知拂容君竟还在魔界待着，他一回魔界便又开始粘着墨方，跟着墨方四处走，时而有碍墨方的公务。沈璃听得咬牙，只想将那家伙打成痴傻，叫他再也不能去烦人，而此时待在魔界的仙人却不止拂容君一个。

——洛天神女。

她自然不是真正的神女，这只是天界给她的封号，她是拂容君的姐姐，天君的亲孙女，喜欢行止的女子……

这最后一条，沈璃没有从别人的嘴里听到。她本来是不知道的，但是当她与行止在魔界议事殿里与这位神女相遇之后，沈璃不得不说，她一眼就看出来了……

"这是碧苍王沈璃。"魔君刚给神女做完介绍，沈璃还没来得及点头示意，神女施施然地向行止行了个礼，径直问道："不知神君为何会与碧苍王同行？"

这个问题沈璃自然不会傻得去答她，只与她一同望着行止，看他能不能说出朵花来。行止淡淡笑了笑："不过同归，有甚奇怪？"

神女一脸严肃："而今碧苍王已是我王弟注定的妻子，神君与其同行恐有不妥。"

说到这份上，行止也不再顾左右而言他，他解释道："我本是不会与碧苍王一起出现的，前段时间我本打算在回天界之前四处游历一番，但忽见扬州城瘴气四溢，我好奇前去探看，这才在城中偶遇寻找拂容君的碧苍王。瘴气一事牵连甚大，所以我们便结伴调查，后来的事，拂容君应当有说与你们知晓。碧苍王中了些许瘴毒，不宜回魔界，所以我便着拂容君先行前来告知消息，我则助她驱除毒气。这才耽搁了回来的时间。"一番话真真假假，说得自然，也不怕当事人就此戳破他。行止望着神女轻轻一笑，目光深邃："如此，神女可还觉得有何不妥？"

神女被看得脸颊微微一红，连忙转了头："神君行事自有分寸，是幽兰多言。望神君恕罪。"

美色……果然好用。

沈璃如是感慨，但心中却有几分不屑，鼻下微微一嗤，扭过头去。行止瞟了沈璃一眼，笑了笑，继续问幽兰："神女此来所为何事？"

"是为送百花宴的请帖而来。"幽兰答道，"三百年一次的百花宴，下月十八便要开了，王母着我送帖与魔君，邀魔君赴宴。"

行止点头："你不说我都险些忘了此事。"

幽兰垂眸一笑："神君忘了也无妨，不日幽兰自会请命去天外天，为神君送帖。"

"魔君。"沈璃一声冷硬的呼唤打破房内莫名粉红的气氛。"关于人界扬州瘴毒，沈璃还有正事要禀告。请问魔君，此间闲事可有了结？"她直直盯着魔君，言语却刺得幽兰斜眼将她一瞥。

幽兰矮身行了个礼："如此，幽兰便先告辞了。"她翩然而出，阖上门前，眼睛还婉转地瞥了行止一眼。屋子里一静，沈璃的目光转而落在行止身上："神君不走？我魔界政事，你也要探听？"

行止眉梢微动，对沈璃隐忍半天而发的火气不觉生气，眼眸里倒含了几分笑意："不走，我先前说了，扬州瘴毒一事牵连甚大，自然得留下来听一听。"

沈璃还要赶人，魔君一摆手："魔界之事不敢瞒于神君，沈璃，说吧。"

与凤行

沈璃只好忍下火气，调整了语气对魔君道："此次瘴毒一事，拂容君怕是禀报不全。在发现贼人老巢之前，我们发现各地山神、地仙相继消失，他们皆是被贼人掳去，不知贼人捉了他们要作甚，而后他们皆说捉他们的人身带魔气，怀疑是魔界之人。我与那贼人交手之时也察觉他身上带有魔气。我知道那人名唤苻生，魔君，你可知道，魔界什么时候有过这样一个人？"

"苻生……"魔君声音略沉，他沉吟了半晌，"倒是没听过这么一个人，魔力可还强盛？能致使你重伤，应该不简单。"

沈璃摇头："伤我的并非苻生，而是他造的几只怪物，似人非人，像是妖兽，头脑却还有些理智，那三只怪物力量极大，且善配合，最后死了也能听从命令复活。"想到那个场景，沈璃不由得皱了眉，"这样的怪物只有几只还好，若是造出了成百上千只，只怕不妙。"

她的话让魔君微微一惊。"造出来的？"他指尖在桌子上叩了两下，"造出来的……"

行止望着魔君："魔君可有想到什么？不妨直说。"

魔君一怔："不……没什么。"

他顿了一会儿："可还有别的情况？"

"多的倒是也没有，光是这几点便令人不得不防。"

魔君点头："我自会命人先去人界查探。""你与神君这一路应该也累了，不如先回去歇一歇。这事也是急不来的。"他语气稍缓，抬手摸了摸沈璃的脑袋，"先把身子养好，近来你就没消停过一会儿。"

沈璃乖乖任由他揉了两下。"魔君也莫要过于忧心，若贼人敢针对魔界行不轨之事，沈璃必叫他哭着回去。"

魔君一声轻笑，摇了摇头："回去吧。"

出了议事殿的门，走在长廊上，行止转头看了沈璃一眼，她头顶被魔君揉乱的头发还翘着，行止语气淡淡的："魔君是真心疼你。你待魔君倒也尊重。"

"我是魔君养大的，他待我一如亲子。"沈璃静静道，"对我来说，魔君亦师亦父，朝堂上他是我最敬重之人，私下里他是我最亲近之人。所以，不管是为了我自己还是为了魔君，我都得将魔界好好守着。"

沈璃活着的所有理由都是她要守着魔界，这是她的使命，而一个使命一旦执行久了便成了她的执念。

行止侧目瞥了沈璃一眼，没有说话。

议事殿中，魔君静静地坐了一会儿，青颜、赤容的身影出现在他跟前，两人皆单膝跪着。魔君淡淡开口："方才碧苍王提到的荇生一事，先前为何没有消息？"

青颜和赤容对视一眼，青颜道："君上恕罪，此事确实无人上报。"

"捕捉山神、地仙如此大事竟避得过外界眼线。不简单哪……"魔君修长的手指在桌子上敲了敲，"你二人亲自去查。"他目光森冷。"若捉到荇生其人，不必带回，就地斩杀，休叫他人知晓。"

二人一惊，赤容抬头望向魔君："可天界……"

"我自会找理由搪塞过去。"魔君挥了挥手，"去吧。"

"是。"

青颜、赤容二人身影消失，魔君往椅背上一靠，面具后面的目光冷酷似冰。

沈璃在出宫的路上撞见了几位刚入宫的将军，几人聊得开心，行止便告别了她，自己先走了，沈璃问到边境情况，一位才从墟天渊那边回来的将领笑道："是比都城还要干净几分，那些小兔崽子现在都巴不得去边境当差呢。"

沈璃听得开心，转而想到了另一个人，问道："墨方将军现在何方？"上次他踢了拂容君，魔君说要罚他，这次回来还没见墨方身影，不知被魔君罚去了哪里，沈璃难免关心一下。

她这话问出口，几位将军对视一眼，忽然笑开了："方才看见天上来的那神女将他唤去了花园，不知要聊些什么呢。"

沈璃一愣，那洛天神女将墨方叫了去？她告别了几人，脚步一转，也去了花园，若沈璃想得没错，洛天神女找墨方谈的应该不是什么风月美事……

"将军英气逼人，着实让幽兰敬佩。这些日子，幽兰也听说了，我那不成器的弟弟给将军找了不少麻烦。"还未走近，沈璃便在树丛这头听见了幽兰的声音。"幽兰在这里给将军赔个罪。"

"神女客气。"墨方跟在幽兰后面两步远的地方，抱拳道，"赔罪不用，若神女能劝得拂容君早日回天界，墨方自当对神女感激不尽。"

幽兰脚步一顿，微微转头看了墨方一眼。"这是自然，只是我那弟弟虽然平时对女人是主动了点，可是对男子如此可不大常见，人界说苍蝇不叮无缝的蛋，幽兰只盼将军举止也稍检点一下，莫要再让吾弟……"

拂容君在他姐姐的眼里，竟是个男女通吃的角色……沈璃感慨，走上前去，道："神女夸奖了，你那弟弟哪儿是苍蝇，沈璃觉着，他约莫是蚊虫一只，见人便咬，逢人便上前亲出个红疙瘩，躲也躲不了。"

墨方一见她，眼眸微亮，方要行礼，沈璃将他往身后一拉，在他身前一挡，盯着幽兰冷笑："神女这是来错地方劝错人了吧，若要劝人举止检点，该找你弟弟去。他若离去，我等是求之不得。"

幽兰打量了沈璃一眼："碧苍王怎可如此说话。那可是一个巴掌拍不响的事……"

"我瞧着拂容君往他自己脸上拍巴掌可招呼得也很欢快。"沈璃又打断了幽兰的话，说完，也不看她，沈璃对身后的墨方道："你先走吧，回头别又被蚊子咬了。"

"站住！"幽兰被沈璃的态度刺得一急，心头火微起，"这便是你们魔界的待客之道？"

"这是沈璃的待客之道，可敬者敬而待之，可爱者爱而待之，可恨者，自是想怎么待就怎么待，还望神女莫要放肆，沈璃脾气不好。"言罢，沈璃也不看她，拽了墨方的胳膊转身便走。

"你！"幽兰容貌讨喜，又是天君的孙女，几时被人如此对待过，当下气得脸色发青，一冲动便拽住了沈璃的衣袖，"谁准你走了！"

沈璃转头："放手。"

幽兰被气出了脾气："不放！"

沈璃眼睛一眯，笑了："好啊，那就牵着吧。"言罢，她手一转，将幽兰葱白的手向后一拧，力道不大，不会让她受伤，但却疼得幽兰哀哀叫痛。

"放开！你放开我啊！"幽兰心中又是委屈又是难受，还憋着一大团火气，想着天界关于碧苍王的那些传言，登时脸色又是一白，心道：这粗鲁的魔界女王爷莫不是要在这儿将她手折断了吧？心中恐惧一起，泪花又开始在眼睛里打转，道："快放开我啊！好痛！"

墨方深觉此举不妥，小声劝道："王上，莫要拧折了……"

沈璃看着幽兰竟然哭出了泪花，也琢磨自己是不是将人家欺负过分了，刚想松手，手背却是一痛，她连忙放了手。眼前清风拂过，幽兰已被拉到了沈璃三步外的地方，身着白衣的行止将幽兰的手一打量，眉头微皱，有些不赞同地看向沈璃，但见她另一只手还拽着墨方的手腕，眉头更紧地皱起："怎能如此以武力欺人！"

沈璃一默，看向幽兰，幽兰往行止背后挪了挪，另一只手小心翼翼地拽着行止的衣裳，一脸梨花带雨，好不可怜。

英雄救美，倒是出好戏，只是为何她现在却演成了坏人……

墨方上前一步，将沈璃稍稍一挡，抱拳道："王上并无欺辱神女的意思，神君莫怪。"

行止眼睛微微一眯，语调微扬："哦？墨方将军竟如此了解王爷的心思，倒是难得。"

听出行止语气中没有善意，墨方眉头一皱，还要答话，却听沈璃道："何苦为难墨方。"她将墨方的手腕一拽，瞪了他一眼，不满他的私自出头，墨方微怔，一垂眼眸，乖乖退到后面去。

"神女对我魔界将军出言不逊，沈璃忍不了这口气，欺负了她又如何？"沈璃望着行止，"神君这副兴师问罪的模样，可是要帮她欺负回来？"

听罢沈璃这话，行止的语调更加令人难以捉摸："哦，王爷竟是为了将军如此动怒。当真……爱兵如子啊。"

"倒比不得神君这般会怜香惜玉。"她稍没忍住，心头情绪溢出，语调一沉，话音微冷，本以为行止听了会生气，没想到他却是一勾嘴角，眼中阴郁之色稍退，竟是浮起了几分喜色。

行止的这几分喜色却让沈璃想到往事种种，她心头忽然又是一怒，恍然觉得这个神明根本就是将她玩弄于掌心，每每亲自割断了两人的关系之后又巴巴地跑来勾引她，勾引的火候偏偏还该死地好，眼瞅着鱼要上钩，竟让鱼发现这钓鱼人丢的是个直钩，望着她自己将嘴往上面血淋淋地穿！他行止神君是觉得沈璃有多犯贱！非得把自己钉死在这根直钩上？

越想越怒，沈璃脸色全然冷了下来。"神君若是要为她讨债，自去找魔君理论，若有处罚，沈璃甘愿受着，不劳您动怒。告辞。"说完，也不等行止答应，拖了墨方便走。

幽兰心中觉得委屈，望着沈璃离去的背影有些不甘心，抬头一看行止，见他的目光直直地望着沈璃，幽兰道："这魔界之人未免太不懂礼数，碧苍王敢如此对待天界之人，其臣服之心根本就不诚。他日或成祸患。"

行止回头，定定地望着幽兰，倏尔笑道："可不是嘛，神女下次若再如此招惹到她，她若不小心掐着了你的脖子，那可就糟糕了。"他言语温和，却透露出一丝寒意："尸首分家也说不定呢。"

幽兰忽觉脖子一凉，弱弱地看了行止一眼："彼时……神君会为幽兰主持公道吗？"

行止一笑，笑得幽兰心里暖暖的，却听行止坚定道："不会，魔君甚宠碧苍王，必定护短，天界不会为神女大动干戈，毕竟两界以和平为重，若到那时，神女便安息吧。行止会来奉点供果的。"

幽兰怔怔地立在花园中，目送行止白衣飘飘，渐行渐远。

沈璃脚步迈得急而大，直到走出宫门也不肯缓下来，墨方一直默默跟着，直到此时才轻声唤道："王上。"

沈璃头也没回地应了一声，墨方偷偷瞥了她一眼，问："王上这是为何突然生了火气？"

"火气？"沈璃脚步一顿，身后的墨方避让不及，一头撞在她背上，沈璃一个踉跄，险些摔倒，墨方慌忙中将她一揽，抱了个满怀，沈璃心中还想着别的事，什么都没反应过来，墨方自己倒是先烧了个满脸通红，还没等沈璃站稳，便急急忙忙松了手，往后退了两步，双膝"扑通"一跪，狠狠一磕头："王上恕罪！"活像犯了命案一样惶恐。

沈璃稳住身形，愣愣地看了他一眼，本来不是多大的事，沈璃根本没打算放在心上，但墨方如此反应却让她有些不好意思起来。被他抱过的手臂好似有些发烫。她轻咳两声："无妨，起来吧。"

墨方慢慢起身，却一直垂着头不肯抬起，沈璃眼尖，看见他烧得赤红的耳朵，她扭过头装作什么也不知道，声音淡淡道："帮你收拾了神女，也没叫行止神君揍了我们，我何气之有？"

墨方本来还有话想说，但被如此一闹，脑子里哪儿还思考得了别的东西，只附和道："是，没有。"

"而且他行止神君即便有再大的本事，也不敢在此对我做什么过分的事。"沈璃声音一顿，随意找了个理由，"只是方才四周无人，且行止神君脾性着实难以捉摸，未免吃哑巴亏，我走快了一点罢了。"

"王上说得是。"

沈璃抬脚继续往前走。"今日那神女对你出言不逊，若是我没看见，你便打算忍气吞声是吧？"

"王上说得对。"

"哼！我魔界的将士何以非得让着他们天界那些骄纵的家伙，在天上作威作福欺压小仙的勾当做惯了，便把这破习惯带到魔界来。我可不吃他们那一套。分明是自家人做出的破事，非得往他人头上扣屎盆子。日后不管是拂容君还是他姐姐，若来找你麻烦，便是找咱们魔界将军们的麻烦，这是伤脸面的事，休得退让，否则，叫我知晓，必用军法罚你！"

"王上说得是……"墨方一抬头，"王上，这……恐怕不妥。"

拂容君和洛天神女都是天君的亲孙，且拂容君现在与沈璃有婚约，若是闹得太僵，只怕日后对沈璃不好。

"没什么不妥，别让外人以为咱们魔界的人是好欺负的。"沈璃摆手，"回吧。"

"等等。"墨方唤住沈璃，见她回眸看他，墨方有些不自然地侧过头去，但又觉得自己这动作过于失礼，便又扭过头来，紧紧盯着地面道，"先前听闻王上在人界受了伤……"

"嗯，已经无甚大碍。"沈璃动了动胳膊，"杀一两头妖兽还能行。"

墨方单膝跪下："皆是墨方冲动行事，才致使王上被罚去人界寻人受此重伤。墨方该死。"

上次墨方受不了拂容君的纠缠，所以踹了拂容君一脚，促使拂容君赌气跑去了人界，魔界这才让她去人界寻找拂容君。想起此间缘由，沈璃恍然大悟，原来，墨方竟还在为这事愧疚。沈璃心中本还奇怪，魔界的将军也不是好相与的，墨方脾气也不是太好，今天神女如此污蔑于他，他却没有半分生气，原来竟是因上次的事，心有余悸吗……

他是这样害怕连累她啊。

沈璃一时有几分感慨，叹道："不是说了嘛，没事，起来吧。"墨方跪着没起，沈璃无奈，只好上前将他拉起来。"成，算是你的错，罚你今日请我族将军们吃酒去！也为你今日丢了魔界将军们的脸而罚，你可愿受罚？"

墨方一怔，目光倏尔一转，落到沈璃背后，在沈璃察觉之前，他目光移走，紧紧盯着沈璃，任由她双手扶着他的双肩。他微笑点头："墨方听凭王上吩咐。"

"择日不如撞日。"沈璃一挥手，"走，去军营里吆喝一声，不当值的都给我叫来。"

"好。"墨方应了，带着沈璃往军营走，听她细数将军们的名字，墨方目光温和，侧头看她，待要转过墙角之时，墨方忽而一转头，瞥见了宫墙下那个醒目的白色身影，忽然对那人一勾唇角，那人面色未变，但目光却更为幽冷，墨方只觉心底莫名地畅快起来。原来欺负人……竟是如此感觉。

是夜，酒过三巡，该倒的已倒得乱七八糟，众将军都被各自家仆扶回了屋。

肉丫也得到酒馆的人传来的消息，前来接沈璃，但沈璃正酒意上头，死活不肯回府，说如今家里住着神人，得供着，她怕醉酒叨扰了他，回头遭白眼嫌弃。

肉丫怎么也拖不动，只好望着还算清醒的墨方道："将军，这可怎么办啊？"

墨方一默，弯下身子对沈璃道："若是王上不嫌弃，可愿在我府上暂歇一晚？"

沈璃点头："好。"

将肉丫打发走了，墨方扶着沈璃一步一步往自己府里走去，彼时街上已没什么人，天虽黑，但周围却有灯火环绕，寂静中只有两人的脚步声，一个微带踉跄，一个沉着稳健，混在一起，墨方竟觉出些和谐。

墨方侧头看了看眨巴着眼几乎快睡着的沈璃，她的戒备心如此重，但却能在他们面前放任自己微醺，能让他将她拖回他家。她对他的

231

信任，对魔界将军们的信任，真是太多了……

墨方垂头看着前面的路，轻声道："王上，墨方真想一直这样走下去。"

沈璃迷迷糊糊间不知听错了什么音，点了点头道："好啊，去屋顶看星星。"

这风马牛不相及的一句话让墨方笑开："好，去属下屋顶看星星。"

肉丫回到王府，刚锁上院门，绕过影壁，一个白色的人影蓦地出现在院子里，将肉丫吓了一跳，她拍了拍胸口："神君怎的还不休息？大半夜在此处站着，可吓坏肉丫了。"

"嗯，我见今夜魔界的风吹得不错，便出来感受一番。"他目光在肉丫身上一转，"你家王爷可是还没找到？"

肉丫一笑："原来神君是在等王爷啊。王爷今夜不回了，她有些醉了，去了墨方将军府上歇息。神君若有事，不妨等王爷明日回来再商量。"

行止点头："嗯，我再去街上吹吹风。"言罢，也没等肉丫开门，径直穿墙而过，出了王府。

肉丫挠头："这神君的作风怎的越来越像怨鬼了？"

第十三章

今日一别，再难相见

沈璃爬上屋顶，在上面呈大字状一躺，舒服得叹了一口气，夜风凉凉地一吹，让她脑子清醒不少，她心里这才觉得有些不妥，她一个王爷与属下一起到他家屋顶看星星，这事若传出去未免太过暧昧。可她才爬上来就要走，也不大对劲……思来想去，沈璃还是躺着没动。眼角余光瞥见墨方在她身边坐下，他也不说话，就静静地守着她。

不知坐了多久，墨方才问道："王上看见星星了吗？"

沈璃摇头："虽然瘴气比以前少了许多，可是还是看不见星星。"

墨方转头，看了沈璃许久，忽地小声道："可墨方看见了。"

沈璃其实并不迟钝，她一转头，望进墨方的眼睛里，若是平时，她必定会勒令墨方将眼睛闭上，转过头去，让他不准再生想法。可今天不知为何，她张了张嘴，却没办法那么强硬地施令于他，或许是酒太醉人，或许是凉风大好，又或许是今日……心中有事。

"为何？"沈璃转过头，抬起一只手，看着自己的手背，道："这只手沾满鲜血，只会舞枪，从来不拿绣花针，这样一双手的主人，到底哪里值得你如此相待？"

听沈璃问出这种问题，墨方倒有几分惊讶，对他来说，问题好似应该反过来问，沈璃到底哪里不值得他如此相待，墨方静了半晌，望着沈璃道："王上与一般女子不同，但也有相同之处，在墨方看来，你手中的红缨银枪便是你的绣花针，在魔界万里疆域上绣出了一片锦绣山河。"

沈璃一愣，怔怔地盯着墨方，倏地掩面一笑，半是喟叹半是感慨："好啊，墨方，你不是素来嘴笨嘛，原来深藏不露啊！"

"墨方并没有说错，也不是花言巧语，而是觉得王上确实是如此做的，也值得墨方倾心相待。"

沈璃掩面沉默了许久："可是，还是不行。"她放下手，转头看着墨方，"还是不行。"

墨方知道她说的"不行"是什么，眼眸半垂，遮了眸中的光："墨方知道，身份如此，墨方不敢妄想其他，只是想让王上知道这片心意罢了。"

无关身份。沈璃没有说出口，无关身份，只是她还放不下……

"好啊，碧苍王沈璃！你又背着我干坏事！"两人正沉默着，忽听下方一声斥骂，沈璃翻身坐起，看见穿着夸张艳丽的拂容君在屋下站着，他一脸怒容，指着沈璃骂道，"太过分了！"

沈璃一挑眉，墨方脸色一沉，却没有发作，隐忍着对沈璃道："王上不如去屋中暂避。"

沈璃冷笑："避什么避！今天教训你的话都忘了？回头我定用军法罚你！"她身形一闪，落在拂容君面前。"看来你真是半点记性也不长。"她抬起拳头欲揍人。拂容君连忙抱头大喊："神君你看看！她就是这么对我的！没一点尊重！如何能叫我娶她！墨方你瞧瞧！这种悍妇也值得你喜欢？"他话音一落，沈璃手臂一僵，转头一看，行止竟不知什么时候到了这里，他就倚在屋檐下的墙上，方才她与墨方在屋顶聊天，他便倚在这儿听吗？

当真是……小人一个！

墨方声音微冷："王上是什么样的人，墨方心里清楚，值不值得喜欢，墨方也清楚，不劳仙君操心。"

行止看出沈璃目光中的冷色，唇边笑容半分未减，只是目光却与沈璃同样冰冷。

"天界的人都有听墙脚的癖好吗？"沈璃冷笑，"大半夜不请而入，这便是你们天界的礼数？"

与 凤 行

行止目光一沉却没有说话，拂容君气道："你……你们半夜三更孤男寡女一起躺屋顶看星星，就是你们魔界的礼数？什么看星星！这哪儿是看星星！瞎眼！真是让人瞎眼！"沈璃一言未发，化指为爪，径直去戳拂容君的双眼。拂容君抬手一挡，险险躲过。"怎的！想杀人灭口？"

"既然你双眼已瞎，我便将你这双废物挖掉，岂不更好？"

拂容君身形一闪，忙往行止那方躲去。"神君你瞅瞅，这还有没有天理了！"

行止却侧身一躲，没让拂容君挨着自己，直勾勾地盯着沈璃笑道："王爷何必拒绝墨方将军一片心意呢，今日你们若是郎情妾意，行止成全你们就是了。"

此话一出，三人皆惊，墨方惊中带喜，拂容君惊中带诧，沈璃不嫁给他是好事，可也不能祸害了墨方啊！是以连忙摆手："不可不可！"

而沈璃则是惊中带怒，依她对行止的了解，之前她对他那般说过，他都不肯解了这婚约，其中必定有什么不能解的缘由，此时说出来的不过是他的气话。她心里只觉得好笑，行止神君有什么资格吃醋生气呢？婚事是他定的，推开她的也是他，而现在他却在生她的气，凭什么？就因为他发现了自己掌心的玩具居然被别人惦记了，发现事情没有按照他预演的方向走了，所以气急败坏地发脾气吗？

他简直就像一个幼稚的小孩。

沈璃一笑："沈璃不敢答应，可不就是因为神君定的这纸婚约嘛，若是神君肯解除婚约，沈璃今日必定点头答应了。"她抬手一拜，"还望神君依言，成全我们才是。"

行止唇边的弧度微微往下一掉，一张脸彻底冷了下来，与沈璃静静对视，半晌之后，他一垂头，倏地掩面笑起来："王爷可真是个容易认真的人。你与拂容君的婚约乃是天君及众臣商议而定，哪儿能由行止一人说了算。只是你若喜欢极了墨方将军，依着拂容君这秉性……天界也并不是不通情理的地方。"

　　拂容君忍不住插嘴："神君为何如此诋毁我……"而此时谁还把他看在眼里。沈璃只凉凉一笑，声音微哑："多谢神君指点。"原来，又只是她一个人在认真啊。被玩得团团转，被刺激得发脾气，说气话……她往屋顶一望，墨方正定定地望着她，可眼中却难掩失落，想想自己方才那番话，沈璃觉得自己真是差劲极了。因为婚约所以才不肯答应墨方？这岂不是给了墨方希望？她怎么能说出这么不负责任的话。

　　原来，她才是真正像小孩的那个人啊……

　　"此间事已毕，拂容君且通知洛天神女，明日与我一同回天界吧，在这里耗的时间未免过长了。"行止淡淡道，"王爷、墨方将军，今日就此告别，他日怕是再难相见，还望二位珍重。"

　　魔界墟天渊的封印重塑完了，人界之事也已上报天界，行止身为上古神，如此尊贵的身份哪儿能一直在魔界待着，便是天界，他也不会常去吧。他该回他的天外天，坐看星辰万变，时光荏苒，继续做一个寡情淡漠的旁观者，于他而言，一切不过是闲事。

　　再也不会见到了吗……

　　沈璃垂下眼睑，先前心里若还剩几丝火气，那此时，这些火气便全化为无奈。她鬼使神差一般问道："神君今日为何寻来此处？"

　　行止望着天边，不知在看什么。"自是来寻拂容君的，他来魔界也给你们制造了不少麻烦，此乃天界教育之失，待回了天界，行止必将所见所闻皆呈与天君，他日……"他声音微顿，"王爷嫁到天界来的那日，拂容君必定不敢如现在这般造次。"

　　"神君……不要啊！"

　　行止手指一动，拂容君张着嘴却说不出一个字来。只听行止继续道："王爷身体中余毒尚未除尽，早些睡吧。"

　　"不劳神君操心。"

　　行止目光一转，在沈璃身上顿了片刻，接着将一旁的拂容君一拽，身影一闪便消失了，他走后，清风一起，徐徐而上，如一把扫帚，扫干

与凤行

净了天上薄薄的瘴气雾霭，露出一片干净的星空，璀璨耀目。

星星在天空中闪烁，好像是行止在说：好吧，请你看星星，算是临别礼物。

神明的力量啊，挥一挥衣袖便能消除万里瘴气，可是星光越亮，将人映照得越发分明。沈璃看着自己清晰的影子静静发呆，走了也好，沈璃心想，眼不见为净，说什么将行云行止分得清楚，她哪里分得清楚，就算她之前分清楚了，现在也分不清楚了。但现在好了，不管是行止还是行云，都不在了，分不分得清楚又有什么关系呢，控制不控制自己的内心又有什么关系呢。

反正迟早也会忘掉的，只是时间的问题。

"王上。"墨方在屋顶上静静道，"行止神君留下的星空很漂亮，你不看吗？"

"不看了。"沈璃失神发呆，"不知道它有多漂亮，以后就不会想念……省得怀念。今日叨扰了，我还是回府吧。"

墨方沉默了一会儿，道："恭送王上。"

第二天，行止一行人离开的时候，街上好大的动静。魔君亲自为他们送行，魔界的文武百官几乎到齐了，唯独沈璃没去，她堂而皇之地拿宿醉当借口，在屋里蹲着逗嘘嘘。

"它多长时间没张嘴吃饭了？"看着瘦得不行的鹦鹉，沈璃还是有些心疼，"是不是要死了？"

肉丫听着外面的热闹声，分心答了沈璃一句："从魔宫里回来就没张过嘴啦，咬得死紧，怎么也撬不开。"

沈璃一挑眉，试探性地在它嘴上一点，嘘嘘"嘎"的一声张开嘴，身体瘦成皮包骨头，声音却一如既往地响亮："神君害我啊，王爷！神君不是好东西啊，王爷！他害我啊，王爷！"

"哦？怎么害你？"

"他害我被拔毛啊，王爷！他亲口说的，王爷！对我施法啊，王爷！他是混账东西啊，王爷！"

害嘘嘘被拔毛……他果然是从一开始就把什么都记得清清楚楚的，隐瞒她就算了，还对着嘘嘘施法，让它险些被饿死。沈璃觉得自己明明应该生气才对，但却莫名其妙地笑了出来："欺负一只没本事的鸟，还真是行止神君能干得出来的卑劣勾当。"

外面的声音越发响了，沈璃终是忍不住往门外一望，只见一道金光划过，街上的欢呼声达到极点之后又慢慢消减下来。

总算是走了啊。

生活突然安静下来了，沈璃恍然发现，原来不知不觉间，行止已经在她身边待了好久，也和她一起经历了不少事，突然间没了这么一个人倒还有些不习惯。可日子总是要过下去的。

她还是像以前一样上朝，听魔界各地发生的事，其中边境报来的消息不再像以前那般令人闻之沉默了，将士们过得都不错，日子或许比在都城还要滋润一些。这让沈璃不由得想到与行止一起去重塑封印的那一段路，山中，湖底，墟天渊里，只有他们两人……

"沈璃。"魔君的声音突然在她耳边响起。

沈璃恍然回神，议事殿中，所有人皆望着她，沈璃一声轻咳："魔君何事？"

"近来北海水魔一族有些异动，方才众将各自举荐了人才，可去北海一探究竟，你点一个主帅吧，此次不为战，只为练兵，让有能力的新人出去锻炼一番。"

这样的事沈璃也做过几次，带着新兵上战场，锻炼他们的技能和胆量，沈璃略一沉吟："既然是做探察的任务，便该派个细心的将领。"她的目光在众人脸上扫了一圈，然后蓦地停在墨方脸上。

那日事后，沈璃心里觉得不大对得起墨方，想与他道歉，但又觉得

239

说得多错得多，她心里拿不定主意，不知该如何面对墨方，所以便有意无意地躲着他，此时打了个照面，沈璃一转头："墨方将军心细且善谋略，不如让他带兵吧。"把墨方支走有她一定的私心，但墨方确实也是极佳的人选。

墨方听她点了自己，眸中没有意外，却有几分莫名的黯然。

魔君点头："众将领可有异议？若是没有，今天的事便议到这里吧。"魔君转头，"沈璃留下。"

沈璃心里一沉，估摸着今日是该挨骂了。

陪着魔君在石道上闲走了一圈，往湖边亭中一坐，魔君就着石桌上的棋子，随手落下一颗。"与我下几盘。"

沈璃依言，举子落盘，不过小半个时辰，胜负已分，沈璃输了。魔君放下手中棋子，道："此局棋，你下得又慌又乱，见攻人不成，便乱了自己阵脚，不是沈璃的作风。"沈璃垂头不言，魔君的手指在石桌上敲了两下："自打拂容君走后，你好似常常心神不定。"

沈璃一骇，想到拂容君那副德行，登时嘴角一抽："魔君误会了。"

魔君沉默地收着盘上棋子，忽而微带笑意道："如此也好，近来我身子疲乏，不想动弹，那天界送来的百花宴的请帖，便由你代我赴宴吧。左右你日后是要嫁过去的，早些去熟悉一下天界的环境也好。"

沈璃一怔："魔君……"

魔君起身拍了拍她的脑袋："这是命令，不能拒绝。"

沈璃没敢拒绝，或许在她心里也有几分想接受吧，能去天界，看看离天外天最近的地方……

沈璃拜别了魔君，穿过宫内假山林立的林园，正要出园子，忽听一声轻唤："王上。"

沈璃闻声，身形微僵，因指派墨方去北海这事她藏了一些私心，她其实是不大好意思面对他的。但再尴尬还是得面对，沈璃静下心神，如素日那般转过身去，但奇怪的是墨方却并未走到她身后来，而是隔着丈许远的距离，停在一座假山旁边，目光定定地望着她。

沈璃心里奇怪，但也没有过多在意，只问道："还未回府？"

墨方点头，移了目光，沉默了半晌后问道："王上为何指派属下去北海？"

沈璃一声轻咳："单纯觉得你比较合适，怎么，不想去？"

墨方沉默了半晌，倏尔无奈一笑："嗯，不想去。"

他这半是叹半是笑的模样看得沈璃一怔，她从未见过这样笑着的墨方，在她眼里，墨方永远都是听她命令毫无怨言的，但这次为何……对她的私心如此不满吗……

"既然如此。"沈璃装作正色道，"方才在议事殿为何不提出来？若你有异议，魔君……"

"王上。"墨方打断她的话，垂眸说，"不管墨方意愿如何，只要是你的命令，我都会服从。"

只要是沈璃说的，不管愿不愿意，他都会去做。

他……

沈璃哑言，面对如此坦诚的心意，她不知还能说出什么话去拒绝，去伤害。

墨方好似也不求她有什么回应，像是只为来表露心意一般，说完便远远地抱拳行了个礼，转身离开了。独留沈璃看着他的背影，一声无奈的叹息。

九重天上，流光溢彩，天君殿中，天君正在摇头叹息，门扉被轻轻叩响，外面的侍者轻声道："天君，行止神君来了。"

"快请快请。"天君起身相迎，待行止走进殿，他抱拳一拜，"神君可是离开好些日子啦。"

行止浅浅一笑回了个礼："在门外便听见天君长吁短叹了，天君可有

与凤行

心烦之事？"

天君一笑："天界安稳舒坦，只有你捎回来的下界异动之事能让人稍稍警惕一些，别的还能有什么事。"天君将行止引到屋里，指了指桌上摆满的玉件，道："我今日这般叹息，不过是前些日子在天元仙君那儿看到一个玉杯，钟爱不已，想找个杯子与天元仙君换过来，可天元仙君亦是爱极了那杯子，不肯让与我。"天君一声叹息，好似愁极了。

行止却听得微微一笑，没有言语，与魔界相比，天界的日子实在是舒坦得紧。

"朕别无所好，唯独钟情于玉之一物，现今求而不得，实在令人心有遗憾啊。若是强令天元仙君给我，又太失君王风范，当真令人苦恼。"

"不该得的，自然该放下，天君，还望你莫要偏执于一物才好。"这本是劝慰天君的话，但话音一落，行止自己却垂了眉眼，不经意地在唇边拉扯出了一个莫名的弧度，三分凉意，七分自嘲，"可别控制不住啊。"

天君亦是摇头笑道："我活了这么久，时刻告诫自己清心以待，可没碰见喜欢的事物便也罢了，这一碰见，倒像无法自制一般，一颗心都扑了进去。拿捏不住分寸，进退失据了。"

"是啊。"行止微微失神地应道，"明知不该拿起却又放不下，终于狠下心割舍，却又心有不甘。呵……越是清净，越易执着……"他摇头失笑："天君的心情，行止约莫晓得。"

天君看了行止一眼："这……神君此次下界，可是遇见了什么求而不得之物？"行止只静静地笑，天君忙道，"这可使不得啊，神君若有了此等念头，那可是三界之灾啊！"

行止垂眸："天君多虑了。"

天君这才放下心来："理当是我多虑了，神君从上古至今之清净，乃是而今的仙人如何也比不得的。"

行止笑了笑，换了话题："我来寻天君乃是有事相告。"行止将拂容君在魔界的作为告诉了天君，天君听得脸色发青，立时命人去将拂容君找来，行止知道自己不宜多留，便告辞离去，天君却唤道："百花宴不日便要召开，神君若是回天外天无事，不如在九重天上住下。"

行止一琢磨，点头道："也好，我亦有许久未去看看老友们了。"

拂容君被罚跪了。

他在天君殿前的长阶上跪了九天九夜，天君殿前的寒玉阶寒凉逼人，常年仙气萦绕，看着是漂亮，但跪在上面可不是好受的，拂容君跪得晕过去又醒过来，折腾了几次，认错认得嗓子都哑了，最后还是他的父母与众兄弟一起去为他求情，天君才微微消了气，让他回了自己府邸。自此拂容君算是记下了行止这笔仇，奈何差距在那里，他如何也报复不得，只能恨得牙痒痒。

拂容君身体还没养好，便听见了消息，知道魔界的碧苍王要代魔君来赴百花宴，天君抱着与魔君一样的想法，将沈璃安排进他的院子，意图让两人增进感情。他俩还有什么好增进的！沈璃不趁他动弹不得的时候废了他，那就谢天谢地了！

如此一想，拂容君愁得夜不能寐，时刻长吁短叹，让周围服侍的人也都开心不起来。

然而不管拂容君内心如何忧伤，沈璃终于还是来了。

她谁也没带，到了南天门时，门将才知道碧苍王已经来了，这才有人慌忙去通知天君。沈璃等了好一阵，天界的使者才来引路，先领着沈璃去见了天君，闲闲客套了几句，问了问魔界的情况，天君便让人将沈璃带去了拂容君府上。

沈璃没来过天界，虽听过天界之美，但却没料到这世间竟有一个地方如此美丽，处处有暖暖烟雾缭绕，时时有祥瑞仙鹤掠过，闲时偶闻仙琴之音，转角便有花香扑鼻，沈璃跟着使者走过天界的路，与结伴而行

与凤行

的仙子们擦肩，她们身上无风自舞的披帛在沈璃脸上轻柔地掠过，香气袭人，直到行至拂容君府前，沈璃一言未发，她心中想着魔族百姓，眼眸中的颜色略沉。

"恭迎王爷。"拂容君府上之人立时便出来迎接，"王爷见谅，我家主子前不久……呃，挨了罚，近来身子有些不便，不能亲自迎接王爷。"

是行止害的吧。沈璃不用想便能猜到其中因果，她点了点头："无妨，让拂容君好好歇着便是。"不能来也好，省得看见他让她心情更糟。

小厮见沈璃如此好说话，大着胆子抬头看了沈璃一眼，他本以为会是个凶神恶煞的女壮士呢，没想到只是一个打扮稍像男子的姑娘，他微微一怔，眨巴了一会儿眼睛，才将沈璃往屋里引。"王爷先入府吧，您的住所和伺候您的人，仙君已经安排好了。"

沈璃点头，随着小厮入了府，拂容君安排来伺候她的人是个看起来极伶俐的丫头，一双大眼睛一眨一眨的，甚是讨喜。可沈璃在战场上阅人无数，对敌意天生便有敏锐的感觉，不管这大眼丫头眼神中如何掩饰，沈璃仍旧察觉出她的不怀好意。

但沈璃并未放在心上，自打上了天界，南天门的守卫看见她的那一瞬起，她接收到的眼神便不大对劲了，或是猜忌，或是不屑，或是鄙夷，沈璃知道，这些不是针对她，而是针对魔族。她甚至有些庆幸，还好来赴这劳什子百花宴的是她，而非魔君，光是想想魔君会在天界受到这样的歧视，沈璃心里便有说不出的愤怒与憋屈。

沈璃只当这个伺候她的大眼丫头也同别的仙人一样，只是对魔族心怀恶意，但她不承想，当天晚上她便在饭菜里尝出了毒药的味道。

其时，大眼丫头正在身边伺候着，沈璃吃了一口，咽进肚子，然后又若无其事地吃了一口。"天界也卖假药吗？"她嘴里嚼着东西，语气平淡，"该找这人赔钱。"

大眼丫头一惊，脸色"唰"地白了下来，扭头就往屋外跑。可脚还没跨过门槛，一道银光"唰"地自眼前射下，只听"铮"的一声，煞气四溢的银枪插在大眼丫头跟前，她吓得倒吸冷气，腿一软，直接摔坐在地上。

"毒害本王的人，居然只有这点胆量。"沈璃还在悠悠然吃着饭菜，"天界果然养蠢物。"

大眼丫头闻言，恶狠狠地回头瞪沈璃："你凭什么！你这种卑劣的魔族如何配得上拂容仙君！"

这话实在大大倒了沈璃的胃口，她放下筷子，气笑了，笑了好半天，觉得可以反驳的话太多，反而不知道从哪里反驳起，最后只道："你既然如此喜欢拂容君，咱们便一同去天君那儿，将事情讲清楚，让天君为配得上拂容君的你赐个婚，可好？"

大眼丫头一惊，见沈璃竟真的起身向她走来，她连连抽气之时，忽觉异香自鼻端飘过，登时脑袋一晕。沈璃自然也闻到了这股味道，本来这种毒对她来说也没甚伤害，但与她方才吃进去的药在体内一合，药效一时上头，竟让沈璃眼前花了一瞬，四肢微微脱力。

就在这时，沈璃倏地眉头一皱，目光一转，凭空一捏，一根毒针被她夹在指缝中，另一边同时传来轻轻的破空之声，沈璃同样伸手去捉，但指尖却是一痛，竟是身体中的毒麻痹了她的感官，让她捉偏了去。

此时一根毒针扎在沈璃指尖，毒液自指头瞬间蔓延至全身，令人浑身麻痹。与此同时，另外两名女子皆出现在屋内，其中一人将大眼丫头扶了起来，三个人一同瞪着沈璃，一副同仇敌忾的模样："拂容君从来不是你这样的人可以私占的。"

沈璃嘴角一抽，拔掉指尖的毒针，揉了揉疼痛不已的额头。

这……这些天界的仙子，实在是欠教训极了。她一撸袖子迈开脚步走向三人，三个人登时吓得花容失色："中了这么多毒！不可能！"沈璃冷冷一笑："被拂容君那娘炮荼毒了那么久，本王今日便让你们看看什么叫真男人的风范。"

与凤行

当夜,拂容君府上女子的尖叫哭喊声传遍了大半个天界。拂容君亦是从睡梦中被吓醒了,拍床板道:"搞什么名堂!这是养的女鬼吗?"门外的仆从战战兢兢地推门进来:"仙君,这好似是从碧苍王院子里传出来的动静。"

拂容君一愣,当即命人将自己抬去了沈璃院门口,只见院门敞开,三个各有千秋的仙子被绑了手,吊在房梁上,她们脚下的火盆呼呼地烧着,烫得三个人哭喊个不停。沈璃闲闲地坐在一旁,时不时拿着她的银枪撩拨一下盆中柴火,让火苗烧得更旺些。"哭吧,等眼泪把火浇熄了,本王便住手。"

拂容君从来便是怜香惜玉的人,见此情景大怒:"沈璃!你作甚!"

沈璃斜斜瞥了拂容君一眼:"她们三个为仙君你来送死呢,本王在成全她们。"

"仙君!仙君救我!"三人大哭,拂容君膝盖疼得实在站不起身,狠狠拍了旁边仆从的脑袋骂道:"还杵着作甚!给本仙君去救人!"

"谁敢来救?"沈璃目光一凝,红缨银枪在地上一竖,砖石均裂,银枪银光一闪,伴着沈璃微沉的声音直震众人心弦,"先与本王一战。"她淡淡扫了院外众人一眼,阴恻恻的眼神将众人骇得浑身一颤,你望我,我望你,谁也不敢上前。

许是三名仙子哭得太过惊人,拂容君府外已来了不少仙人的童子,大家都来问个究竟,最后闹得天君亲临,入了拂容君的府邸,看见这一出闹剧,出声呵斥,沈璃这才熄了火,将绳子断了,把三人放下。

她对半夜驾临的天君道:"沈璃记得,拂容君与行止神君在我魔界之时,魔界上下虽算不得倾国力以待,但也是礼数周全,而今沈璃才来天界第一晚,下了毒的饭菜尚在桌上,空气中仍有异香,毒针沈璃也还留着,仅这一夜便收到三份重礼,敢问天君,天界便是如此待客?"

天君闻言大惊,立即着人前去查看,听闻事实当真如此,天君气得脸色青紫,指着拂容君半晌也未说出话来,最后一声叹息,对沈璃道:

"是朕考虑不周，令碧苍王遭此不快之事。三名仙子自即日起禁闭百年。"

沈璃道："多谢天君为沈璃主持公道，只是沈璃还要在天界待上一段时间，拂容君这里……沈璃怕再有事端。"这些姑娘的招数都伤不到沈璃的实质，但谁知道拂容君招惹过多少人，照这一夜三次的阵势，她便是不死也得崩溃了，这些话沈璃没说，但天君应该能想到，她躬身一拜："还望天君替沈璃另寻个安静的住所。"

天君略一沉吟，其时，天君身边的侍官对天君耳语了几句，天君点了点头道："天界西有一处安静的小院，只是位置稍偏，内间布置也稍显朴素，不知碧苍王可会嫌弃？"

成天腾云驾雾的人怕什么路远，而且天界的"朴素"对沈璃来说也不会差到哪里去，她当即便应了："只要安静便好，沈璃明日便搬去那处吧。"

天君点头："嗯，也好，神君你先前在魔界便已结识，两人同住也不会尴尬。"

这天界……能被称为"神君"的人，约莫只有那一个吧？他在那里住，这老头怎么不早说啊！沈璃张了张嘴，想拒绝却已经晚了。

他们同住会尴尬啊……会很尴尬的好吗！

图书在版编目（CIP）数据

与凤行：全二册 / 九鹭非香著 . -- 长沙：湖南文艺出版社，2023.4
ISBN 978-7-5726-0048-7

Ⅰ.①与… Ⅱ.①九… Ⅲ.①长篇小说–中国–当代
Ⅳ.①I247.5

中国国家版本馆 CIP 数据核字（2023）第 026650 号

上架建议：畅销·小说

YU FENG XING：QUAN ER CE
与凤行：全二册

著　　者：九鹭非香
出 版 人：陈新文
责任编辑：匡杨乐
监　　制：毛闽峰
项目支持：恒星引力传媒
策划编辑：张园园
特约编辑：高晓菲
营销编辑：刘　珣　焦亚楠
封面设计：RECNS
版式设计：梁秋晨
封面题字：郁　琛
插图绘制：夔　珞　肥大不咕
出　　版：湖南文艺出版社
　　　　　（长沙市雨花区东二环一段 508 号　邮编：410014）
网　　址：www.hnwy.net
印　　刷：三河市兴博印务有限公司
经　　销：新华书店
开　　本：640mm×915mm　1/16
字　　数：447 千字
印　　张：31.5
版　　次：2023 年 4 月第 1 版
印　　次：2023 年 4 月第 1 次印刷
书　　号：ISBN 978-7-5726-0048-7
定　　价：79.80 元（全二册）

若有质量问题，请致电质量监督电话：010-59096394
团购电话：010-59320018